마치 꿈같은 이야기

정대성 판타지 장편 소설

고양이 3

정대성 판타지 장편 소설

초판 1쇄 찍은 날 § 2002년 5월 2일
초판 1쇄 펴낸 날 § 2002년 5월 10일

지은이 § 정대성
펴낸이 § 서경석

편집장 § 문혜영
편집책임 § 김희정
편집 § 장상수 · 박영주 · 권민정 · 이종민
마케팅 § 정필 · 강양원 · 김규진 · 안진원

펴낸곳 § 도서출판 청어람
등록번호 § 제1081-1-89호
등록일자 § 1999. 5. 31
어람번호 § 제1-0236호

주소 § 경기도 부천시 원미구 심곡1동 350-1 남성B/D 3F (우) 420-011
전화 § 032-656-4452 팩스 § 032-656-4453
http://www.chungeoram.com
E-mail § eoram99@chollian.net

값 7,500원

ISBN 89-5505-339-8 (SET)
ISBN 89-5505-342-8 04810

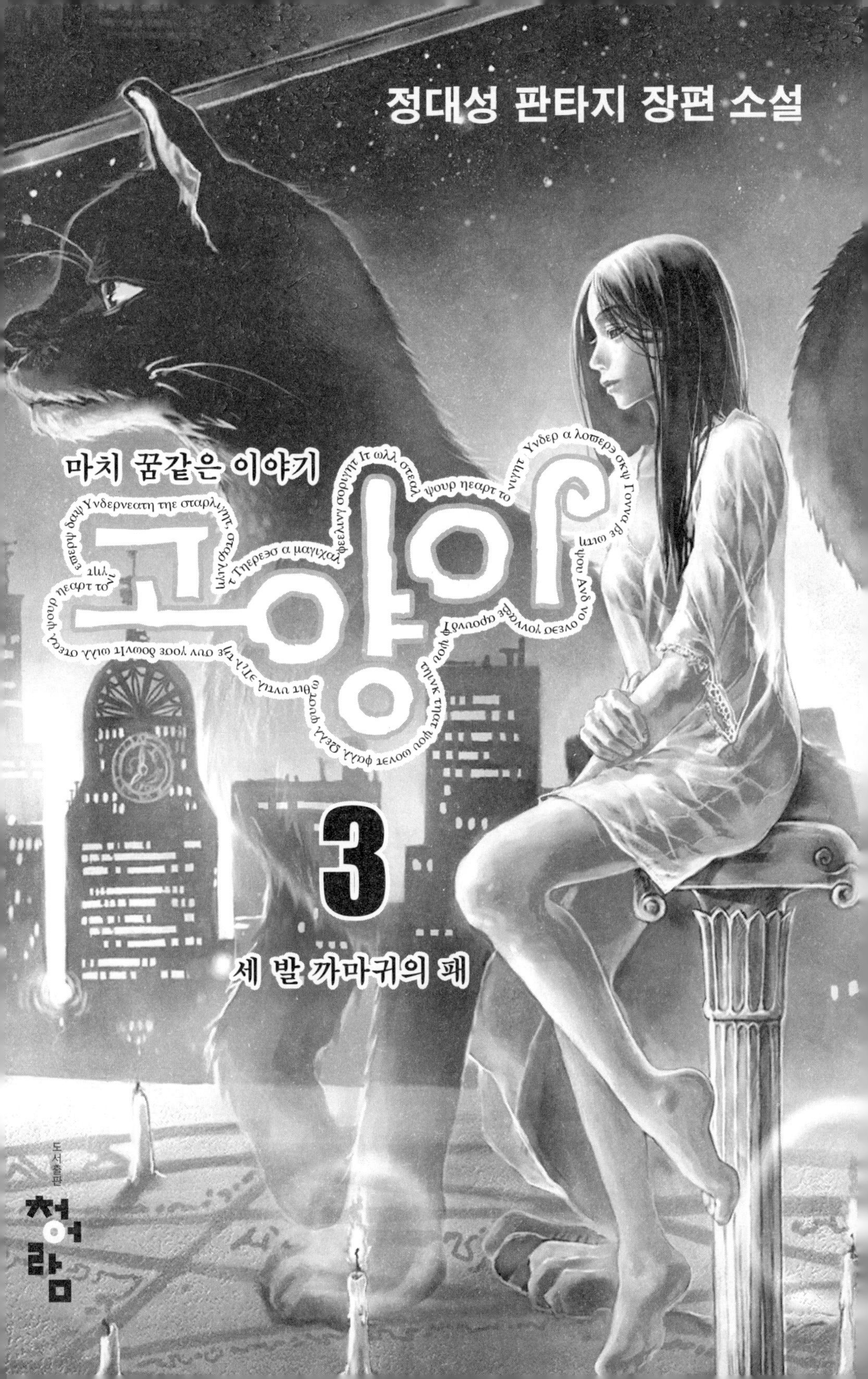
정대성 판타지 장편 소설
마치 꿈같은 이야기
고양이
3
세 발 까마귀의 패
도서출판
청어람

목 차

제13장

하나의 끝, 새로운 시작(2)

약 30분 간 주저리주저리 현대의 교육이 어떠니, 요즘 대학생들의 학력이 어떠니, 수업에 대한 의지가 어떠니, 분위기가 어떠니 떠들어대던 교수님이 결국 지쳤는지 불필요한 확인의 말을 공허하게 남기며 수업을 마치고 떠났다. 강의실은 순식간에 시끌벅적한 소음에 휩싸였다.

"아, 정말 지루했어. 짜증나 죽는 줄 알았다고."

청도라고 했던가? 녀석의 입 끝에 언제나 걸린 미소를 봐서는 그냥 조용히 씩 웃고만 있을 것 같은 분위기인데, 옆에—정확히 말하면 뒤에—앉혀놓고 보니 좋게 말하면 쾌활하고 나쁘게 말하면 조금 시끄러운 그런 녀석이었다. 뭐, 나도 유쾌한 분위기를 싫어하는 것은 아니니 쾌활한 게 나쁘다는 것은 아니다.

"다음 강의실은 어디야?"

약간 과하다 싶을 정도로 밝은 백색 형광 불빛으로 뒤덮인 채 길게 뻗은 승학관의 복도를 걸으며 아무 생각 없이 화두를 꺼냈다. 그런데 내 질문에 돌아온 대답이 조금 의외였다.

"승학관 116호."

"응? 나도 거긴데. 몇 교시야?"

"5교시."

"그래? 나도 5교시… 어? 같은 수업이잖아?"

난 순간적으로 당황하여 놀란 목소리로 물었는데 청도는 당연한 것 아니냐는 듯 내게 말했다.

"방금 전에 들은 건 역사학과 새내기들의 수강표에 분류된 수업이라고. 너, 역사학과지?"

나는 고개를 끄덕였다.

"어."

"것 봐. 그렇다면 아마 너와 내 수업이 꽤 많이 겹칠걸? 아쉽게도 이 학교는 역사학도를 위해서 많은 강의를 배정해 놓고 있지 않으니까. 과의 규모 자체도 작고."

"그렇구나."

실제로 시간표를 대조해 보자 많은 수업이 상당 부분 겹치고 있었다. 뭐, 모든 수업이 겹치는 것은 아니었지만 거의 매일 한두 번은 수업을 같이 듣도록 시간표가 짜여 있었던 것이다. 시간표를 대조해 본 청도는 피식 웃었다.

"이제 보기 싫어도 자주 보겠네. 친해지기 싫어도 친해질 수밖에 없겠는걸?"

시간표를 돌려주던 청도는 깜빡했다는 듯 급히 말했다.

"참, 밥이나 먹으러 가자."

"그런데 너, 집은 어디냐?"

구내 식당의 반찬으로 나온, 맛이 썩 좋지는 않은 생선 튀김을 한 점 집어다 밥 위에 올려놓던 청도가 문득 궁금하다는 듯이 내게 물었다.

"그냥 전라도 구석의 산골 마을이야. 동네 이름은 말해도 잘 모를 거야."

"아, 그래? 별로 사투리를 쓰는 것 같진 않았는데."

"그럼 너, 설마 내가 '사투리 안 쓰니까 쪼까 이상하지라… 사실 나으 본디 모습은 이런 게 아니랑께. 표준어 쓰느라 짠해 죽갔구마이' 같은 식으로 말해야 된다고 생각하냐?"

"하하하!"

나는 실감나게 전라도 사투리를 구사해 냈고 내 말을 들은 청도는 크게 웃었다. 난 청도가 웃음을 그칠 때까지 기다렸다가 내가 왜 사투리를 쓰지 않는지를 설명했다.

"비록 내 고향은 전라도지만 우리 부모님은 모두 서울 태생이셔. 그런 부모님 밑에서 자랐기 때문에 서울 말을 능숙하게 구사하는 거지. 하지만 뭐 그렇다고 내가 전라도 쪽 사투리를 못 쓴다는 소리는 아냐. 안 쓰는 것일 뿐이지. 서울에서는 서울 말을 쓰는 게 가장 편하거든. 뭐, 나야 태어난 곳이라 사투리를 쓰는 게 서울 말을 쓰는 것보다 더 편하지만, 사투리를 쓰면 사람들이 내 말을 잘 못 알아듣더라고."

내 설명에 청도는 고개를 끄덕였다.

"그렇구나."

"아, 그런데 궁금한 게 하나 있어. 넌 새내기잖아. 그런데 새내기가 왜 동아리 신입생들을 받고 있었어? 그런 건 2, 3학년 선배들이 하는 거 아냐?"

갑작스레 던진 질문에 청도는 멋쩍게 씨익 웃더니 뒷머리를 벅벅 긁으며 대답했다.

"어, 그거. 별건 아니고 그냥 선배가 없어서."

엑? 동아리에 선배가 없다고? 그건 별게 아닌 게 아니잖아? 나는 놀라서 되물었다.

"선배가 없다고? 왜? 설마 몽땅 군대라도 간 거야? 하지만 여자 선배들이라도 있는 게……?"

내 속사포 같은 질문 공세에 대한 청도의 대답은 너무나도 간단했다. 청도는 물을 한 입 삼키면서 태연히 대답했다.

"내가 올해 만든 거니까."

"뭐?"

나는 눈을 휘둥그레 뜨며 청도를 멍하니 바라보았다. 뭐야, 네가 올해 만들었다니, 그게 무슨 소리야? 청도는 내가 그런 뜻을 가지고 바라보자 멋쩍어졌는지 고개를 숙이고 뒷머리를 긁으며 들릴락 말락 하게 중얼거렸다.

"어, 그러니까 말야… 그게… 동아리라는 걸 봤는데 딱히 들 곳도 없고… 그냥 내가 만들어보고 싶은 마음도 들고 해서… 그냥 그렇게 됐다."

아니, 그냥 그렇게 됐다고만 말하면 뭐가 어떻게 된 건지 내가 어떻게 알아? 참, 배짱도 좋네. 혼자서 동아리 만들 생각을 다 하다니. 잠깐! 그럼 아까 이 녀석이 우리보고 가입하라고 했던 곳이 설마……!

"너, 설마 선배 한 명도 없는 그런 동아리에 우리를 끌어들이려 한 거냐?"

나는 기가 막혀서 김이 꽉 새는 목소리로 물었고 청도는 내 말에 몸 둘 바를 모르겠다는 듯 우물쭈물 대답했다.

"어, 어어… 그렇게 됐어."

"……."

으윽. 이거 정말 대책없는 녀석이로세. 내가 한참을 아무 말도 안 하고 바라보고만 있자 청도는 계속 나와 눈을 마주치지 않기 위해 고개를 숙이고 있었다. 그러다 갑자기 고개를 번쩍 들어 나를 똑바로 쳐다보며 물었다.

"에라, 이렇게 된 거… 너, 나와 같이 우리 동아리 창립 멤버 한번 안 해볼래?"

내가 입에 들이킨 물을 내뿜은 것은 정확히 녀석의 말이 끝나고 삼초 후였다. 반응이 그렇게 늦었던 것은 청도의 말이 너무 갑작스러워서 무슨 말을 하는지 잘 이해를 하지 못했던 까닭이다.

"푸우웃!"

"우욱!"

재빠르게 의자에 앉은 채 뒤로 물러나는 청도. 다행히 녀석의 몸놀림은 상당히 빨랐고, 그래서 본 지 몇 시간 되지도 않는 녀석의 얼굴에 입속에 있던 물을 뿜어버리는 불상사는 없었다. 휴우, 다행. 난 입 주변에 묻어 있던 물을 재빨리 손등으로 슥슥 닦았다. 청도는 날 멍하니 바라보다 볼을 긁적이며 말했다.

"어… 그렇게 당황스러운 요구였나?"

"아, 네 말 자체는 별로 당황스럽거나 한 건 아닌데, 저… 그러니까 너, 오늘 나 처음 봤잖아?"

"어… 뭐, 그렇지."

"방금 네가 한 것 같은 부탁은 좀 많이 친한 사람한테 하는 말 아냐?"

그리고 청도는 전혀 몰랐다는 듯 당황한 목소리로 말했다.

"어, 그, 그런 건가? 뭐… 앞으로 친해지면 되니까 하고 생각했는데. 사실, 나 이 대학에 아는 사람이 한 사람도 없거든. 처음 만난 친구들이 너희들이야. 그래서 이런 부탁을 하게 됐는데……."

허, 이거 보면 볼수록 대책없는 친구일세.

"그래, 뭘 하려고 하는데?"

"어, 아까도 말했지만 칼이나 같이 배워볼까 하고."

"그래? 검도?"

청도는 고개를 저었다.

"아니, 아냐아냐. 내가 가르치려는 건 우리 가문에서 전해져 내려오는 검술인데……."

맙소사! 점입가경이네. 처음 보는 사람을 붙잡고 동아리나 같이 만들자고 하는 것도 당황스러운데, 그 동아리에서 가르치는 건 가문에서 전해져 내려오는 비전의 검법이라고? 청도의 말은 계속 이어졌다.

"원래 이건 우리 가문의 장자에게만 전해지는 거야. 그래도 뭐 남한테 좀 가르쳐 주면 어때. 그렇지? 사실 장자에게만 전달하라는 규칙이 명시되어 있는 것도 아니거든. 그래서 가르치고 배우면서 뭐, 잘해보자는 거지. 혹시… 생각없어?"

당연하지. 그런 전설의 고향에나 나올 법한 검술 따위 관심없다고. 나는 심드렁한 얼굴로 고개를 끄덕이려다 혹시나 하고 가람이와 요령이를 흘낏 바라보았다. 보나마나 이 두 녀석도 별로 관심이 없긴 마찬가지겠지. 그런데 가람이의 눈길이 예상외로 상당히 흥미가 동한다는 눈빛이다. 억! 뭐야! 나는 가람이를 바라보며 물었다.

"왜? 가람아, 관심있냐?"

"아, 별건 아니고… 옛날부터 내려오는 무예라기에 조금 흥미가 가서."

그리고 청도는 환한 얼굴이 되어서 빠르게 말했다.

"그렇지? 흥미가 가지?"

가람이는 청도의 말엔 대답하지 않고 대신 나를 보며 말했다.

"시대가 시대인만큼 보나마나 큰 실력은 없겠지만, 그래도 저 가문의 비전 무예라는 걸 한번 보고 싶은데……."

흐음, 네가 정 그렇다면야… 뭐, 지금 당장 청도의 말을 승낙하는 것도 아니고 단지 구경만 하는 건데 그 정도야 괜찮겠지. 나는 가람이의 말에 고개를 끄덕이고 청도에게 말했다.

"흠… 그렇다면 이따 네가 말하는 그 검술이 어떤 건지 좀 볼 수 있을까?"

그리고 청도의 얼굴은 더할 나위 없이 밝아졌다. 청도는 고개를 끄덕이며 대답했다.

"물론이지! 그럼 수업이 다 끝난 뒤에 우리 동아리방에 가보자고! 거기 목검들이 많이 있으니까 말야."

"…아니, 신생 동아리라면서 동아리방이 다 있어?"

나의 놀란 듯한 말에 청도는 멋쩍게 웃으며 고개를 끄덕였다.

"뭐, 동아리방이라고 해도 그렇게 거창한 건 아니고 그저 컨테이너 하나를 가져다 놓은 정도이지만 말야. 그래도 한번 가보자고."

청도의 말에 나는 더욱더 놀랐다. 아니, 학교에 그런 걸 막 갖다 놓는단 말야?

"아니, 학교 내에 가건물을 그렇게 막 세워도 되는 거야?"

"응. 그냥… 이 학교 이사장 하시는 분이 우리 아버지 친구라서 허락해 주시더라고. 집도 멀고 해서 내가 거기서 살면서 동아리 생기면 동아리방으로도 쓰고… 뭐, 여러 용도로 쓰려고 하나 가져다 놓았어."

청도의 말에 나는 입을 딱 벌리고 멍하니 청도를 바라보았다.

식사를 마치고 다음 시간까지는 아직 약 두어 시간 정도 여유가 남아 있었다. 그동안 우리는 청도와 함께 교정을 걸으며 이런저런 이야기를 나누었다.

"그럼 넌 자취하고 있는 거야?"

청도의 질문에 난 고개를 끄덕였다.

"응."

"요령이와 가람이는? 학교에 들어온 지 며칠 되지도 않았는데 벌써 이렇게 친한 걸 보니까 아마 고등학교를 같이 나왔나 보네?"

뭐라고 대답해야 하나… 이 대답은 그냥 얼버무리는 게 좋을 것 같다.

"응, 그런 건 아니고 그냥 우연히 알게 됐어."

청도는 조금 궁금한 듯한 표정을 지었지만 내가 입을 다물자 더 이상 요령이나 가람이에 대해서는 묻지 않았다. 잠시 침묵이 이어졌고 다시 대화의 물꼬를 트기 위해 이번엔 내가 청도에게 물었다.

"그럼 너는? 넌 혼자 사니?"

"응, 아까도 말했지만, 지금 그 컨테이너를 내 방으로도 쓰고 있거든. 거기에서 살고 있어."

"그래? 그렇다면 네 방에 동아리방 같은 걸 꾸리면 귀찮거나 하지는 않냐?"

"흠, 올해 처음 해보는 일이라 잘 모르겠지만 괜찮을 것 같아. 내가 좋아서 하는 일인데 뭐."

그때 요령이가 손가락으로 나를 찌르며 말했다.

"야, 야."

"어?"

"쟤 좀 봐. 그때의……."

요령이는 손을 들어 내 왼쪽을 슬쩍 가리켰고 나는 고개를 돌렸다. 등나무들이 친친 얽혀서 하늘을 덮고 있는 벤치에 누군가 앉아 있었다. 입학식 때 언뜻 보았던 중국풍의 옷차림을 한 소년이다. 아니, 청년이라고 하기엔 조금 어려 보이고 소년이라고 하기엔 나이가 조금 많아 보이는 어중간한 생김이다. 하지만 입학식 때도 모습을 보였고, 또 이렇게 교정에서 다시 본 것으로 봐서 대학생일 테니 청년이라고 부르는 것이 맞겠지. 그의 옆에는 긴 머리를 뒤로 땋아 늘어뜨린 여자와 마치 밤하늘처럼 진한 흑발을 코 부근까지 어른거릴 정도로 기른 남자가 앉아 이야기를 나누고 있었다.

눈에 확 띄는 옷을 입은 중국풍 청년과는 대조적으로 둘의 옷차림은 평범했다. 여자는 아직까지 추운 날씨 때문인지 흰색 파카에 긴 갈색 체크 무늬 치마를 입었고 남자는 검은색 재킷, 검은색 바지에 검은색 구두를 신고 있었다.

"이 학교 학생인가 봐."

요령이의 말에 나는 동의의 표시로 고개를 끄덕였다. 청도가 말했다.

"특이한 차림인데."

"입학식 때 왔었는데 보지 못했어?"

"응, 난 입학식에 가지 않았거든."

"그렇구나."

난 그들을 다시 한 번 힐끔 쳐다보았다. 그들은 계속 자기들끼리 무언가 이야기를 나누고 있었다. 그런데 갑자기 남자가 이리저리 주위를 두리번거리더니 중국풍 청년에게 얼굴을 가까이 가져가선 무엇인가를 속삭였다. 그러자 갑자기 중국풍의 청년이 지금껏 약간 떨구고 있던 고개를 번쩍 들어서 정확히 나를 쳐다보았다. 그와 나의 눈이 정면으로 마주쳤다.

"뭐, 뭐야?"

갑자기 중국풍의 청년이 똑바로 바라보는 바람에 놀란 나는 움찔하며 뒤로 한 발 물러섰다. 그런 나의 모습에 청년은 의심스럽다는 듯 고개를 갸웃하더니 다시 남자에게 무어라 속삭였고 남자는 연신 고개를 저으며 손으로 나를 가리켰다. 곧 여자도 나를 슬쩍 바라보더니 대화에 끼어들었다. 대체 무슨 이야기를 하는 거지?

"주인, 주인 이야기를 하는 것 같은데?"

가람이가 내게 말했다. 그리고 청도가 의아스럽다는 듯이 우리를 바라보았다. 청도는 가람이가 나를 주인이라고 부르자 이상스러운 눈빛이었다. 하지만 왜 그러냐고는 묻지 않았다.

"응, 나도 그런 것 같아. 그런데 저것들이 왜 기분 나쁘게 사람을 슬쩍슬쩍 보면서 떠들어대는 거지? 내 욕이라도 하나?"

가람이가 내게 말한 걸로 미루어볼 때 다른 사람들도 저들이 내 이야기를 한다고 생각하는 것 같다. 이거 아무래도 한번 저들에게 가봐야겠는걸. 나는 손짓까지 해대며 격렬하게 난상 토론을 벌이는 그들에게로 걸음을 뗐다. 이제 그들은 더 이상 나를 쳐다보지 않았다. 단지 계속해서 이야기만 나눌 뿐이었다. 얼마나 대화에 몰입했는지 그들은 내가 가까이 다가갈 때까지 전혀 눈치 채지 못하고 있었다. 나는 한 세 발짝쯤 거리에서 걸음을 멈추었다. 대화 내용을 들어보고 싶었지만 중국어인지 알아들을 수가 없었다. 역시 중국에서 온 사람들인가? 나는 천천히 그들을 불렀다.

"야."

그들은 내 부름에 대화를 멈추고 동시에 나를 바라보았다. 그들의 표정이 일그러졌다. 중국풍의 청년이 화난 얼굴로 내게 무어라 말했다. 하지만 그렇게 말해 봤자 난 네가 뭐라고 말하는지 알아들을 수 없는걸. 나는 모르겠다는 표정을 지었고 내가 자신의 말에 아무런 대답을 하지 않자 청년은 더욱 화가 난 듯 손짓까지 해대며 내게 무어라 말했다. 아마 항의하는 듯한데. 옆에서 긴 흑발의 청년이 내게 말했다.

"왜 남의 대화를 엿듣는 거냐고 물어보셨습니다."

우리말을 할 줄 아네? 그런데 존댓말은 약간 서투르군. '물어보셨습니다'가 아니라 '물어봤습니다'겠지. 명사, 동사, 부사, 목적어를 가리지 않고 문장의 구성 요소마다 몽땅 존댓말을 붙여 버리는 것은 존댓말을 구사하는 데 능숙하지 못한 사람들이 주로 저지르는 실수다. 이런 사소해서 오히려 티가 확실히 나는 언어의 구사에서 볼 때, 확실히 이 사람들은 외국인인가 보다. 나는 흑발의 남자에게 대답했다.

"엿듣지 않았어요. 전 당신들의 말을 알아들을 수가 없거든요. 엿듣고 싶어도 그럴 수가 없죠. 그런데 당신들의 대화 내용이 궁금하긴 하던데요. 제가 주된 대화 소재 같던데, 저에 대해 무슨 이야기를 하고 있었죠?"

흑발의 청년은 중국풍 청년에게 내 말을 전하는 듯 무어라 속삭였고 중국풍 청년은 그 말을 듣더니 나를 바라보았다. 그리고 잠시 무언가 생각하는 표정이 되었다. 그러다 갑자기 그가 벌떡 일어나 자신의 무리를 향해 무어라 볼멘소리로 외쳤다. 그러자 여자와 청년은 그를 따라 부스스 일어서더니 그대로 등을 돌려 우리에게서 떠나려는 듯 걸음을 옮겼다. 어억? 이거 내 말을 무시하고 그냥 가버리겠다는 거 아냐? 난 기분이 나빠져서 높아진 언성으로 말했다.

"이보쇼! 사람이 물어봤으면 대답을……."

"안녕히."

흑발 남자의 상대편을 완전히 무시해 버리는 투의 인사는 내 말을 콱 틀어막았다. 젠장! 난 멀어지는 셋의 뒷모습을 기가 막혀 헛웃음만 지으며 바라보았다. 왠지 기분 나쁜 녀석들인데? 가람이는 내가 무시당했다는 것에 화가 나는지 목울대를 조금 울리며 낮게 그르릉거리고 있었다. 개일 때의 습성을 드러내는 것이다. 요령이도 화가 나는지 말했다.

"아니, 뭐 저런 싸가지없는 것들이 다 있어? 저것들을 그냥! 성질대로라면 콱… 개구리로 만들어 버릴까?"

청도가 놀란 눈으로 요령이를 바라보았다.

"예? 개구리라니? 그게 무슨……?"

요령이는 일순간 당황한 표정이 되더니 곧 억지로 만든 것이 역력히 드러나는 다소곳한 표정을 지으며 호호 웃었다.

"말이 그렇다는 거지. 호호……."

에구, 청도야. 너도 곧 알게 될 거다. 요령이가 어떤 성격의 소유자인지. 그런데 정말 사람을 개구리로 만드는 게 되나? 다시 승학관으로 돌아가면서 난 요령이에게 슬쩍 물어보았다.

"야, 정말 사람을 개구리로 만드는 게 돼?"

"상식적으로 생각을 해봐라, 이 바보야! 사람이 개구리가 되겠냐? 어깨 위에 있는 그건 혹시 머리가 아니라 모자냐?"

요령이는 한심하다는 듯 대답했다. 상식? 아니, 그럼 고양이가 사람으로 둔갑해서 돌아다니는 건 상식에 맞는 이야기냐? 난 고개를 설레설레 저었다. 물어본 내가 바보지.

오늘의 마지막 수업이 끝났다. 뭐, 여느 수업처럼 교수 소개와 사야 하는 교재와 과목에 대한 짧은 설명으로 끝난 수업이었다. 시각은 4시를 조금 넘기고 있었다. 5분 만에 끝난 셈인가?

"자, 그럼 우리 방으로 가야지. 뭐, 아직까지는 내 방인가? 하하."

청도는 뭐가 그리 좋은지 연신 싱글벙글 웃으며 우리들을 재촉했다. 그렇게 서두르지 않아도 될 텐데 어지간히 마음이 달아올랐나 보다. 승학관을 가로질러 그 뒤의 청심관을 지나서 학교 뒷산 길을 조금 오르자 약간은 으슥한 곳에 잔디가 듬성듬성 난 평지가 넓게 펼쳐져 있었다. 그곳에 흰색 컨테이너 하나가 있었다.

"여기야?"

"응. 여기서 살고 있고 수련도 이곳 주위의 잔디밭에서 해. 지나다니는 사람이 거의 없어서 좋아."

고개를 돌려 주위를 휘둘러보았다. 과연 평지가 꽤 넓어 수련하기에 적당할 것 같다. 산속에 이런 곳이 있다니 놀라운데? 이런 곳을 용케도

찾아냈군. 가람이가 지나가는 말로 물어보았다.

"자기 실력에 대한 어느 정도의 파악은 하고 있겠지?"

"그럼."

청도는 당연하다는 듯 고개를 끄덕였다.

"스스로를 어느 정도라고 생각하나?"

"세계 최강."

청도는 태연한 얼굴로 얼굴이 화끈거려야 마땅한 대답을 했다. 기껏해야 '검도 몇 단 정도?' 수준의 대답을 기대하고 있던 나는 잠시 청도가 지금 무슨 말을 했는지조차 이해하지 못했다. 심지가 곧은 가람이마저도 순간 굳어버렸다(심지가 곧은 것이 굳어버리는 것과 무슨 관계가 있는지는 잘 모르겠다만). 가람이는 잠시 입을 벌리더니 곧 '허' 하고 웃으며 말했다.

"돌아가고 싶은데, 주인. 우리가 괜히 시간 낭비만 했나 보군."

"응?"

"이런 허풍쟁이의 실력이야 뻔하지. 내가 괜한 걸 기대했었나 보군."

가람이는 말을 잘 하지 않을뿐더러 막말을 하는 성격도 아니다. 그런 가람이가 이런 말을 하다니… 정말 기분이 나쁜가 보다. 하긴, 나 같아도 기분이 나쁘겠다. 저 정도의 과장이라니! 정도껏 해야 그러려니 하지. 세계 최강이 뭐야, 세계 최강이?

그런데 기분 나빠하는 사람이 한 명 더 있는 것 같다.

"어어, 뭐야 그 태도는? 지금 날 무시하는 거야?"

청도가 잔뜩 볼멘소리로 말했다. 설마… 그게 진심으로 한 소리였나? 가람이는 기가 막혀 말도 잘 나오지 않는다는 듯 청도에게 말했다.

"그럼 자기를 가리켜 세계 최고라고 하는 사람을 대하는 태도가 어떻길 바라는가?"

"어어? 말투가 좀 그렇다? 야, 나 정말 세계 최고야!"

청도의 대답에 가람이는 더 이상 대답도 하기 싫다는 듯 아예 입을 다물어 버렸다. 그리고 그런 가람이의 태도에 화가 났는지 청도의 눈썹이 꿈틀거렸다. 그때 요령이가 재미있다는 듯 미소를 지으며 한 발 앞으로 나와서 가람이와 청도의 사이에 끼어들었다.

"확인해 보면 되겠네."

비록 요령이의 말에 대답한 사람은 아무도 없었지만 모두의 시선은 요령이를 향하고 있었다. 모두 자신에게 주목한다는 것을 확인한 요령이는 만족스러운 얼굴로 말을 이었다.

"청도는 자기 실력을 안 믿어주는 가람이에게 화가 난 거고, 가람이는 청도가 말도 안 되는 소리를 해서 기가 막히다는 거잖아. 그러면 둘이 대련을 해보는 게 어때?"

"뭐? 대련?"

난 놀란 목소리로 외쳤다. 아니, 저게 누굴 잡으려고… 가람이와 청도를 대련시키겠다고? 청도가 병원으로 실려 가는 꼴을 보고 싶은 거냐!

"안 돼! 사람이 다친다고!"

"뭐 어때. 가람이도 칼에 관심을 보이는 걸 보면 검술 실력이 아예 없는 것 같지는 않으니, 청도가 만약에 정말로 자기를 세계 최강이라고 부를 수 있는 실력이 된다손 치더라도 어느 정도는 막아낼 수 있을 것 아냐? 그리고 만약 청도의 검술 실력이 허풍이라면……."

요령이는 청도를 향해 한번 빙긋 웃어주더니 말했다.

"뭐, 그럴 경우에는 맞아도 싼 거지."

하지만 이런 결과가 뻔히 보이는 싸움을… 가람이는 고개를 저으며 말했다.

"허풍쟁이와 대련하고 싶은 생각 따위 없다."

가람이는 잘라 말했고 요령이는 적잖게 실망한 표정이 되었다. 아마 요령이는 싸움 구경이 하고 싶었던 것 같다. 그렇지 않다면 왜 저렇게 실망하겠는가. 청도도 근심 어린 표정으로 대답했다.

"나도 대련 못해."

청도까지 그렇게 말하자 요령이는 이제 실망감이 아닌 짜증을 얼굴 가득 드리우며 청도를 바라보았다. 요령이는 날카롭게 물었다.

"왜? 역시 겁먹었니? 네가 한 말은 역시 허풍이었던 거니?"

청도는 요령이의 말을 강하게 부인하듯 고개를 세차게 저었다.

"아냐!"

"그럼 뭔데?"

"나랑 대련하면 가람이가 다칠지도 모른단 말야."

이 말에 요령이는 얼굴을 뒤덮었던 짜증을 순식간에 지우며 회심의 미소를 띠었다. 가람이의 입매가 미세하게 파르르 떨렸다. 가람이는 으르렁거리며 청도를 향해 말했다.

"칼을 가져와!"

"정말 괜찮겠어? 나 진짜 세단 말야. 너 다쳐도 내 책임 아냐."

"알았으니 어서 가져오기나 해."

가람이는 순간적으로 짜증이 솟아올랐는지 소리를 벌컥 지르려다 말고 긴 숨을 내쉬었다. 그리고 청도는 그런 가람이를 보다 고개를 설레설레 저으며 컨테이너로 들어가 목검 두 개를 가지고 나왔다.

"목검?"

"진검으로 싸우면 정말 크게 다칠지도 모르잖아. 물론 목검으로 맞는다고 아프지 않은 것은 아니지만, 최소한 목검으로 싸우면 어디 한 군데 잘리는 일은 없으니까. 그리고 난 진검을 쓰지 않아서 말야."

청도는 가람이에게 목검을 하나 넘기며 물었다.

"장소는?"

가람이의 말에 청도는 엄지손가락을 들어 어깨 뒤를 슬쩍 가리켰다.

"여기, 잔디밭. 넓고 넘어져도 다칠 염려도 적으니깐. 괜찮지?"

가람이는 고개를 끄덕이고 잔디밭으로 발걸음을 옮겼다. 청도가 그 뒤를 따라 잔디밭으로 향했고, 이윽고 청도와 가람이는 잔디밭에서 서로를 마주 보고 목검을 든 채 섰다.

"어떻게 시작할까? 이렇게 서 있다가는 계속 대치만 하고 있는 거 아니야? 그러면 좀 지루할 텐데……."

청도의 말에 가람이는 짧게 대답했다.

"교전을 혹시 아는가?"

"응. 아는데… 아, 그것처럼 시작할까?"

"시작만."

가람이는 고개를 끄덕이며 대답했다. 교전? 그게 뭐지? 난 요령이에게 물었다.

"야, 교전처럼 시작하는 게 뭐야?"

요령이는 내 말에 고개도 돌리지 않고 대답했다.

"지켜보면 알지 않을까 하고 말하고 싶어라. 아, 지켜보면 알지 않을까 하고 말하고 싶네. 지켜보면 알지 않을까 하고 말하면 상처받을까?

그래도 지켜보면 알지 않을까 하고 대답하고 싶은데."

쳇, 면박 주긴. 나는 요령이의 얼굴에서 시선을 돌려 청도와 가람이를 바라보았다. 응… 자세가 바뀌었네? 두 사람은 처음에는 서로를 마주 본 채로 똑바로 서 있던 자세였는데, 지금은 왼손에 쥔 검을 어깨에 걸친 채 우리를 향해 서서 고개만을 돌려 서로를 마주 보고 있었다. 저걸 보고 교전처럼 시작한다고 하는 걸까? 둘은 그렇게 서로를 노려보며 가만히 서 있었다 갑자기 동시에 고함을 질렀다.

"하얏!"

고함과 함께 둘은 양손으로 검을 쥐고 오른 다리를 구르며 몸을 거세게 뒤틀어 서로를 향해 목검을 휘둘렀다.

따악!

잔디밭을 울리는 목검의 충돌음과 함께 둘의 검이 서로 부딪쳤다. 두 사람의 대련이 본격적으로 시작된 것이다.

"합!"

처음에 몰아붙이기 시작한 것은 가람이 쪽이었다. 가람이는 검이 부딪치자마자 검을 다시 머리 위로 들어 올려 그대로 청도의 머리를 향해 휘둘렀다. 청도는 재빨리 머리 위로 비스듬히 검을 들어 올려 가람이의 검을 막았다. 가람이는 재빨리 검을 회수해서 다시 청도의 허리를 향해 검을 휘둘렀다. 청도가 검을 옆으로 세워 막아내자 가람이는 이번엔 청도를 향해 검을 빠르게 찔러댔다. 하지만 청도는 교묘히 좌우로 발을 움직이며 가람이의 검을 모조리 피해냈다. 그러자 가람이의 표정이 조금 기묘하게 일그러졌다.

"핫!"

짧은 기합과 함께 가람이가 검을 비스듬하게 휘둘렀다.

부웅!

놀랍게도 목검에서 나는 바람을 가르는 소리가 멀찍이 떨어진 내 귀에까지 들려왔다. 정말 엄청난 힘이군! 그러나 가람이는 이번에도 청도를 맞추지 못했다. 청도가 뒤로 멀찍이 뛰어서 피한 것이다. 이제 청도가 공격을 준비하는지 검을 옆으로 들어 왼쪽 귀 옆에 붙이며 앞으로 한 발 나아갔다.

"좌협수두! 위협을 할 정도로 여유가 있는 거냐?"

가람이는 머리 위로 들어 올리고 있던 검을 명치께로 내려 청도를 겨누며 외쳤다. 청도는 가람이의 말에 아무런 대답을 하지 않고 앞으로 성큼성큼 나아가며 검을 늘어뜨려서 허벅지께에 붙이더니 그대로 위로 긁어 올렸다.

북!

가람이는 빙글 돌아 피하면서 청도가 있던 자리로 검을 뻗었다.

휙—

바람 소리가 났다. 가람이의 검에서 난 소리는 아니었다. 가람이가 검을 휘두른 방향에는 풀 자락만이 푸스럭거리며 날리고 있었다. 가람이는 허공을 쳤다는 것을 깨닫자마자 죽기 살기로 몸을 옆으로 틀었다.

부웅—

가람이가 있던 자리로 청도의 목검이 날아들었다. 가람이는 재빨리 검을 세우고 몸을 빙글 돌려 자신을 방어하면서 물러나 청도를 마주 보고 자세를 낮추어 섰다.

"너, 꽤 대단하구나!"

청도가 감탄한 듯 말했다. 하지만 가람이의 얼굴은 딱딱했다. 아니,

약간 일그러져 있기까지 했다. 가람이는 입을 열었다.

"…허풍쟁이라는 것은 취소하지. 세계 최고라는 것은 헛소리지만, 자신의 검술에 자신만만해할 정도의 실력은 가지고 있군."

"나 정말 세계 최고라니까."

가람이는 청도의 말을 무시하며 말했다.

"너의 실력을 전부 보여라. 그 정도로는 나를 이길 수 없어."

"하지만 너도 실력을 숨기고 있잖아."

그럼 둘 다 자신의 실력을 전부 발휘하지 않았다는 소리인가? 방금 전에 보인 것만 해도 정신이 없을 정도로 빨랐는데! 둘 다 정말 대단하구나! 더군다나 청도는 내가 보기에는 아무런 기감도 느껴지지 않는 보통 사람이다. 그렇다면 청도는 그저 수련만으로 이루어진 고수란 말인가? 가람이는 이를 드러내며 말했다.

"이제부터 내 검술을 모조리 펼치겠다. 그러니 너도 너의 모든 실력을 보여라!"

가람이의 살벌한 말에도 청도는 전혀 겁먹지 않은 듯했다. 청도는 유유히 대답했다.

"글쎄… 봐서."

청도의 대답에 가람이의 안광이 번쩍였다. 가람이는 노호성을 지르며 칼을 꼬나 쥔 채 청도에게 달려들었다.

"보여줄 수밖에 없게 해주지!"

가람이는 청도에게 쇄도해 들어가면서 보법을 교묘하게 틀었다. 가람이의 발은 너무도 빨라서 제대로 보이지도 않을 정도였고, 몸은 잔상이 보일 정도였다. 가람이는 그렇게 현란하게 몸을 움직이며 청도를 향해 접근했다. 하지만 가람이의 접근에도 청도의 얼굴은 너무나도 태연자약했다.

"합!"

가람이가 만든 수십 개의 잔상들이 동시에 청도를 향해 검을 뻗자 청도는 재빨리 몸을 흔들었다.

퍼퍼퍽!

땅을 차는 소리가 요란하게 들려왔다. 순간 사방으로 흙과 풀뿌리가 튀었고 청도의 발이 수십 개로 보였다. 청도가 가람이와 똑같은 움직임으로 가람이의 잔상들이 뿌린 검을 모조리 막아내고 있었던 것이다. 수십 개의 검이 허공에서 춤추며 부딪쳤다. 하지만 충돌음은 하나였다.

따악!

나머지는 모두 검이 너무 빠르게 움직여서 생긴 잔상인 것이다. 가람이의 얼굴이 당황으로 하얗게 물들었다. 아마도 청도가 자신의 공격을 그리 쉽게 막아내리라고는 상상조차 하지 못했으리라. 이번엔 청도가 가람이가 방금 했던 것처럼 수십 개의 칼날을 뿌려대며 가람이를 몰아붙였다. 하지만 이미 심지가 흐트러져 버린 가람이는 청도처럼 공격을 되받아치지 못했다. 그저 막는 데에만 급급했을 뿐이다. 점점 가람이의 방어가 늦어지고 청도의 공격은 점점 거세어져 갔다. 결국 저렇게 가람이가 지고 마는 것일까?

그런데 갑자기 가람이의 눈이 번쩍 빛났다.

"으랏차!"

가람이는 세상이 떠나가라 고함을 지르더니 계속해서 뒤쪽으로 물리던 발을 땅에 콱 디디고 검선을 누운 십자로 교차시키듯 칼을 휘둘렀다.

바우우웅!

목검에서 엄청난 소리가 났다. 청도는 갑작스런 가람이의 반격에 당황했는지 몰아붙이던 공격을 멈추고 그대로 허공으로 뛰어 가람이의 공격을 피했다. 가람이는 그대로 몸을 빙글빙글 돌리며 앞으로 나아가기 시작했다. 회전하는 가람이의 주위에서 셀 수 없을 정도로 많은 목검들이 어지러이 춤추었다. 마치 가람이가 수십 개의 칼날이 달린 폭풍이 된 것 같았다. 가람이는 그렇게 몰아치듯 검을 뿌리며 크게 외쳤다.

"이건 어떻게 막아내나 볼까!"

청도는 아무 대답 없이 검을 들어 올려 눈가에 붙인 채 땅에 수평으로 세우더니 앞을 향해 달려나갔다.

"합!"

청도의 일갈. 갑자기 청도의 앞에 목검의 색과 같은 황갈색의 막이 펼쳐졌다. 검막이다. 엄청나게 빠른 속도로 청도가 검을 휘둘러 자신의 앞에 검으로 이루어진 막을 친 것이다.

파파파파팍!

가람이의 회오리바람처럼 몰아치는 검들과 청도가 만든 검의 벽이 요란한 소리를 내며 부딪쳤다. 주위의 풀들이 광풍에 휩쓸린 것처럼 마구잡이로 뜯겨서 흩날렸다. 청도와 가람이 둘 다 앞으로 나아가지 못하고 있었다. 청도와 가람이의 사이에서 눈에 보이지도 않을 정도로 빠르게 검들이 부딪쳐 댔다.

그렇게 한참의 시간이 흘렀을까.

주춤.

가람이가 한 발 뒤로 물러섰다.

"저런!"

요령이가 작게 놀란 소리를 내었다.

"싸움의 균형이 깨졌네!"

요령이의 말처럼 가람이와 청도 사이에 생겼던 팽팽한 검의 균형이 작게 깨어지고 있었다. 한 발이 밀린 것을 시작으로 가람이가 수세에 빠지기 시작한 것이다. 점점 검막과 검풍이 부딪치는 장소가 가람이 쪽으로 이동하고 있었다. 어쩔 수 없이 가람이는 천천히 회전하며 뒤로 물러서기 시작했다. 그 자세는 상당히 안정적이었지만, 아까 같은 공격적인 풍모는 전혀 보이지 않았다. 청도가 짧은 기합을 내뱉으며 점점 더 걸음을 앞으로 한 발씩 내디뎠다. 청도의 검이 더욱더 빠르게 가람이를 몰아붙였다. 이제 가람이가 뿌리는 검들은 모두 방어로만 집중되고 있었다. 결국 가람이는 다시금 고함을 지르며 검을 크게 휘두른 뒤 미끄러지듯 물러나야만 했다. 청도는 가람이가 물러서자 그대로 보법을 멈춘 채 검을 들어 가람이를 견제했다.

"헉, 헉! 제독연무검조차 막아내다니… 대단하군!"

가람이가 숨을 몰아쉬며 말했다. 청도가 물었다.

"방금 전 보여준 검법의 이름이 제독연무검이었나?"

"정확한 이름은 '북방철기보단무법 실전응용세 제7식 제독연무검'이다. 그냥 제독연무검이라고 부르지."

"북방철기보단무법이라… 처음 들어보는 이름이군."

"조선 시대에 보통의 군사들이나 무인들이 수련하던 검법을 북방철기보단에서 개량한 것이지. 일반인들한테는 별로 알려지지 않은 검술이다. 그런데 이걸 막아내다니… 놀라운데? 여진족 같은 강맹한 자들에게도 통하던 검술인데."

가람이는 감탄 어린 눈으로 청도를 바라보았고 청도는 피식 웃었다.

"그래? 그럼 내가 여진족보다 더 강한가 보지 뭐. 말했잖아, 나 무지 세다니깐? 안 오면 내가 가도록 하지."

청도가 말하는 동안 가람이는 '스으읍ㅡ' 하는 소리와 함께 숨을 가늘게 들이쉬고 있었다. 이윽고 가람이는 호흡의 평정을 되찾았는지 검을 다시 움켜쥐고 그대로 청도에게 돌진했다.

"이번에는……!"

가람이는 빠르게 발을 옮기며 그대로 검을 머리 위로 들어 올렸다.

팟!

갑자기 가람이의 모습이 사라졌다. 깜짝 놀란 나는 두리번거리며 가람이의 모습을 찾았다. 놀랍게도 가람이는 어느새 청도 바로 앞에 도달해 있었다. 청도의 머리에 빨려 들어가듯 검이 떨어지는 모습이 내 눈에 느리게 들어왔다. 저 모습이 느리게 보이는 이유는 아마도 저 장면이 그만큼 뇌리에 깊게 꽂히는 장면이기 때문이리라. 청도의 표정은 당황한 듯 무참하게 일그러져… 야 하는데 아니잖아?

청도는 대수롭지 않다는 표정을 짓고 있었다.

쉬릭!

청도는 어느샌가 사라져 있었다. 가람이의 검은 허공을 갈랐다. 이번엔 청도가 막더라도 청도의 검을 부러뜨리겠다는 심산으로 후려쳤는지 자신의 모든 무게를 실어서 검을 휘두른 가람이는 허공을 헛치자 몸을 크게 휘청거렸다.

"젠장!"

가람이는 이를 악물며 몸을 뒤틀어 자신의 뒤를 후려쳤다. 청도가 가람이의 뒤를 잡고 있었던 것이다.

부웅!

가람이의 검은 청도와 가람이의 공간을 빠른 속도로 잘랐다. 그러나 이번에도 가람이의 검은 허공을 쳤고, 청도는 다시 발을 움직여 가람이의 뒤쪽으로 돌아서 들어갔다.

"청도 저 녀석, 무지 빠르네!"

요령이가 탄성을 내뱉었다. 가람이는 이를 악물며 다시 뒤쪽으로 칼을 뿌렸다. 그러나 이번에도 청도는 발자국 소리 하나 없이 가람이의 뒤를 잡았다. 다시, 또다시… 가람이가 뒤쪽으로 몸을 과격하게 돌리면서 칼을 뿌리면 청도가 가볍게 피하면서 가람이의 뒤로 돌아 들어가는 모습이 반복되고 있었다. 가람이는 아마 죽을 맛일 것이다. 조금이라도 뒤를 치는 것이 늦으면 청도는 피하는 대신 가람이의 등을 목검으로 후려칠 것이기 때문이다.

가람이의 동작이 점점 커지고 몸의 안정감도 보기 아슬아슬할 정도로 깨지고 있었다. 애초부터 비틀대면서 뒤를 친다는 것 자체가 무리한 동작이었는데, 거기에 계속해서 뒤를 베는 동작을 반복하면서 그나마 선천적 운동 신경으로 간신히 잡아 나가던 몸의 균형이 무너지고 있는 것이다. 아마도 저대로 가다간 가람이는 곧 넘어져 버릴 것이다.

"으라차아앗!"

가람이는 격한 함성을 지르면서 그림자처럼 자신의 뒤를 잡는 청도를 어떻게든 떼어내기 위해 발버둥을 쳤다. 갑자기 가람이의 몸 주위로 폭발하듯 검들의 그림자가 뿜어져 나왔다. 가람이의 주위를 뒤덮은 검의 잔상들로 가람이의 모습은 꼭 고슴도치 같았다. 하지만 청도는 갑자기 가람이의 몸에서 수백 개의 검들이 뿌려져도 전혀 당황하지 않는 듯 자신의 앞으로 찔러 들어오는 몇 개의 검들만 빠르게 쳐내며 가람이를 향해 파고들었다.

"영차!"

으랏차, 영차… 참으로 고전적인 기합의 연속이로군. 가람이는 다시금 용을 쓰는지 소리를 지르며 검을 크게 휘둘렀다.

바우우웅!

도끼를 휘둘러도 저런 소리는 안 나겠다! 목검에서 마치 풍차가 돌아가는 듯한 소리가 나며 검 선으로 이루어진 두 개의 거대한 타원이 행성의 고리처럼 크게 그려졌다. 이번에는 청도도 그 기세에 놀랐는지 뒤로 재빨리 물러섰다. 그리고 가람이가 다시 한 번 청도를 거세게 몰아붙이기 시작했다.

"크아아앗!"

엄청난 속도였다. 가람이는 발이 보이지 않을 정도로 보법을 내디디며 머리, 어깨, 허리를 가리지 않고 청도를 향해 마구잡이로 검을 휘둘러 댔다.

딱! 딱! 딱!

청도는 빠르게 검을 움직여 가람이의 공격을 모두 흘려내거나 쳐내었지만 기세에서 밀리는 듯 주춤주춤 뒤로 물러섰다. 나는 마음속으로 응원하던 가람이가 승세를 타기 시작하는 것을 보고는 기뻐서 외쳤다.

"저것 봐, 요령아! 가람이가 이기고 있어!"

그런데 요령이는 내 말에 심드렁하게 대답했다.

"바보야, 저게 이기는 걸로 보이냐? 대련 끝났어. 가람이가 졌네."

난 전혀 얼토당토않은 소리에 그만 놀라서 요령이를 바라보았다. 뭐? 가람이가 지고 있는 것도 아니고 가람이가 졌다고? 그게 무슨 말도 안 되는 소리야? 그럼 지금 내 눈앞에 벌어지고 있는 저 광경은 뭐냐?

"웃기지 마! 저것 봐! 가람이가 밀어붙이고 있잖아! 저게 어딜 봐서 가람이가 지는 모습이야?"

"바보야, 눈이 있으면 똑바로 봐라. 저런 마구잡이 공격이 한 대라도 맞을 것 같냐? 거기다가 저런 공격으로 체력을 낭비하면 금방 지쳐 버린단 말야. 아까 청도가 계속 가람이의 뒤를 잡을 때 이미 청도가 가람이보다 칼 솜씨가 뛰어나다는 것은 입증된 거나 마찬가지야."

"뭐?"

"청도는 그때 가람이의 등을 칠 기회가 얼마든지 있었어. 하지만 그냥 넘어갔지. 한마디로 청도가 가람이를 봐준 거야."

나는 놀라서 눈을 휘둥그렇게 떴다. 청도가 가람이를 봐줄 정도로 그렇게 둘의 실력 차이가 크단 말야? 가람이는 이를 악물며 검을 계속 휘두르고 있었다. 이마에 불거진 굵은 힘줄이 지금 얼마나 가람이가 용을 쓰고 있는지를 말해 주고 있었다. 하지만 청도는 뒤로 계속 물러나면서도 얼굴에 여유가 있었다. 청도는 가람이가 휘몰아치듯 쳐대는 공격들을 차분히 막아내었다.

"이제 끝날 때가 다 되어가는군."

"젠장—!"

턱.

칼을 허공에서 멈춘 채로 가람이가 공격을 멈추었다.

"뭐지? 포기하는 거야?"

청도가 가람이의 행동에 멈칫하며 의아해할 때, 갑자기 가람이가 엄청난 속도로 칼을 현란하게 돌리며 방금 전보다 더욱 빠르게 청도를 몰아붙이기 시작했다.

휘리리릭!

빙글빙글 돌아가는 검에서 날카로운 휘파람 소리가 들렸다.

"윽! 아직까지 이 정도 여력이 남아 있었어?"

가람이의 이번 공격에는 청도도 꽤나 당황했나 보다. 청도의 몸 균형이 눈에 띄게 흔들리는 게 눈에 확연히 보였다. 칼의 연속적인 충돌음이 어지러이 들려왔다.

탁! 탁! 탁!

요령이는 손으로 턱을 괴며 흥미롭다는 듯 말했다.

"흠, 마지막으로 보여줄 건 다 보여주자는 건가? 아까 그 제독연무검인가 하는 것보다도 훨씬 낫네."

가람이는 계속해서 검을 위아래로 돌려대며 청도를 몰아붙이고 있었다.

"핫!"

갑자기 가람이가 엄청난 기세로 소리를 지르며 검을 청도의 오른쪽으로 휘둘렀다. 청도는 반사적으로 가람이의 공격을 막기 위해 검을 오른쪽으로 세웠다. 그러나 가람이의 손은 비어 있었다. 허수.

퍽!

그 때를 놓치지 않고 가람이는 청도의 가슴을 걷어찼다. 청도는 몸을 비틀어 피하려 했지만 아슬아슬하게 가람이의 발에 스쳤고 휘청대며 뒤로 밀려났다.

"차아!"

가람이는 그 기회를 놓치지 않고 검으로 베어 들어갔다.

"으윽!"

간신히 왼쪽으로 돌아서 피한 청도. 하지만 몸의 균형이 깨져 있었다. 가람이는 다시 한 번 검을 현란하게 돌리며 청도를 몰아붙였다. 수십 개의 빈 손들과 헛공격들이 살기를 품은 공격과 함께 청도의 주위에서 펼쳐졌다. 청도는 완전히 당황해 버린 듯했다. 요령이는 혀를 찼다.

"쯧, 봐주다가 피 보네. 이번에 잘 밀어붙이면 가람이가 이길 수도 있겠는걸?"

청도는 목을 향해 날아드는 칼을 간신히 고개를 숙이며 피하고 곧바로 다시 비스듬히 날아오는 칼을 막았다. 하지만 가람이는 청도가 자신의 검을 막자 튕겨 오르는 반동을 이용해서 머리 위로 한 바퀴 돌리더니 반대 편 어깨로 칼을 휘둘렀다. 어쩔 수 없이 청도가 뒤로 물러나는 순간 가람이는 칼을 그대로 청도의 가슴으로 찔렀다.

딱!

청도가 힘겹게 쳐내었지만 가람이는 쳐낸 위치 그대로 검을 다시 들어 올려서 휘둘렀다. 가람이는 청도가 자신을 수습할 시간을 전혀 주지 않기 위해 쉴 새 없이 청도를 몰아붙였다. 다시 한 번 뒤로 뛰어서 가람이의 공격을 흘린 청도. 하지만 다시 자신의 가슴으로 검이 짓쳐들어오자 무언가 결심을 했는지 이를 악물며 오히려 앞으로 뛰었다.

"젠장!"

딱!

앞으로 뛰면서 청도는 자신의 가슴을 향해 빨려 들어오는 검을 간발의 차이로 피해냈다. 이제 오히려 빈틈이 생긴 것은 가람이 쪽이다. 청도는 방금 전 가람이보다 훨씬 더 현란하게 검을 휘둘렀다.

휘리리릭!

검에서 공기를 휘감는 소리가 났다.

따다다닥!

검의 충돌음들이 하나의 소리로 엉켜서 들렸다. 그 정도로 검들이 빠르게 부딪치고 있는 것이다. 청도는 그렇게 가람이를 돌풍처럼 몰아붙이다가 어느 순간 갑자기 가람이의 앞에서 사라졌다.

휘릭!

"이런!"

가람이는 경악으로 인해 눈을 크게 뜨며 재빨리 뒤로 검을 휘둘렀다.

부웅!

하지만 청도는 가람이의 뒤에 없었다.

"뭐, 뭐야!"

턱.

가람이의 왼쪽 어깨 위에 청도의 검이 얹혔다. 청도는 처음부터 가람이의 뒤가 아닌 옆으로 들어갔던 것이다.

"내가 이겼다, 가람아."

"…젠장!"

가람이는 항복의 표시로 검을 떨구었다. 그리고 청도는 가람이가 검을 떨구자 자신의 검을 화려하게 몇 번 휙휙 돌려서 허리께에 걸쳐 잡았다. 아마 검을 회수하는 동작인가 보다.

"너, 정말 대단하던데? 이 정도의 실력자는 정말 오랜만이었어."

청도가 언제 칼을 주고받았냐는 듯 씩 웃으며 가람이에게 다가가 말을 건넸다. 가람이도 방금 전에 싸워서 졌다고 입 꼭 다물고 있을 그런 속이 좁은 녀석이 아니므로 청도의 말에 고개를 설레설레 저으며 대답한다.

"너야말로 정말 대단했다. 너 정도의 실력자는 내 평생을 걸쳐서도 몇 번 보지 못한 것 같군."

가람이의 말에 청도는 갑작스레 폭소를 터뜨렸다.

"아하하핫! 너, 완전 말하는 건 애늙은이네? 평생? 너의 평생이래 봤자 고작해야 20년이잖아! 너, 말투 진짜 웃긴다!"

청도에게 '가람이는 사실 300살이야'라고 말해 준다면 청도는 어떤 표정을 지을까. 나는 청도가 웃는 모습을 씁쓸한 기분으로 바라보며 생각했다. 가람이의 표정도 나와 별반 다르지는 않았다. 가람이는 뒷머리를 긁적이며 애써 멋쩍은 척 말했다.

"아… 미안. 그냥 나 살아오면서 그랬다는 거지."

"그래? 어쨌든 너, 재미있는 놈이구나? 그런데 네 평생 나 정도의 기량을 가진 사람을 몇 번 보긴 했다는 거야? 정말로? 이상하네… 난 지금까지 내가 당연히 세계 최고일 거라고 생각했는데."

사실 내 생각이지만, 가람이가 청도의 실력에 저렇게 놀라는 것으로 봐서 정말 청도는 가람이가 몇십 년, 혹은 백 년이나 이백 년, 아니, 어쩌면 더 될 수도 있겠지. 여하튼 그 정도 만에 만난 실력자인 것 같다. 그렇다면 가람이가 방금 말한, 청도보다 실력이 강한 사람들은 지금쯤 하얗게 표백된 뼈가 되어서 오동나무 관 속에서 편안히 썩고 있을 것이다. 가람이는 청도의 말에 무어라고 대답해야 하나? '응, 내가 120년 전쯤 함흥의 어느 산골에서 너와 비슷한 실력을 가진 사람을 만난 적이 있어. 산속에서 생식만 하면서 도 닦는 사람이었지'라고 대답할 수는 없는 노릇이잖아? 가람이는 당황한 표정으로 우물쭈물하더니 간신히 청도의 말에 대답했다.

"아, 그건, 그냥, 말이, 그러니까 그냥 말이 그렇다는 이야기지. 하하!"

억지웃음까지 지으며 애쓰는 가람이. 나이를 속인다는 것, 생각보다 쉬운 일은 아닌 것 같다. 그것도 무려 280년을 속이는 일이니 오죽하랴. 청도는 잠시 뭔가 이상하다고 생각했는지 고개를 갸웃했지만 다행히 다시 토를 달거나 하지 않고 그냥 넘어갔다.

"그런데 정말 생각할수록 대단하군. 어리다면 어린 나이에 어떻게 그런 기량을 얻은 거지?"

가람이의 말에 청도는 얼굴까지 벌게졌다. 얼씨구, 지 입으로 세계 최고니 난 강하니 할 때는 언제고 이제 와서 부끄럼은 타고 그러시나? 남이 띄워주는 건 아무래도 자신이 장난처럼 자화자찬하는 것과는 느낌이 다르다 그건가? 하지만 너는 스스로 세계 최고라고 말하면서 무지무지하게 진지했잖아.

"하하, 너, 진짜 아까부터 왜 그러냐? 어린 나이라니, 너랑 나랑은 동갑이야, 동갑! 그리고 너도 스물치고는 굉장한 실력이던데 뭐. 감탄했어."

"그런 나를 이긴 너의 실력은 어떻고. 정말 놀라워."

"자식, 띄워주긴. 근데 진짜 너도 대단해."

흠, 둘 모두 실력이 뛰어난 건 맞지만 저런 대화라니. 슬슬 둘의 '서로 칭찬해 주기 놀이'가 보기 지루해진다. 어휴~ 차라리 서로 욕을 하지, 서로 띄워주는 꼴이라니.

내가 짜증이 조금 나려고 할 때 멋진 타이밍으로 요령이가 입을 열었다.

" '아니, 청도야, 너 왜 이리 강하니? 아나아냐. 가람아, 너도 강해. 아냐, 너에 비하면 난 새 발의 피라고. 하지만 넌 정말 강한걸. 아하하. 녀석, 겸손하기까지 하구나!' 얼씨구. 잘들한다. 그냥 죽이 아주 척척 맞네, 척척 맞어. 찰떡궁합이구먼, 완전히. 왜? 아주 사돈 맺지. '사돈, 정말 강하십니다. 어이쿠, 그쪽은 한 수 더 하시는군요. 늙어서도 강하시니 사돈 때문에 아주 죽겠습니다. 그러는 저야말로 사돈만 보면 아주 환장하겠습니다. 아뇨, 전 사돈 때문에 아주 미쳐 버리겠습니다' 차라리 멍석을 깔자. 깔아줄까? 응? 멍석 깔아줘?"

역시 요령이는 정곡을 찌르면서 동시에 분위기 싸하게 만들 뿐만 아니라 덤으로 사람 바보 만드는 데에 눈부신 솜씨를 지니고 있다. 모두가 자신에게 주목하고 분위기까지 차가워지자 요령이는 목소리를 가다듬더니 이윽고 싸늘한 눈빛으로 좌중을 훑어보며 입을 열었다.

"아이잉~ 나 배고파잉~"

윙크까지 하면서 애교를 떠는 요령이. 그리고 잠시 죽음처럼 흐르는 정적.

"푸하하하!"

나는 결국 웃음을 터뜨리고야 말았다. 아, 웬만하면 안 웃으려고 했는데… 하지만 방금 전 건 정말로 깼어!

"웃냐? 웃기냐? 나 같은 외모의 소유자가 오랜만에 눈 딱 감고 미친 짓 한번 했으면 혹해야 정상 아냐? 니가 그러고도 남자냐?"

요령이는 내가 의외의 반응을 보이자 조금 화가 났는지 눈썹을 치켜

뜨며 나를 옆눈질로 흘겨보았다. 하지만 요령이의 표정은 곧 화남에서 당황으로 바뀌어 버렸다.

"으하하하하하!"

뒤에서 청도가 웃어 젖혀 버린 것이다.

"아, 요령아, 이제 보니까 니가 뭔가 좀 웃길 줄 아는 애였구나. 영준아, 네 친구들은 다들 재미있는 애들뿐이냐? 하하하!"

"사실 쟤네 둘만 상태가 좋아서 저래."

난 대강 시시껄렁한 농담으로 대답했다. 그리곤 이제 청도와 나를 번갈아 쏘아보는 요령이에게 물었다.

"아, 뭐? 왜 노려보는데?"

"으으……."

그때 가람이마저 나와 청도를 거든다. 가람이가 싸늘하게 내뱉듯 말해 버린 것이다.

"제기랄, 방금 내가 뭘 봤던 거지? 봐선 안 될 걸 봐버렸군."

계속 우리를 쏘아보던 요령이는 가람이가 결정타를 날리자 이윽고 한숨까지 내쉬며 슬픈 눈으로 하늘을 쳐다본다. 허, 점점.

"에휴, 가람이는 그렇다고 쳐. 저 자식한테야 뭐 나도 애초에 아무런 기대를 안 했으니까. 그런데, 그. 런. 데! 나머지 둘은 뭐야? 도대체 뭐냐고! 둘이나, 둘이나 내 귀여움을 몰라주다니… 아, 내가 미쳤지. 왜 그런 짓을, 쓸모없고 무의미한 짓을 해버린 걸까! 완전히 돌부처 앞에서 주기도문 외우기였지. 왜 내 주위에는 이런 남자들만……."

한참 온갖 잡소리를 궁시렁궁시렁거리던 요령이는 이윽고 정색을 하고 날 새침하게 노려보며 외쳤다.

"아, 밥 줘! 밥 안 줄 거야? 배고파!"

쳇. 솔직히 말하자면 방금 전의 애교 떨던 요령이가 지금의 딱딱거리는 요령이보다 훨씬 예뻤어. 그것도 휘어어어~얼씬. 하지만 지금 같은 요령이가 진짜 요령이다운 요령이지. 난 슬쩍 웃으며 요령이에게 대답해 주었다.

"내가 밥을 찍어내는 기계냐, 밥통이냐? 왜 맨날 나한테 밥타령이야? 내 얼굴이 밥으로 보여?"

물론 입으로는 웃었지만 말에는 칼날을 실었다. 하지만 요령이는 내 말을 지극히 태연히 받아쳤다.

"밥통은 아니지만 지갑은 맞잖아."

"뭐! 이, 이……."

요령이는 너무나 당연하게 뭘 그런 것까지 일일이 말해야 하냐는 듯 전혀 일말의 표정 변화 없이 내 말에 태연하게 대답했고 때문에 나는 돌아버릴 것 같은 기분에 빠져 버렸다. 아니, 같은 말을 해도 저렇게 싸가지없게 할 수가 있나? 저런 능력은 타고나는 걸까? 내 생각이 틀렸다. 요령이답고 나발이고 아까처럼 애교 떨던 요령이가 훨씬 낫다. 매일 이렇게 요령이에게 당할 수는 없단 말야! 여자들이 남자에게 빌붙는 소설을 보면, 아니, 심지어는 남자가 여자에게 빌붙는 소설이나 만화를 뒤져 봐도 몽땅 여주인공들은 다들 남자 주인공한테 비할 데 없이 상냥하고 싹싹하더니만, 왜 나는 이런 거야! 도대체 왜! 왜냐고!

내가 간신히 흥분을 가라앉힐 때쯤 이미 요령이는 식당으로 가는지 저 멀리에서 헐렁한 바지 주머니에 손을 아무렇게나 끼워 넣은 채 털레털레 산길을 내려가고 있었다.

"뭐 해? 안 와?"

저렇게 '무슨 일 있냐?' 는 듯이 쳐다볼 수 있다니… 언제나 느끼는 거지만, 아직 나로서는 도저히 요령이를 이길 수 없다. 나와는 수준이 다른걸. 도대체 350년 동안 음기는 안 쌓고 못된 버르장머리만 차곡차곡 쌓았는지. 요령이가 가진 영능력보다도 몇 배는 놀라운 요령이의 저 행동거지들은 도대체 어떻게 형성된 걸까?

"으아악! 먼저 가냐—!"

뭐, 어쩌겠어. 한동안 이렇게 끌려 다니는 수밖에 없잖아? 애교를 부리는 요령이보다 오히려 저렇게 딱딱거리는 요령이가 가끔씩은 더 귀여워 보이는 것으로 봐서 아직 요령이의 손에서 휘둘리지 않을 때는 까마득히 먼 것 같으니까 말야.

나는 요령이의 등 뒤로 바락바락 소리를 지르며 요령이를 향해 뛰었고, 청도는 뭐가 재미있는지 그런 내 모습을 보며 히죽히죽 웃었다. 그 웃음의 의미는 뭐야? 그건 그렇고, 뛰다가 생각해 보니 요령이는 어차피 수중에 밥값이라고는 땡전 한 푼도 없잖아? 휴~ 하여튼 어쩔 수 없는 녀석이라니까.

제14장

S.K.O.P

　첫 등교 날로부터 벌써 보름이라는 시간이 지났다. 그리고 이제 난 어느 정도 대학이라는 공간 속에서의 생활에 익숙해졌다. 청도라는 새로 알게 된 친구와도 매일매일 함께 어울려 다니게 되었다. 이렇게 매일매일 치열하게(?) 진행되는 대학 생활 속에서 난 한 가지 깨달은 것이 있다. 그것은 대학이라는 곳은 고등학교보다 잠자기가 훨씬 만만하다는 사실이다. 또 한 가지 깨달은 것이 있다. 대학교 식당의 밥값은 결코 만만치 않다는 사실이다.

　"안 돼! 1,000원짜리 먹어!"
　"싫어! 싫어! 싫어, 싫어, 싫어! 오늘의 '특별 메뉴'는 '참치회덮밥'이란 말야!"
　"어차피 냉동에 푸석푸석한, 맛대가리도 없는 살 몇 점 없은 거 너도 뻔히 알잖아! 돈없다니깐!"

"아, 몰라몰라몰라몰라! 아, 몰라몰라몰라몰라! 사달라면 사줘!"

여기는 승학관 내 식당 앞의 식권 판매소. 요령이는 언제나 그랬듯이 오늘도 1,500원짜리 '특별 메뉴'를 먹겠다며 내게 떼를 쓰고 있다. 그리고 언제나 그랬듯이 나는 절대 안 된다며 '거부권'을 행사하는 중이다.

"냉동 참치가 아니라 썩어 문드러진 참치라도 상관없어! 먹을래, 먹을래, 먹을래먹을래먹을래먹을래앳! 먹을 거야! 먹을 거라구!"

"그렇게 생선이 먹고 싶으면 1,000원짜리 메뉴 중에서 한식 사다 먹으면 되잖아! 오늘 한식은 고등어 튀김이야. 어차피 똑같은 생선이라고!"

"저건 냉동에 푸석푸석한 것을 튀겨서 맛도 없단 말야!"

뭐? 냉동에 푸석푸석한 것을 튀겨서 맛도 없다고? 내참, 기가 막히는군. 나는 요령이를 한참 바라보다가 천천히 물었다.

"1500원짜리는 냉동에 푸석푸석, 아니, 썩어 문드러져도 먹는다며?"

"아, 진짜 500원 가지고 되게 따져 대네!"

"너야말로 그 500원 가지고 너무 따지는 거 아냐?"

보다 못한 청도가 뒤에서 황급히 말했다.

"야, 야, 야, 내가 오늘 요령이 거 밥 살게! 제발 그만 좀 해들!"

청도는 주위의 시선을 의식하는지 얼굴이 벌게져서 주위를 계속 두리번거리고 있었다. 뭘 그렇게 창피해하는 거야? 걱정 마, 걱정 마. 이 개인주의가 만연한 캠퍼스 안에서 누가 우리를 쳐다보기라도 할 것 같아? 대학생들이란 모두 자기 할 일에 바쁜 사람들뿐이라고. 누가 우리를 신경 써?

"다들 우리만 쳐다보잖아! 창피하게……."

청도의 말에 난 주위를 힐끔 쳐다보았다. 그리고 무언가 화끈거리는 것이 목을 타고 올라와 얼굴을 뒤덮는 것이 느껴졌다. 캠퍼스라는 곳은 아직까지 공동체 문화가 눈을 시퍼렇게 뜨고 살아 있는 곳이었단 말인가(그런데 우리가 추태를 부리든 말든 신경 안 쓰는 게 개인주의인 건 알겠는데 우리를 쳐다보며 비웃는 게 공동체 주의라고 보기에는 좀 그렇다)? 식권을 사려고 길게 줄을 선 사람들과 그 밖의 행인들이 모두 우리를 바라보고 있었다. 나는 고개를 푹 숙이며 요령이에게 속삭였다.

"고맙다, 야."

"뭐가?"

요령이는 상황과 전혀 어울리지 않는 나의 말에 눈을 살짝 흘겨 뜨며 물었다. 묻는 말에는 친절하게 대답해 주는 게 예의고 나는 예의 바른 청년이다.

"평생 당할 쪽팔림을 오늘 다 당하게 해줘서 정말 고마워."

"괜찮아, 괜찮아. 네 인생이야 원래 한 편의 장대한 수난 기록서잖아. 이 정도 창피함쯤이야 이제 태연히 웃어넘길 수 있지 않아?"

뭐? 이 정도야 태연히 웃어넘길 수 있지 않냐고? 좋아, 네가 그렇게 웃어넘기는 것을 바란다면야 원하는 대로 해주지!

"하.하.하. 참. 우.습.구.나. 와! 웃.어.넘.길. 수. 있.어.서. 참. 좋.구.나."

난 요령이를 바라보며 왼쪽 입술을 일그러뜨리고 '아하하' 하고 무음색으로 웃어주었다. 그리고 요령이는 '훙' 하면서 별것도 아니라는 듯 역시 한쪽 입술을 치켜올리며 비웃음으로 나를 바라보았다. 얼씨구. 도대체 요령이는 고양이면서 저런 표정 연기는 어디에서 배웠을까. 내가 요령이가 헐리우드나 충무로 출신은 아닌지를 심각하게 고민하고 있을 때, 등 뒤에서 청도가 나를 툭툭 치며 뭔가를 쑥 내민다. 받아 들고 보니 두 장의 분홍색 '특별 메뉴' 식권이다.

"자, 니 거까지 샀어. 한 장은 요령이 주고."

"아, 아냐, 내 건 됐어."

"벌써 샀어, 임마."

내게 억지로 식권을 쥐어주며 씩 웃는 청도. 안 그래도 요즘 들어서 매번 동아리방—이라고 이름 붙인 청도의 컨테이너—에서 그가 지어주는 저녁을 얻어먹어 미안한데 이렇게 점심까지 그에게 얻어먹으려니깐 내가 꼭 빈대 같잖아. 청도는 낚아채듯 내 손에서 식권을 탁! 하고 빼앗아 배식대로 총총히 걸어가는 요령이를 재밌다는 듯 바라보더니 이내 내 머리를 쓱쓱 헤집으며 말했다.

"자식, 왜 그렇게 요령이랑 맨날 싸우고 그러냐? 저렇게 이쁜 애한테 잘해줘야지. 사랑 싸움도 작작해야 보기 좋은 거야, 임마."

…청도에게 가졌던 고마운 마음이 싹 달아나 버렸다. 이런 젠장! 나는 미친 듯이 고개를 흔들며 청도의 말을 부인했다.

"아냐, 아냐! 그런 거 아냐아아, 임마!"

"아니긴 뭐가 아냐. 척 하면 딱이구만. 사실 너한테 요령이가 좀 과분하긴 하지만, 그러니까 오히려 니가 더 잘해줘야지. 너무 부담 갖진 말고. 성격으로는 네가 오히려 먹고 들어가잖아."

"이거 왜 이래? 아니래도 자꾸 그러네!"

"밥이나 타오셔."

청도는 그렇게 말하며 배식대로 사라졌다. 아, 젠장! 내가 어딜 봐서 요령이와 그렇고 그런 사이로 보인단 말야? 내가 원하는 이상형의 기본 중의 기본은 그 여자가 '사람 여자' 이어야 한다는 거다(물론 이 조항은 요령이를 만나기 전까진 있지도 않았다). 하긴 나랑 요령이가 좀 붙어 다니면서 친하게 놀긴 했지. 하나 달리 생각하면 요령이가 나를 얼마나 만만하게 대했으면 요령이와 내가 티격태격해 대는 게 남들 눈엔 사랑싸움으로 비칠까. 나는 지끈지끈 아파오는 머리를 꽉꽉 누르며 청도를 따라 배식대로 향했다. 휴우, 모든 게 엉망진창이군.

바삐 수저를 놀려 버석거리는 냉동 참치와 초고추장을 뒤섞던 청도가 문득 뭔가 생각났는지 말문을 열었다.

"야, 가람이."

"응."

"너, 언젠가 그랬었지? 내가 어떻게 이렇게 칼을 잘 쓰는지 궁금하다고."

가람이는 의아한 눈빛으로 청도를 바라보며 고개를 끄덕였다.

"그랬었지."

"그럼 오늘 저녁 먹고 내 방에 계속 있어봐라."

청도의 갑작스러운 제안에 가람이는 어리둥절한 표정으로 청도를 바라보며 물었다.

"아니, 수련을 밤에 하기라도 하는 건가?"

"글쎄, 그것도 일종의 수련이라면 수련이고… 특별 수련이라고 해야하나? 여하튼 그냥 따라와 봐. 보면 아니깐."

보면 뭘 알게 된다는 걸까? 하지만 청도는 우리들의 궁금한 시선은 신경 쓰지 않는다는 듯 대화가 끝나자 다시 바쁘게 밥을 섞기 시작했다.

"그런데 말야……."

밥에는 별로 관심이 없는 듯 섞는 둥 마는 둥 수저를 움직이던 가람이가 청도를 향해 입을 열었다.

"왜 하필 오늘 보여준다는 거지? 너, 지금까지는 나한테 너의 수련에 대해 말한 적이 없었잖아."

"아, 별로 보기 좋은 모습은 아니라서 보여줄까 말까 했는데, 오늘이 아니면 이제 보여줄 수가 없게 돼서… 보여준다고 닳거나 하는 것도 아니니깐."

"왜?"

청도는 씩 웃었다.

"내일부터는 그 특별 수련을 안 해도 되거든. 아니, 하고 싶어도 못 하게 되나?"

청도의 말에 가람이는 더욱더 이해가 안 되는 듯한 표정으로 이제 아예 밥을 비비던 숟가락을 놓고 생각에 빠져들었다. 그렇게 식사도 잊고 무언가를 골똘히 생각하던 가람이는 애가 탄다는 표정으로 고개를 들어 청도에게 물었다.

"혹시 네가 말하는 그 '수련'이 지금까지 내가 대련을 부탁해도 거절했던 이유인가?"

지금까지 가람이는 청도의 방에 찾아갈 때마다 같이 대련 좀 하자고 부탁했지만 청도는 얼버무리는 대답과 어정쩡한 말로 가람이의 부탁을 모두 거절했다. 사실 나도 청도가 가람이와의 대련을 피하는 이유가 궁금했지만 지금까지 청도는 그 이유를 알려주지 않았다.

"어, 그렇다고 볼 수 있지."

청도는 밥 먹는 데 열중해서인지 고개를 푹 숙이고 입 안에 밥을 잔

뚝 물어서 웅얼거리는 목소리로 대답했다. 그 모습이 꼭 가람이한테 대답하는 게 아니라 밥그릇에 대답하는 것처럼 보였다. 가람이는 뭐가 그리 궁금한지 이젠 아예 양손으로 턱을 괸 채 생각에 빠졌다. 그리고 가람이의 앞쪽에 앉아 있던 요령이는 눈을 빛내며 미처 비비지 못한 가람이의 밥그릇에서 참치살들을 손으로 한 주먹 덥석 집어다 자기 밥 위에 올려놓고 마구 섞어버렸다. 그 과정에서 요령이의 손에 초고추장이 묻었지만 별로 신경 쓰지 않는 듯했다. 문득 자신의 밥에 있던 참치들이 몽땅 없어졌다는 것을 깨달은 가람이는 이를 드러내며 요령이를 노려보다 소릴 질렀다.

"야! 너!"

"밥그릇 앞에 두고 뭐 하는 짓이니? 난 또 네가 생선살 먹기 싫은 줄 알았지롱~"

요령이는 역시 빨랐다. 게다가 '먹기 싫은 줄 알았지' 면 '먹기 싫은 줄 알았지' 인 거지, 끝에 '롱~' 은 뭐란 말인가. 가람이의 관자놀이에서 힘줄이 툭 불거졌다. 가람이는 결국 해선 안 될 말을 해버리고 말았다.

"도로 내놔!"

아아, 저 이미지 망가지는 소리. 도대체 우리보다 수준이 세 차원은 위였던 가람이가 어쩌다 이렇게 추락해 버렸단 말인가! 우리는 동시에—심지어 요령이마저도—참으로 안타깝다는 얼굴로 가람이를 바라보았다. 그리고 이윽고 요령이는 참으로 무시무시한 짓을 해버렸다.

"베레레레레~ 얼마든지 도로 가져가서 드시죠. 호호!"

그렇다. 요령이는 재빠르게 마치 메롱을 하듯이 혀를 재빠르게 굴려 자신의 밥그릇에 잔침들을 뱉어버린 것이다. 저런 천인공노할 짓을 하다니! 주위의 테이블에는 수저를 놓고 멍하니 우리를 바라보는 사람들이 점점 늘어나고 있었다.

"…그냥 먹어……."

"아니 왜, 갖다 드시래두? 줘도 안 먹겠대. 먹어! 왜? 먹으라고!"

우리의 눈빛에 결국 가람이는 부끄러워졌는지 고개를 푹 숙이며 웅얼거리듯 말했고 요령이는 그런 가람이를 더욱 거세게 몰아붙였다. 그리고 난 고개를 숙인 가람이를 측은한 눈으로 바라보았다. 그래, 가람아. 이해한다, 이해해. 가람이 너로서는 방금 전에 던진 그 '도로 내놔' 라는 대사가 요령이에게 그나마 최선을 다해 맞선 거겠지. 단지 그 상대가 너무 강했던 것뿐. 너는 훌륭히 싸웠다, 가람아. 젓가락을 입에 물고 가람이를 바라보던 나에게 요령이가 작게 속삭인다.

"너, 참치 먹기 싫으면 나 쫌만……."

"이익!"

"아, 이거 왜 이래? 말이 그렇다는 거지, 말이!"

"으휴… 정말!"

요령이는 정색을 하며 오히려 나에게 화를 냈다. 에이, 밥이나 먹자!

어느덧 시계 바늘은 12시를 향해 천천히 움직이고 있었다. 그리고 청도의 방에서 청도가 뭘 보여줄지를 기대하며 앉아 있던 우리는 조금씩 지루함을 느끼며 몸을 비틀었다. 이거 아무 일도 안 벌어지고, 아무것도 하지 않고! 도대체 뭐야? 결국 요령이는 지루함을 견디지 못하고 뒤로 벌렁 드러누워 버렸다. 요령이가 뒤로 넘어가자 요령이의 길고 탐스러운 검은 머리가 아무렇게나 헝클어져 방에 펼쳐졌다. 요령이는 그렇게 드러누워서 뒹굴뒹굴 구르더니 혼자 무어라 중얼거렸다.

"아, 몰라, 뭘 보여주든지 말든지 나 졸려어~"

"야, 그래도 일어나 앉아서 조금만 기다려 봐."

나는 요령이에게 타일렀다. 내 말에 가람이도 동의했다.

"도대체 이게 버르장머리없이 무슨 짓인가."

"버르장머리는 얼어죽을 버르장머리. 여기서 나보다 나이 많은 사람 있어? 있으면 나와봐, 나와봐!"

"하지만 너보다 나이 적은 사람도 없잖아?"

요령이의 말에 화들짝 놀라 버린 나는 요령이의 실수를 무마하기 위해 재빨리 말했다. 다행히 요령이는 내가 무슨 의도로 요령이의 말에 토를 달았는지 눈치 채고 내 말을 긍정해 주었다. 다행이군.

"그래그래, 모두 나이가 같지. 그러니까 우리끼리는 체면치레 같은 거 딱히 차리지 않아도 되잖아. 안 그래?"

그런데 의외로 우리에게 좋은 소리만 하던 청도가 이번에는 요령이의 말에 고개를 설레설레 저으며 말했다.

"체면치레 같은 건 상관없는데 요령아, 좀 일어나는 게 좋을 거 같다."

"왜?"

청도가 자신의 말에 토를 단다는 것은 요령이에게 있어서 조금 의외였나 보다. 요령이는 상반신만을 부스스 일으키더니 팔꿈치를 바닥에 기대고 큰 눈을 더욱 크게 뜨며 청도를 바라보았다. 청도는 생각 외로 심각한 얼굴로 대답했다.

"이제 곧 시작되거든. 이제 12시가 되면… 뭐, 별로 특별히 위험하다거나 한 건 없지만 그래도 혹시 모르니까……."

비록 표정은 태연했지만 마음속으로는 초조한지 청도의 눈가가 조금 떨리고 있었다. 약간 초조해하는 듯한 눈치의 청도를 바라보던 요령이는 고개를 갸웃하더니 그냥 청도의 말에 따르기로 한 듯 다리를 구르며 몸을 확 일으켜 털썩 주저앉았다. 요란하게도 일어나네. 그리고 청도는 그 모습에 씩 웃더니 곧 다시 휴대폰을 뚫어져라 바라보았다. 12시 1분 전. 갑자기 청도는 의자에서 벌떡 일어서더니 칼걸이에 걸려 있는 몇 개의 목검 중에서 정확한 손놀림으로 자신이 가장 아끼는 목검을 골라 들고 방 밖으로 뛰쳐나갔다. 뭐지?

"으하앗―!"

액정의 시계가 11시 59분에서 00시 00분으로 바뀌는 순간, 청도의 기합 소리가 들려왔다. 우리는 튕겨지듯 벌떡 일어나서 문으로 달려갔다. 문밖으로 나서자 상당히 이상한 장면이 눈에 들어왔다.

"흡……!"

청도가 짧게 숨을 끊어 쉬며 허공에 미친 듯이 칼을 휘두르는 장면이 내 눈에 들어온 것이다. 청도는 가람이와 싸울 때보다도 훨씬 현란하고 빠른 움직임을 보여주고 있었다. 멋지다! 그런데 한편으로 생각하면 한밤중에 마구잡이로 허공에 칼을 휘둘러 대는 청도의 행동은 꽤나 우스워 보였다. 고작 이걸 보여주려고 밤 12시까지 우리를 동아리방에서 기다리게 한 건가? 혼자서 칼을 휘두르며 수련하는 것이라면 아무 때나 해도 되잖아? 거기에다 이것 때문에 가람이와 대련을 못한다는 건 또 무슨 소리야?

나는 청도의 얼굴을 바라보았다. 그리고 청도의 갑작스러운 행동에 대한 의문은 몇 배로 증폭되었다. 청도의 얼굴에는 가람이와의 싸움 때 보였던 예의 그 씩 웃는 여유로운 미소 대신 긴장감이 팽팽히 자리 잡고 있었던 것이다. 청도의 이마는 방에서 비추는 불빛이 식은땀에 반사되어 번들거렸다.

"으으윽!"

갑자기 청도가 비틀대면서 주춤주춤 뒤로 물러섰다. 움직임이 상당히 현실적인데? 꼭 정말로 청도의 칼에 무언가가 부딪치는 듯 청도는 뒤로 물러설 때마다 팔을 움찔거렸다. 나는 견디지 못하고 가람이에게 물었다.

"정말 현실적으로 싸우는데? 한데 도대체 저게 허공에다 뭐 하는 짓이냐?"

"내가 보기에는 허공에 헛손질하는 것은 아닌 것 같다."

"그래, 나도 생각은 그래. 하지만 생각과는 다르게 내 눈에는 저 모습이 허공에 헛손질하는 걸로 보이거든?"

가람이는 내 말에 고개를 가로젓더니 말했다.

"저건 아무래도 '그림자' 같다."

"그림자라고?"

요령이가 끼어들었다.

"주술로 만들어내는 가짜 상대를 통틀어 '그림자'라고 해. 주로 환상이라서 남의 눈에는 안 보이는 경우가 대부분이지만, 주술이 걸린 사람에게는 그 환상이 진짜로 느껴지지. 눈을 크게 뜨고 자세히 봐. 흐릿한 무언가가 눈에 보일 테니까."

나는 요령이의 말에 눈을 부릅뜬 채 허공에 연속적으로 검의 선으로 원을 그리며 앞으로 뛰어나가는 청도의 앞쪽을 뚫어져라 바라보았다. 하지만 난 도저히 청도와 싸우는 '그림자'라는 것을 분간할 수 없었다. 점점 눈이 따끔따끔해졌다. 눈을 계속 부릅뜨고 있었더니 눈물이 말라 버려 눈알이 따가워진 것이다. 나는 황급히 눈을 감으며 두 손으로 눈을 비벼댔다. 눈에서 두 줄기 눈물이 주르륵 흘렀다.

"으윽, 야, 내 눈이 이상한 걸까? 난 도저히 청도가 뭐랑 싸우는 건지 못 보겠는데?"

그런데 내가 눈을 잡고 괴로워하는 모습이 요령이에게는 꽤나 우습게 비쳤나 보다. 요령이는 깔깔대며 내게 말했다.

"깔깔깔! 야, 그게 뭐야? 눈에 힘 준다고 주술이 보이면 세상 무당들은 몽땅 돗자리 접어야 되게? 너 말야, 미숙하긴 하지만 기를 돌릴 줄 알잖아. 기 다루는 능력은 라면 끓이려고 얻은 거야?"

나는 요령이의 말에 대답 대신 따끔따끔한 눈을 계속 깜박거려 눈물을 흘러내려 노력하며 고개를 숙였다. 아, 따가워! 눈물이 고여 있어서 그런지 눈이 뜨겁다. 으휴, 바보 짓 했나 봐. 난 눈을 부릅떠서 그림자인지 뭔지를 보는 것을 포기하고 대신 눈을 감은 채 단전을 중심으로 흐르는 기를 한줄기 틀어 눈으로 보냈다. 곧 눈이 눈물 고이는 것과는 다른 화끈한 느낌으로 싸였다. 눈이 기를 잘 받았나 보군. 나는 눈을 뜨고 고개를 두리번거리며 청도가 어디 있는지 찾았다. 앗! 기가 도로 단전으로 내려간다! 젠장! 정신을 잠깐만 딴 곳에 파니까 기가 금세 내 제어를 벗어난다. 나는 눈 주위에 있다가 빠르게 단전 쪽으로 다시 내려가는 기를 붙들어 간신히 다시 눈으로 끌어올렸다. 휴우, 내가 기를 다루는 데 있어 아직 초보에 불과하다는 사실을 깜박 잊었군.

눈에 기를 불어넣자 주위의 사물이 평소보다 또렷하게 보였다. 귀신을 본다든지 하는 것은 되는지 안 되는지 아직 잘 모르겠지만 눈에 기를 불어넣으면 확실히 시력은 좋아지는 모양이다. 이거 괜찮은걸? 나는 기가 다시 단전으로 내려가지 않게 주의를 바짝 기울이며 청도가 어디쯤 있는지 잔디밭을 훑어보았다.

"어? 저기 있다!"

청도는 도대체 무슨 난리를 쳤는지 어느새 멀찍이, 방에서 새어 나오는 불빛으로는 똑똑히 볼 수 없을 정도로 우리에게서 멀찍이 떨어져 있었다. 그런데 투명한 무언가가 청도의 주위에 있다는 느낌이 들었다. 주위의 사물이 마치 영화 속의 투명한 물체를 표현할 때의 광원 효과처럼 흐릿하게 굴절되어 보였던 것이다. 나는 눈에 기를 좀 더 불어 넣어 보았다. 그러자 사람의 형상을 지닌 투명한 물체의 일그러진 윤곽선이 뚜렷하게 드러났다. 나는 놀라서 숨을 들이켰다. 내 숨소리에 나를 돌아본 요령이는 다시 청도를 향해 고개를 돌리며 물었다.

"이제 '그림자' 가 보이니?"

"으, 으응……."

그것은 확실히 칼을 들고 있는 사람의 형상이었다. 그것은 청도만큼 빨랐으며 청도와 비슷한 현란한 검법을 사용했다. 청도는 상당히 고전하는 것처럼 보였다. 목검과 투명한 검이 허공을 화려하게 수놓으며 부딪치고 있었다. 가람이는 감탄한 듯 청도와 '그림자' 의 싸움에서 눈을 떼지 못하고 있었다. 요령이는 계속 '그림자' 의 몸놀림을 뚫어져라 바라보며 말했다.

"정말 대단해. 환상이라도 저렇게 강력한 것을 만들어내다니… 그런데 좀 이상하지 않아?"

"뭐가?"

"청도는 외공은 몰라도 내공은 전혀 쌓이지 않았어. 검을 운용하는 데 필요한 최소한의 내공은 외공이 고강하게 쌓이면서 자연적으로 터득했지만, 그것을 외공과 나누어서 다루는 법은 아마 전혀 모를 거야. 그런데도 저렇게 강한 환상을 만들어내다니……."

"그래? 한마디로 네 생각엔 청도는 저 '그림자'를 만들 수 없을 거란 말이지?"

내 물음에 요령이는 고개를 끄덕였다. 물론 나를 보며 고개를 끄덕인 것은 아니다. 요령이는 '그림자'에서 눈을 떼지 않은 채로 고개만 까닥거리며 말했다.

"응, 분명해. 청도는 저런 걸 만들어낼 수 없어. 저건 다른 사람이 청도에게 건 주술이야. 그런데 어떻게 '그림자'를 저 정도로 자세하게 상상해 냈을까? 보통 환상으로 만들어내는 '그림자'는 그저 막연히 힘세고 무서운 괴물 정도야. 하지만 저건 체계적인 검술을 휘두르고, 또 아주 섬세한 몸놀림으로 움직이고 있어. 정말이지 볼수록 흥미로운데?"

"그래?"

"응. 게다가 저 '그림자'는 청도와 실력이 거의 대등한 것 같은데 어떻게 저렇게 청도보다 실력이 더하지도 모자라지도 않게 만들어낼 수가 있었을까? 보면 볼수록 저 '그림자' … 꽤 재밌네."

주술을 능숙하게 사용하는 요령이로서는 청도가 맞서고 있는 '그림자'가 이모저모로 상당히 흥미로운 모양이다. 요령이는 감탄 섞인 눈으로 청도를, 아니, 정확히는 청도와 맞서 싸우는 '그림자'를 관찰했다. 뭐, 아직 내겐 요령이에게 물어보고 싶은 궁금한 것이 몇 개 있었지만 그것들은 그렇게 중요한 질문도 아니고 또 흥밋거리를 발견한 요령이를 방해하고 싶지 않았기에 나도 그냥 계속 청도와 '그림자'와의 싸움을 관찰하기로 했다.

맞싸움은 우리가 입을 다문 뒤에도 한참 동안 계속되었다. 보면 볼수록 느끼는 거지만 정말이지 청도와 '그림자'는 실력 차이가 거의 없다. 서로 밀지도 밀리지도 않는 그런 부딪침이 한참을 이어졌다. 내가 긴장으로 인해 손바닥에 땀이 잡혔다고 생각한 순간,

"핫!"

청도는 검을 위로 쳐내듯 휘둘렀고 실제로 '그림자'의 투명한 검이 위로 튕겨져 올라갔다. 청도는 그 틈을 놓치지 않고 그대로 검을 쭉 뻗어 '그림자'의 가슴 복판으로 찔러 넣었다.

푸욱! 드드득!

아무 소리는 나지 않았지만 왠지 내 귀에 날카로운 것이 살을 파고 드는 소름 끼치는 소리가 들리는 듯했고, 그림자가 청도를 벨 듯 흉흉하게 치켜 올린 검은 그대로 굳어버렸다. 청도 역시 멈추었지만 청도의 얼굴에는 마치 유령처럼 음산한 그림자의 어두운 분위기와는 다르게 생기가 돌았다. 청도는 씩 웃었다. 이윽고 청도가 검을 뽑자 그림자는 한줄기 바람과 함께 그대로 허공에 부스러져 버렸다. 청도는 '휴~' 하고 한숨을 쉬며 그대로 털썩 주저앉았다.

"…이겼군, 오늘도."

'오늘도' 이겼다고? 그렇다면 이런 싸움을 한 것이 오늘이 처음이 아니라는 말인가? 우리는 재빨리 청도를 향해 뛰어갔다. 청도는 아예 벌렁 드러누워서 숨을 거칠게 몰아쉬고 있었다.

"하아, 하아, 휴우… 아, 너희들 왔냐?"

"정말 대단하던데? 멋진 싸움이었어!"

나는 진심 어린 감탄으로 녀석을 칭찬했다. 방금 전의 그것은 마치 한 편의 영화를 보는 것처럼, 아니, 영화보다도 훨씬 멋진 모습이었다.

"그런데 방금 전의 그건 뭐였어?"

요령이가 호기심이 가득 담긴 눈으로 물었다. 그리고 청도는 예의

그랬듯이 씩 웃으며 말했다.

"어제의 나."

그리고 요령이는 황당하다는 얼굴로 소리쳤다.

"에에엑?!"

황당한 표정에 참으로 어울리는 황당함이 가득 묻어나는 비명이로군. 청도는 다시 한 번 씩 웃더니 양팔로 몸을 감싸고 천천히 일어나서 말했다.

"밤 공기가 쌀쌀하네. 일단 들어가서 이야기하자."

청도는 세면실에서 샤워를 끝마치고 헐렁한 티셔츠에 반바지 차림으로 갈아입고 나와선 방바닥에 미리 둥그러니 앉아 있는 우리 사이에 끼어 앉았다.

"자, 아까 그거에 대해 궁금한 점이 꽤 많이 있으리라고 생각해. 아니, 아마 무지무지 궁금할 거야. 어때, 일단 방금 전의 상황에 대해 내가 설명해 줄까, 아니면 너희들이 궁금한 걸 물어보고 내가 대답하는 식으로 할까?"

요령이가 머리를 벅벅 긁더니 말했다.

"궁금한 게 무지 많긴 하지만 일단 너의 이야기를 차근차근 다 들어보고 나서 그래도 궁금한 것이 남으면 그때 너한테 의문점을 물어보는 걸로 하자."

"내 생각에도 그게 옳은 것 같다."

가람이도 요령이의 말에 동의했다. 나야 뭐 어떻게 되든 상관없지. 나까지 고개를 끄덕이자 청도는 '큼, 흠!' 하고 목소리를 가다듬고 이야기를 시작했다.

"일단 내가 어떻게 그림자와 싸우게 되었는지 그것부터 말해 줄게. 우리 아버지는… 어, 저기, 이런 말하면 우습겠지만, 그러니까… 도사라고 할까? 나도 아직 아버지의 정체에 대해 이해는 잘 못하겠지만 어쨌든 그런 거였어."

그랬구나. 우리는 고개를 끄덕였다. 그리고 예상외로 아무도 놀라지 않자 청도는 조금 의외라는 듯 어깨를 으쓱해 보이더니 이야기를 이어 나갔다.

"안 놀라네? 흠… 뭐, 어떻든 나오는 상관없지만… 그래, 이야기 계속하자. 여하튼 내가 다섯 살 때였지. 그날은 내 생일이었어."

"허허, 아버지가 우리 청도한테 해줄 건 없고, 그래도 뭘 해주긴 해줘야 할 텐데…… 그래! 좋은 생각이 났다. 어떠니, 청도가 이 다음에 커서 뭐가 될지 한번 봐줄까?"

약간은 마른 얼굴에 조금은 날카롭게 생긴, 그러나 길게 난 탐스러운 수염이 차가운 이미지를 부드럽게 상쇄시켜 주는 생김을 한 그는 흰색 도복을 단정하게 차려입은 채 정좌하고 앉아서 청도를 앞에 앉혀 놓고 있었다. 청도는 아버지의 말에 대답 대신 입술을 삐쭉 내밀었다. 아버지의 제안이 그렇게 탐탁지 않았던 것이다. 청도는 떼를 쓰기로 했다.

"싫어! 아빠, 2단 변신 번개매~ 2단 변신 번개매 사줘~ 사줘~"

청도가 떼를 썼지만 아버지는 청도의 말에 부드럽게 고개를 가로저었다.

"청도야, 그건 나중에 사주면 안 될까? 2단 변신 번개매는 언제라도 사줄 수 있지만, 너의 미래는 너의 다섯수 돌림 생일이 아니면 또렷이 보기 힘들단다."

아버지의 말은 부드러웠지만 그 속에 선 결심은 확고했다. 아버지의 '되는 건 되는 거, 안 되는 건 안 되는 거'라는 자식 교육관을 잘 알고 있는 청도는 결국 깨끗이 단념하는 수밖에 없었다. 하지만 2단 변신 번개매는 정말로 갖고 싶은데!

"치… 아빠 미워!"

"하하하, 이거 어쩌지? 하나밖에 없는 우리 아들에게 미움을 사버렸으니. 자, 그럼 이렇게 하자. 내일 내가 번개매랑 우리 청도가 먹고 싶은 거 사줄게 오늘은 아빠가 하자는 거 하자. 그럼 됐지?"

어린 청도의 마음에도 아버지가 내세운 조건은 결코 나쁘지 않았다. 청도는 고개를 끄덕였다. 그러자 아버지는 별채의 도방으로 청도를 데려갔다. 그곳은 큰 보수가 걸린 일이나 어린 청도가 보기에도 무척 공을 들이는 것 같은 일이 있을 때에만 아버지가 가끔씩 들어가는 방으로, 청도는 아직까지 그 방에 한 번도 들어가 본 적이 없었다.

아버지는 차분히 작은 자물쇠를 풀고 창호지를 곱게 붙여 만든 여닫이문을 천천히 열었다. 아침 햇살이 방으로 스며들어 청도의 눈에 방의 윤곽을 조금씩 던져 주었다. 방바닥은 온통 이상한 문양으로 뒤덮여 있었으며 그 중심에 팔각의 괘로 둘러싸인 흑백의 태극 문양이 있었다. 청도가 들어가자 아버지는 팔각의 괘마다 각각 초가 담긴 작은 놋잔을 놓고 불을 붙인 뒤 방문을 조심스럽게 닫았다. 초에서 스며 나오는 주황색 빛이 작은 방을 따스하게 채웠다. 아버지는 청도에게 부드럽게 말했다.

"저 음태극의 백색 점 위에 앉으렴."

청도는 태극의 반쪽, 음극의 중심에 자리 잡은 백색 점의 위로 가 가

부좌를 틀고 앉았다. 왠지 모르게 청도는 몸가짐을 조심해야 할 것 같다는 생각이 들었다. 청도가 앉자 아버지는 청도를 마주 보고 역시 가부좌를 틀고 앉아 양손을 천천히 가슴께로 모은 뒤 눈을 감았다. 잠시 후 아버지의 입에서 이상한 주문이 천천히 흘러나왔다.

"……!"

청도는 아버지가 정확히 무엇이라고 말했는지 그때에도 알아듣지 못했고 이젠 아무리 그때를 다시 떠올려 보려고 해도 그 발음조차 기억나지 않는다. 어쨌든 아버지는 눈을 감고 손의 모양을 계속 바꾸어가며 주문을 읊어대었다. 그렇게 한참 주문을 외우던 아버지는 갑자기 검지와 중지만을 펼쳐서 관자놀이에 댄 자세로 크게 고함을 질렀다.

"보여라!"

아버지는 앉은 채 더 이상 움직이지 않았다. 얼마나 지났을까. 청도는 점점 지루해져 갔다. 다리에서 작은 벌레들이 꼬물꼬물 기어다니는 것 같은 느낌이 났다. 조금씩 다리가 저려오고 있는 것이다. 청도는 핑계를 대서라도 이제 그만 움직여야겠다고 생각했다.

"아빠, 나 배고파."

"가만히 있거라!"

아버지는 엄한 목소리로 일어나려는 청도를 다시 눌러 앉혔다. 청도는 몸의 이곳저곳이 마구 간지러워졌지만 방금 전 아버지의 목소리에서 이때껏 몇 번 느끼지 못한 위엄을 느끼고 앉아 있는 게 좋겠다고 생각했다. 다시 한참의 시간이 흐른 후 아버지는 눈을 떴다. 도포는 온통 땀에 젖어 있었고 그의 표정은 처참하다 못해 참혹했다. 그는 소맷자락으로 땀을 닦으며 작게 중얼거렸다.

"허어… 이 일을 어찌할꼬… 이 일을……."

"아빠, 왜 그래?"

청도는 무언가 아버지에게서 이상한 낌새를 느꼈지만 그는 청도의 물음에 정색을 하고 대답했다.

"아, 아니다. 청도야, 너 커서 훌륭한 사람이 되겠구나."

"정말? 진짜야?"

청도는 초롱초롱한 눈으로 물었고 아버지는 환히 웃으며 대답했다.

"아암. 그런데 청도야, 아빠가 더 훌륭한 사람으로 만들어줄까?"

"응? 어떻게?"

아버지는 한참 동안 고민하는 얼굴로 미간을 찌푸렸다. 그리고는 곧 고개를 설레설레 저으며 한숨을 푹 쉬었다.

"안 돼… 아직 그 주술은 이 아이에게 너무 잔인하다……."

"아빠, 나 훌륭한 사람 만들어줘!"

"으, 으응? 그럼 청도가 열 살이 되면 아빠가 훌륭한 사람 되게 해줄게."

"에이, 왜 열 살이야? 지금 해줘!"

"애들은 아직 그런 거 안 해도 된단다."

"싫어! 오늘 해줘! 오늘!"

청도는 떼를 썼지만 아버지는 눈을 엄하게 뜨며 말했다.

"청도야, 자꾸 그러면 아빠가 번개매 안 사준다!"

너무도 엄한 아버지의 호통에 청도는 결국 아까처럼 불만을 궁시렁거릴 수밖에 없었다.

"아빠 미워. 씨……."

그리고 시간은 흘러 청도의 열 번째 생일. 청도의 아버지는 청도가 커갈수록 엄하게 가르쳤고, 그래서 이제 청도는 아버지를 조금씩 어렵게 여기고 있었다. 청도는 생일날 아침 세수를 마치자마자 자신을 부르는 아버지의 목소리에 부리나케 아버지의 방으로 달려갔다. 아버지는 정좌하고 앉아 청도를 기다리고 있었다.

"아버지, 안녕히 주무셨어요?"

이제 청도는 아버지를 '아빠'가 아닌 '아버지'로 부르고 있었다.

"오냐, 잘 잤느냐?"

"예."

"청도야, 오늘 생일이지? 생일 축하한다."

"감사합니다, 아버지."

청도가 고개를 숙이며 그렇게 말하자 아버지는 부드럽게 웃으며 말문을 열었다.

"그런데 청도야, 혹시 넌 다섯 살 때의 생일을 기억하느냐?"

아버지의 말에 청도는 히죽 웃었다.

"물론이죠. 그날 얼마나 신기했다고요! 특히 아버지께 훌륭한 사람 만들어달라고 떼쓰던 기억이 생생하게 나네요. 히히."

청도는 그때를 떠올리자 즐거운 듯 작게 웃었다. 그런데 아버지의 표정이 사뭇 심각했다. 아버지는 천천히 입을 열었다.

"청도야, 너도 이제 열 살이다. 열 살이면 아직 어린 나이지만 이제 시간이 없으니 어쩔 수 없구나. 잘 들어라."

"무슨 말인데요?"

"내가 너에게 다섯 살 때부터 우리 가문의 검술을 가르쳤었지?"

청도는 고개를 끄덕였다.

"예, 그랬죠."

"내 너에게 5년 동안 우리 가문의 검술의 요체들은 모두 가르쳤다. 물론 청도, 네가 아직 어리고 힘이 부족하여 검술을 모두 펼쳐 낼 수는 없지만 검술의 중요한 기본은 이제 모두 너의 머리 속에 들어 있다고 봐도 큰 무리는 없을 것이다."

청도는 아버지가 왜 이런 말을 갑작스레 하는지 통 감이 잡히질 않았다. 그저 고개를 끄덕이며 네네거릴 수밖에 없었다.

"예, 아버지."

"그러므로 이제 너에게 필요한 것은 검술의 습득보다는 자기 수련을 통한 자기 발전이다. 하지만 자기 수련이라는 것이 사실 혼자서 하기 얼마나 어려우냐? 언제 나태해져서 게을리 할지 모르는 것이 자기 수련이다. 그러므로 너에게는 안 되었지만 내 이제 너를 강제로 매일 훈련시키려 한다."

아버지는 청도의 반응을 살피려는지 잠시 말을 멈추고 청도를 지그시 응시했다. 조금은 뜻밖인 아버지의 말에 청도는 놀랐다. 그리고 다음 순간 아버지의 말을 천천히 다시 곱씹어보았다. 그러자 짜증이 놀라움을 비집고 마음속에 들어왔다.

'어휴, 귀찮게 무슨 매일같이 수련을 시키신다는 거야!'

물론 겉으로는 표현하지 않았다. 다행히 청도의 마음을 눈치 채지 못했는지 아버지는 청도를 나무라는 대신 멈추었던 말을 다시 이어 나갔다.

"물론 검술 실력이 일천한 이 아비의 실력으로 일취월장하는 너를 언제까지 상대해 줄 수는 없는 노릇이다. 그렇다고 특별한 재능이 없는 너에게 주술을 가르쳐 줄 수도 없고… 그래서 내 너를 강한 검사로 만들려 하는데, 그러기 위해 내 너에게 주술을 하나 걸려 한다."

"주술이요?"

"그래, 주술. 우리 가문 대대로 내려오는 검사를 기르는 주술이다."

"무슨 주술입니까?"

"내가 너에게 이 주술을 사용하면 넌 스무 살의 생일날까지 매일 자정 때마다 '어제의 너'와 싸워야 할 것이니라. 그 싸움은 둘 중 하나가 쓰러질 때까지 계속된다. '어제의 너'는 너를 결코 죽이거나 상처를 입히지는 못할 것이지만, 만약 '어제의 너'에게 당하게 된다면 너는 그 순간의 고통을 실제처럼 생생히 느낄 수 있을 것이다. 하루하루 검술을 갈고닦아 어제의 너보다 강할 수 있도록 끊임없이 기량을 늘려나가라. 그리고 너와 같은 실력의 상대도 정신력으로 꺾을 수 있도록 정신력 또한 강하게 키워 나가라. 그렇게 하지 않는다면 넌 매일 끔찍한 고통을 겪게 될 것이다. 또한 이 주술로 너는 매일 실전을 겪게 될 터이니 실전 경험 또한 누구와도 비교할 수 없을 정도로 쌓이게 되는 것이다."

청도는 당황했다. 아니, 자식에게 주술이라니! 더군다나 축복의 주술도 아닌 매일 밤 죽도록 싸워야 하는 주문이라니! 말이 좋아서 주술이지, 이건 완전히 저주 아닌가! 도대체 이게 말이 되는가? 거기다 자신은 고작 열 살이다! 청도는 아버지에게 항의해야겠다고 생각했다. 청도가 커가면서 아버지가 점점 그를 엄하게 대한 것은 사실이지만, 그렇다고 해서 아버지가 청도의 자율적인 의사 표시조차 강압적으로 누른 것은 아니었던 것이다. 아니, 오히려 청도의 아버지는 청도가 아버지와 반대되는 뜻을 당당히 말할 때면 흐뭇하게 웃곤 했다. 물론 그 의견이 논리에 맞는다는 전제 하에서지만. 아들의 자율적인 사고를 막지 않기 위함이었으리라.

"아버지! 말이 됩니까? 이게 뭡니까! 너무하잖아요! 제 뜻도 물어보지 않고 마음대로……!"

청도의 말은 도중에 끊겼다. 아버지가 슬쩍 손을 들어 청도의 말을 멈춘 것이다. 청도는 강한 불만에 휩싸였다. 지금껏 아버지가 내 말을 끊었던 적은 없었어! 이건 말도 안 돼!

청도의 아버지는 입을 열었다.

"난 네가 다섯 살 때 너의 미래를 보았다. 아니, 정확히 말하자면 보지는 못했다. 왜인지는 도저히 모르겠지만 너의 미래는 전혀 보이지 않았다. 하지만 내 머리 속을 스치고 지나간 그 많은 '소리' 들……."

아버지는 조용히 말했다.

"이번만은 아버지의 뜻을 따르라."

"하지만……."

"부탁이다."

아버지는 지금껏 청도에게 부탁이라는 말을 한 적이 한 번도 없었다. 청도는 눈을 크게 떴다. 청도의 아버지는 다시 한 번 간절히 청도에게 말했다.

"나는 너의 미래를 들었다. 물론 네가 정 싫다면, 그래서 내가 걸려하는 주술을 거절하려 한다면 나로서는 어쩔 수 없는 일이다. 하지만……."

"하지만 뭐죠?"

아버지는 입을 다물었다. 그리고 한참 후 말했다.

"너는 검을 배워야 한다. 미래를 대비해야 한다. 대비해야 해. 누군가 대비하지 않으면 모두가 비참해질 것이야. 그래서 나는 너로 하여금 미래를 대비하려 한다. 나는 소리를 들었다… 보지는 못했지만 너

ㄱㅁ 고양이

의 미래를 통해 세상의 미래를 들었다. 미래를 들은 이는 어쩌면 나 하나일지도 모른다. 그러므로 나라도 대비를 해야만 하겠다. 만약 아무도 대비하지 않는다면 결국 모두가 비참해질 것이다. 너를 포함한 모두가."

아버지의 말이 계속될수록 청도의 마음이 점점 흔들리고 있었다. 아버지는 다시 한 번 청도를 향해 간절함을 담아 부탁했다.

"깨어 있는 자마저 외면하는 것은 옳지 않다. 아버지의 부탁을 들어다오."

청도는 고개를 끄덕였다. 영문도 잘 모르는 채, 반쯤은 아버지에게 억지로 끌려가는 기분으로.

청도의 끄덕임에 청도 아버지의 얼굴이 기쁨으로 환해졌다. 그는 청도를 재촉하여 5년 전 청도의 미래를 보았던 도방으로 데리고 갔다. 다시 여덟 괘에 촛불이 발그스름하게 켜지고, 청도는 아버지에게 이끌려 5년 전처럼 음태극의 중심에 앉았다. 청도는 촛불이 5년 전처럼 따뜻해 보이지 않는다고 생각했다. 그만큼 자신의 심리가 겁먹고 위축되어 있기 때문인 것 같았다. 청도의 아버지는 도방을 나가더니 어디선가 살아 있는 닭을 가지고 도방으로 돌아왔다. 청도의 아버지는 파르스름하게 빛나는 주술용 칼을 꺼내며 청도에게 말했다.

"너로서는 보기에 좀 그렇겠지. 눈을 돌려도 상관없으니 보지 말거라."

아버지가 닭을 가지고 도대체 무엇을 할지 무척 궁금했던 청도는 아버지의 경고를 무시했다. 닭에서 눈을 떼지 않은 것이다. 그런 청도를 바라보던 청도의 아버지는 이윽고 할 수 없다는 듯 어깨를 으쓱인 후 닭의 목에 칼을 대고 그대로 그었다.

쭈우욱!

닭의 목이 잘린 부분에서 더운 피가 천장을 향해 솟았다. 청도는 아버지의 말을 따라야 했다고 생각하며 눈을 질끈 감았다. 닭은 목이 잘린 채 잠시 발버둥을 쳤지만 이윽고 축 늘어졌다. 닭의 퍼덕거림이 멈추자 청도의 아버지는 닭의 피를 제사 그릇에 받아서 태극과 여덟 괘에 골고루 뿌리며 청도로서는 알 수 없는 주문을 외웠다. 닭의 목을 벨 때 튄 피가 아버지의 옷에 잔뜩 묻어 있었다. 촛불의 일렁이는 불빛의 명암 때문인지 청도의 눈에는 피투성이인 아버지의 모습이 무시무시한 귀신처럼 보였다. 한참 주문을 외우던 아버지는 그릇에 담긴 피의 절반 정도를 바닥에 뿌린 후 청도에게 다가왔다.

"좀 기분 나쁘더라도 참거라."

아버지는 말을 마치고 그릇에 남아 있던 닭의 피를 모조리 청도의 머리 위로 쏟아 부었다.

주루룩—

끈적끈적하고 미지근한 닭의 피가 청도의 얼굴 선을 타고 천천히 흘러내렸다. 청도는 갑작스러운 아버지의 행동에 기겁을 하며 반사적으로 통겨 일어나려고 했다. 하지만 그 순간 아버지의 손이 청도의 머리를 짓눌렀다.

"가만히 있어라!"

아버지는 청도의 머리 위에 손을 얹은 상태로 빠르게 주문을 외웠다. 아버지가 무슨 주문을 외우는지 알아듣고 알아듣지 못하고를 떠나서, 이제는 아예 아버지가 웅얼거리는 소리 자체가 귀에 들어오지도 않았다. 역한 피비린내가 계속해서 코를 향해 파고들어 위를 뒤집었다. 당장 뱃속에 들어 있는 것들을 몽땅 게워내고 싶다는 청도의 욕구를 자제한 것은 의식에서 풍겨 나오는 왠지 모를 엄숙함 때문이었다. 아버지의 주문이 계속되었다. 문득 주문이 멈추고 아버지가 말했다.

"뜨거워도 참거라."

뜨거워도 참으라고? 무슨 뜻일까? 청도는 아버지의 말에 고개를 갸웃거렸다. 그때 이마에서 콧날을 따라 따스한 무언가가 흐르는 느낌이 들었다. 뭐지? 청도는 곰곰이 생각에 잠겼다.

'땀인가? 하지만 이 계절에 땀이라고? 덥지도 않은데? 그럼 아직 채 굳지 못한 닭의 피가 흐르는 것일까? 아냐, 닭피는 이미 한참 전에 다 굳어버렸는걸. 그럼 뭐지? 착각? 그래, 어쩌면 너무 오랫동안 멍하니 앉아 있어서 생긴 착각일지도 몰라.'

착각이라 결론을 내린 청도는 정신을 차리기 위해 고개를 흔들었다. 그런데 투두둑 하는 소리와 함께 바닥에 몇 방울의 피가 떨어졌다. 청도는 눈을 크게 뜨며 손으로 얼굴을 문질러 보았다. 손끝에서 피가 묻어났다. 믿을 수 없게도 이미 굳었던 닭의 피가 다시 녹은 것이다. 청도는 피가 묻은 손을 뚫어져라 바라보았다. 이제는 기분 나쁨을 넘어서 무서운 기분마저 들었다. 아버지의 주문이 계속되면서 청도의 얼굴을 흐르는 피가 점점 뜨겁게 달구어졌다. 피가 묻은 부분에서 마치 데는 듯한 고통이 느껴졌다.

'아버지는 이래서 뜨거워도 참으라고 하신 것일까?'

청도는 뜨거움을 참기 위해 몸을 이리저리 뒤틀었다. 청도의 얼굴을 타고 흐르던 닭 피에서는 이제 아예 김이 올라오고 있었다. 아버지의 주문 소리가 점점 커졌다.

치이익—

끓는 물이 말라붙는 소리와 함께 갑자기 청도의 머리와 바닥에 뿌려진 닭의 피가 모조리 증기로 화해 버렸다. 그리고 순간적으로 차가운 기운이 청도의 등골을 훑고 지나갔다. 청도는 등줄기에 소름이 돋는 것을 느꼈다. 하지만 그런 정신없는 상황에서도 청도는 얼굴의 화상이 걱정되었다. 청도는 얼굴을 만져 보았다. 놀랍게도 얼굴에는 아무런 화상도 없었다.

'도대체 뭐가 어떻게 되어가는 거지?'

부르르.

이번엔 이유없이 청도의 몸이 갑자기 떨렸다. 청도 아버지의 주문이 점점 커지고 있었다. 그리고 그 소리가 커지면서 청도의 몸이 조금씩 진동하기 시작했다. 격렬한 진동에 청도의 아래턱이 마구 흔들리며 이들이 서로 부딪쳐 요란하게 달각거렸다.

따각, 따각, 따각.

"아, 아, 버지, 몸이, 이, 이상해, 요! 이, 상하게, 떨려, 요!"

진동으로 인해 말을 잇기가 쉽지 않았다. 청도는 간신히 이를 악물고 말을 끝마쳤다. 하지만 청도의 아버지는 청도의 말에 아무런 대답도 하지 않고 대신 주문을 외우는 목소리를 더 높였다.

드드드드.

주문을 외는 소리가 커지자 이제 청도의 몸뿐만이 아니라 도방 전체가 지진이라도 난 듯이 저르릉거리며 떨리기 시작했다. 청도는 불안감에 휩싸였다. 이러다 뭐가 잘못되어 버리는 것이 아닐까? 혹시 아예 도방이 무너져 버린다거나… 계속되는 진동 때문에 뼈마디가 뻐근해져 왔다. 그리고 끊임없이 벌어지는 이상한 일들을 더 이상 참을 수가 없던 청도는 마침내 소리쳤다.

"그, 그만, 두세, 요! 더, 더 이상 견딜, 수, 가……!"

번쩍!

갑자기 팔괘와 태극에서 환한 빛이 뿜어져 도방 전체를 뒤덮었다. 그리고 잠시 후 거짓말처럼 도방의 진동이 멎었다. 청도의 아버지는 긴 한숨을 내쉬었다.

"후우우우~ 끝났다!"

청도는 아버지의 말과 동시에 그만 자리에 풀썩 쓰러져 버렸다. 비록 청도의 아버지가 주문을 외는 동안 청도가 한 일이라고는 단지 음태극에 가만히 앉아 있었던 것뿐이지만 도방에서 일어나는 요란한 일들을 견뎌내느라 청도의 기력이 모두 빠져 버린 것이다. 아버지는 비척거리며 청도를 일으켜 세웠다. 그리고 그대로 자신의 품에 껴안았다.

"수고했다… 수고했어!"

"아, 아버지?"

겁을 잔뜩 먹고 있던 청도는 갑작스럽게 아버지가 껴안아오자 깜짝 놀라 반사적으로 몸을 움츠렸다. 하지만 청도의 아버지는 청도가 어떤 반응을 보이든 신경 쓰지 않는다는 듯 청도를 더욱 세게 안으며 청도의 머리를 쓰다듬었다.

"수고했다… 수고했어……!"

청도의 아버지는 땀으로 인해 새끼줄처럼 굵게 엉켜 버린 청도의 머리를 쓰다듬으며 수고했다는 말을 되뇌었다. 청도는 아버지가 너무 꽉 껴안아서 숨이 막혔지만 아버지에게 안겨본 것이 참으로 오랜만이라 꾹 참기로 했다. 청도의 아버지는 청도를 안은 채 계속 말했다.

"수고했다… 수고했어… 정말 수고했다……."

그런데 아버지의 목소리가 점점 불분명하게 웅얼거리는 소리로 바꿰었다. 문득 아버지의 턱에서 무엇인가가 청도의 귀로 툭 떨어졌다. 청도는 아버지를 보았다. 그리고 눈을 크게 떴다. 아버지가 울고 있었던 것이다. 눈물과 콧물, 침과 닭의 피가 범벅이 되어 아버지의 얼굴은 도저히 봐줄 수 없을 정도로 지저분했다. 아버지는 청도가 자신을 뚫어져라 바라보고 있는 것조차 눈치 채지 못하는 듯 일그러진 얼굴로 눈물을 흘리며 말했다.

"수고했다, 수고… 수고라고……? 맙소사… 수고라니… 내가 지금 너한테 무슨 소리를 하는 것이냐… 수고라니… 맙소사… 흐흑… 미안하다… 미안해… 정말……. 명색이 아비라는 자가… 네게 몹쓸 짓을 했구나……. 미안해… 정말로 미안하다……. 10년… 자식의 인생의… 10년을… 아비라는 자가… 10년 동안을… 아비가 자식놈의 인생을… 10년 씩이나 고통 속에 처넣다니……! 크흐흑, 미안하다… 미안해……. 어쩔 수 없었지만… 미안하다……. 으흐흑……."

아버지는 이제 아예 통곡을 하며 울부짖기 시작했다. 그리고 잘은 모르겠지만 청도는 아버지가 울자 괜히 감정이 북받쳤다. 결국 청도도 아버지처럼 목놓아 울기 시작했다.

…그림자에 대한 이야기를 마친 청도는 말했다.

"그날의 아버지의 얼굴은 지금까지도 가장 지저분하고 더러운 모습으로 기억되고 있지. 피랑 눈물, 콧물, 땀… 이런 것들을 얼굴에 칠갑을 하고 우는 그 모습이 얼마나 추해 보였는지. 단정한 평소 모습의 아버지에게서 도저히 상상조차 할 수 없는 모습이었어."

청도는 그날의 부둥켜안고 우는 부자의 모습을 떠올리는지 씩 웃었다.

"하지만 그날처럼 내 마음을 울리는 아버지의 모습도 없었어."

청도는 이야기가 끝난 듯 입을 다물었다. 활기 찬 종류의 이야기는 아닌지라 청도의 이야기가 끝나자 분위기가 조금 가라앉아 버렸다. 청도는 머리를 긁적거리며 말했다.

"음… 말들이 없네? 지금 말도 안 되는 이야기라고 생각하고 있는 거지? 어, 사실 그래. 나도 말이 안 된다고 생각하거든."

"아냐, 믿어."

물론 예의상 하는 말이 아니라 진담이다. 지금의 내가 도대체 못 믿을 게 뭐란 말인가? 하지만 청도는 우리의 흔쾌한 대답에 오히려 우리가 자신의 말을 안 믿는다고 생각하는 모양이다. 청도는 멋쩍게 웃으며 우리에게 말했다.

"믿기지 않겠지만 사실이야. 다음날 아버지가 건 주술에 대해 반신반의하면서 잠을 자는데, 갑자기 등골이 서늘해지면서 눈이 번쩍 떠지는 거야. 그런데 시커먼 게 내 앞에서 칼을 들고 서 있는 거 아니겠어? 데굴데굴 굴러서 어찌어찌 피하고 칼을 집어 들었지. 간신히 밤새도록 싸웠고, 해가 뜨니까 그건 사라지더군. 그제야 아버지의 말이 믿겨졌어. 다음날도, 그 다음날도 그 시커먼 것은 계속해서 나왔어. 정말 미치고 환장할 지경이었지. 아버지의 말은 모두 사실이었던 거야. 그 시커먼 것이 '어제의 나'였던 것이지."

흠… 시커먼 것이라……. 나한테는 그게 아예 보이지도 않았었는데. 눈에 기를 불어넣고 나서야 '사람 형상으로 굴절된 윤곽' 정도로만 눈에 들어왔었지. 아마도 청도의 눈에는 그것이 '그림자'라는 이름답게 '새까만 것'으로 보인 모양이지?

청도는 말을 이어 나갔다.

"그렇게 매일같이 '어제의 나'를 상대로 싸웠지. 질 때도 있었고 이길 때도 있었지. 이겨도 어차피 매일 겪는 일이라 그렇게 기쁘진 않았어. 난 단지 지지 않으려고 계속 악으로 싸웠지. 싸우는 것도 힘들었지만 남한테 내가 밤새도록 싸우는 모습을 보이지 않는다는 것도 만만찮게 힘들었어. 혹시 '어제의 나'가 남을 공격하면 어쩌나 하는 생각도 있었고, 또 왠지 이런 모습을 보이면 남들이 날 이상하게 생각할 것 같기도 하고……."

"그럼 우리가 그 '어제의 너'라는 것과 네가 싸우는 모습을 처음으로 본 사람들이냐?"

청도는 고개를 끄덕였다.

"응. 처음이자 마지막 사람들이야. 사실 너희한테도 보여줄지 말지 고민은 많이 됐는데, 내가 어떻게 이렇게 칼을 잘 쓰게 되었는지 궁금해하는 것 같기도 하고, 가람이가 매일같이 대련해 달라는 부탁을 했을 때 내가 왜 매번 거절할 수밖에 없었는지 해명을 해야겠다는 마음도 있었고, 무엇보다……."

"무엇보다?"

"그냥 누구한테든 내 비밀을 탁 털어놓고 싶었어. 사람 마음이 원래 그렇잖아. 혼자만 아는 어떤 것을 마음속에 품고 있으면 왠지 참을 수 없어지는 그런 거. 주술이 풀리기 전에 누구한테든 보여주고 싶었어. 너희들, 뭔가 시커먼 게 갑자기 나한테 달려들어서 깜짝 놀랐었지?"

청도는 다른 사람들도 그림자를 자신처럼 볼 수 있다고 생각하나 보다. 하긴, 그러니까 아까 우리가 '그게 뭐냐'며 물어도 태연할 수 있었겠지. 그러고 보면 청도가 지금까지 남한테 '그림자'의 비밀을 보여주지 않은 것은 결과적으로 보면 꽤 잘한 일이군. 청도와 '그림자'가 싸우는 모습을 만약 누군가 봤다면 청도가 미쳤다고 생각했을 게 뻔하잖아.

"대충 내 이야기는 끝났어. 뭐 궁금한 거 없어? 있으면 물어봐. 아, 그리고 아버지가 왜 나한테 이 주술을 걸었는지, 도대체 왜 이런 주술을 걸면서까지 나를 강하게 만들어야 했는지, 그 이유는 나도 모르겠으니까 묻지 말고."

"왜 그림자에게 기를 쓰고 지지 않으려고 했지?"

가람이의 물음에 청도는 생각만 해도 끔찍하다는 듯 몸서리치며 대답했다.

"지면 진짜 고통스러웠거든. '어제의 나'의 칼에 맞으면 너무 아팠어. 물론 실제로 상처가 생기거나 한 건 아니었지만, 칼에 맞는 그 순간에는 아픈 정도가 아니라 '이게 죽는 거구나' 하는 느낌이 들었지. 말 그대로 죽도록 아팠던 거야. 그래서 지지 않으려고 매일같이 '어제의 나'에게 미친 듯이 덤벼들었지."

"그렇군."

가람이가 고개를 끄덕이자 청도는 다시 한 번 주위를 둘러보았다.

"뭐 더 궁금한 건 없어?"

"있어. 아까 전의 그게 마지막으로 나타난 '어제의 너' 였니?"

이번에는 요령이가 손을 들고 입을 열었다.

"응. 그렇지."

청도의 대답에 요령이는 피식 웃더니 청도에게 말했다.

"어제 생일이었던 거 축하해."

"고마워."

요령이는 자다가 봉창 두드리는 양 갑작스레 청도에게 어제 생일이었던 걸 축하한다고 말했다. 그런데 그런 요령이에 대한 청도의 반응은 요령이의 뜬금없는 축하보다도 더욱 의아스러웠다. 청도는 '무슨 헛소리야?'라는 대답 대신 담담하게 감사를 표한 것이다. 도대체 주술이 풀리는 것이 생일과 무슨 연관이 있는 거지? 가만있자… 그리고 보니 청도가 걸렸던 주문은 스무 살이 되는 해의 생일날까지 계속된다고 했지? 나는 놀란 얼굴로 청도를 바라보며 말했다.

"야! 너, 어제 생일이었구나? 그럼 진작 말을 하지 그랬어!"

청도는 별것 아니라는 듯 씩 웃었다.

"됐어. 뭘 그런 걸 말하고 그러냐. 이제 알았으니까 내년부터 확실히 챙겨주면 되지 뭐."

"아… 자식, 진작 말을 하지. 오늘이라도 챙겨줄까?"

"됐어, 임마. 내가 선물 받아먹자고 밤새도록 싸우는 거 보여준 줄 아냐. 뭐, 어쨌든 더 궁금한 건 없어?"

청도의 말에 우리는 서로를 바라보았다. 하지만 더 이상 손을 들거나 입을 여는 사람은 나오질 않았다. 청도는 약간 김이 샌다는 표정으로 어깨를 으쓱이며 말했다.

"에이, 생각보다 반응이 별로네. 난 '어제의 나'랑 내가 싸우는 모습을 보여주면서 내심 너희들이 '어제의 나'를 보고 경악을 하길 기대했는데. 쩝, 생각보다 놀라지도 않고, 신기해하지도 않고, 궁금해하는 것도 별로 없고…….."

"아냐, 신기했어."

사실 이미 산전수전 다 겪은 나에겐 '어제의 나'라는 것이 딱히 크게 신기해 보이진 않았지만 예의상 청도에게 신기했노라고 대답해 주었다. 난 오히려 아무리 매일같이 자신과 똑같은 상대와 싸움질을 했다고 해도 사람이 저렇게까지 강해질 수 있다는 것이 더 믿어지지가 않았다. 청도가 칼을 잡았을 때의 그 몸놀림, 그것은 사람이 보여줄 수 있는 것이 아니었기 때문이다.

"그렇다면 다행이고. 하지만 표정은 영 담담한데? 하하, 벌써 새벽 네 시가 다 되어가네? 너희들, 그냥 여기에서 자고 가라."

네 시라고? 그 말을 들으니까 갑자기 잠이 쏟아진다. 하지만 안 그래도 비는 시간에 언제나 이곳으로 모이는데, 그리고 집에 있는 두꺼운 원서들도 모조리 여기에 가져다 놓았는데 어떻게 염치없게 여기에서 잠까지 잘 수가 있냐. 비록 시간이 좀 늦기는 했지만 우리 방으로 돌아가서 자는 게 마음 편하고 낫겠지. 난 청도의 제안을 사양했다.

"아냐, 됐어. 우리 자취방 여기에서 가까워. 걱정하지 마."

"됐긴, 지금 시간이 몇 신데. 그냥 자고 가. 왜, 내가 궁시렁대기라도 할까 봐?"

어이구, 눈치가 총알이시네그려. 청도는 내 속을 꿰뚫어 보듯 말했다.

"괜찮아, 괜찮아. 뭘 이런 걸로 서로 부담스럽게 생각하고 그러냐 친구끼리. 그리고 여긴 내 방이기에 앞서 동아리방이잖아. 동아리 회원들이 동아리방에서 자는데 뭘 부담스러워해? 안 그래?"

그러고 안 그러고를 떠나서 사실 새벽 네 시에 졸린 몸을 이끌고 자취방으로 돌아가야 된다고 생각하니 좀 끔찍하긴 하다. 나는 못 이긴 척 청도의 말에 따르기로 했다.

"그래… 생각해 보니 네 말이 맞는 것 같기도 해. 그럼 오늘만 폐 좀 끼칠게."

"폐라니 무슨 소리야. 당연한 거라니까. 언제든지 자고 가도 돼."

청도는 손사래를 치며 일어서더니 손수 이부자리를 들고 와서 깔아주기까지 했다.

욱! 이런, 미안해라. 나는 청도의 친절함에 고마움과 미안함을 동시에 느끼며 불을 끄고 자리에 누웠다. 눈을 감는데 한숨처럼 가람이의 중얼거림이 귀를 스쳤다.

"십 년 동안 매일 생사의 갈림길에 섰었단 말이지……."

청도의 방에서 그림자와의 싸움을 본 그날 이후로 청도의 방에 들르거나 혹은 아예 자고 가는 날이 점차 잦아졌다. 틈만 나면 가람이가 청도한테 대련을 부탁하기 때문이다. '그림자'와 상대할 때처럼 특별히 밤까지 체력을 최상으로 유지할 필요가 없는 청도는 이제 가람이가 대련을 부탁하면 거절하지 않고 흔쾌히 가람이의 부탁에 응해주었다. 그리고 당연한 소리지만 가람이가 청도의 방에 가는데 나와 요령이만 따로 집에 갈 수는 없는 법.

그렇게 청도의 방에 자주 찾아가다 보니 이제 정말로 청도의 방이 '남의 방'이라는 느낌보다 '동아리방', 즉 공동의 방이라는 느낌마저 든다. 익숙해진 건지 염치가 그만큼 없어진 건지.

오늘도 수업이 끝나자마자 구내식당에서 저녁을 먹은 후 청도의 방으로 갔다.

"가자!"

"그래!"

가람이와 청도는 동아리방에 도착하자마자 목검을 집어 들고 잔디밭으로 뛰어나가 엉겨 붙기 시작했고, 나와 요령이는 동아리방의 의자를 하나씩 잡고 앉아서 창밖으로 청도와 가람이의 대련을 구경했다.

지금까지 전적은 청도의 12전 12승. 개인적으로 가람이가 기공술을 사용하면 이길 수도 있지 않을까 하고 생각한다. 한번은 가람이에게 '기공술을 사용하면 이길 수 있지 않느냐'고 직접적으로 물어본 적도 있었다. 대답? 잘 모르겠단다. 청도가 자신과 대련을 하면서 모든 실력을 보여준 적이 한 번도 없기 때문에 자신으로서는 청도의 실력을 짐작할 수조차 없다는 것이다.

"휴우—!"

끼익.

동아리방의 문이 열리며 긴 숨 돌리는 소리와 함께 청도가 들어왔다. 가람이가 피곤한 눈으로 그 뒤를 따랐다. 테이블에 지루한 듯 앉아 있던 요령이가 둘을 힐끔 보며 물었다.

"재밌었냐?"

"그럭저럭."

청도는 씩 웃으며 목검을 제자리에 갖다 놓았다. 그리고 요령이는 한심하다는 듯 가람이를 바라보며 말했다.

"창문으로 다 봤는데 너 정말 못하더라. 전혀 실력이 늘질 않았던데? 도대체 그 나이 먹도록 뭘 배웠냐? 칼 잡는 법밖에 못 배웠냐? 정말 나이가 아깝다, 나이가."

요령이의 말에 가람이는 한쪽 입술을 슬쩍 올리며 대답했다.

"그래도 난 나이 이만큼 먹도록 칼 잡는 법은 배웠지."

'넌 나보다 50살이나 더 살았으면서도 그나마도 못하잖아?'라는 뜻이 담긴 노골적인 비웃음이다. 물론 가람이의 말에 요령이는 발끈했다.

"뭐? 너, 그러다 죽는다!"

"야, 야, 왜들 그래 또. 예쁘고 잘생긴 얼굴들 구기지 말라고. 어, 노래도 있잖아. '얼굴 찌푸리지 말아요, 모두가 힘들잖아요~' 너희가 얼굴 찌푸리면 모두가 힘들어진다, 응? 어쨌든 난 좀 씻고 올 테니 앉아서 담소들 나누라고."

그 노래가 원래 얼굴 찌푸려지면 모두가 힘들어진다는 뜻이었나? 내가 알기로는 아닌데. 청도는 말을 마치고 발걸음을 돌리다가 멈칫하더니 의아한 표정으로 나를 바라보며 물었다.

"어? 영준아, 너 거기서 뭐 하냐?"

내가 지금 뭘 하냐고? 발칙한 빈대 녀석이 감히 주인한테 배고프니 라면 끓이라고 명령해서 계속 투덜거리며 알아모시는 중이다. 그런데 도대체 요령이 저 녀석은 밥을 먹은 지 얼마나 됐다고 또 라면을 먹나? 저렇게 먹어대도 살이 찌지 않는 것이 신기하다. 둔갑한 모습이라서 살이 안 찌는 것처럼 보이는 걸까, 아니면 원래 체질이 아무리 먹어도 살이 찌지 않는 체질인 걸까?

"응, 요령이가 출출하다고 해서 라면이나 몇 개 끓이려고. 지금 막 물 올렸는데 너도 먹을래?"

"준다면 나야 고맙지. 그럼 난 세수 좀 하고 나올게."

"가람이, 너도 먹을 거지?"

가람이는 고개를 끄덕였다.

청도에 이어서 가람이까지 세수와 머리 감기로 땀을 씻어내고 화장실에서 나와 자리를 잡고 앉을 때쯤—대부분의 화장실의 구조가 그렇듯이 우리 동아리방은 화장실 안에 세면대가 있다—라면이 다 익었다. 테이블에는 이미 청도가 각자의 덜어 먹을 대접과 젓가락을 가져다 놓은 상태였다. 난 다 익은 라면을 테이블에 올려놓고 조심스레 뚜껑을 열었다.

후욱~ 냄비에서 먹음직스럽게 김이 무럭무럭 올라왔다.

"맛있겠다~ 라면 너무 좋아! 잘 먹을게, 영준아!"

요령이는 작은 감탄사와 함께 재빨리 라면을 한 대접 덜어가더니 고개를 대접에 푹 박고 급하게 라면을 입으로 넘기기 시작했다.

후루룩, 후루룩.

그렇게 배가 고팠나? 난 요령이의 모습에 잠시 미소 짓다가 문득 라면은 불면 맛이 없다는 것을 떠올리고 급히 라면에 젓가락을 대었다.

그런데 내가 막 라면을 한 젓가락 집어 입에 넣으려는 순간.

파창!

요란한 소리와 함께 컨테이너의 유리창이 깨졌다. 그리고 갑자기 요령이가 몸을 낮게 돌리면서 바닥에 바싹 엎드렸다.

따앙! 저르르릉……

유리창이 깨진 것과 거의 동시에 유리창 반대 편의 동아리방 벽에서 마치 쇠망치가 부딪치는 것 같은 소리가 났다. 나는 반사적으로 고개를 돌려 그쪽을 보았다. 단열재가 둥그렇게 깨져 있었다. 방금 전의 충격인지 컨테이너인 동아리방이 작게 울렸다.

"뭐야!"

청도는 깜짝 놀라며 벌떡 일어서려고 했다. 그런데 그 순간, 갑자기 가람이가 일어서려는 청도를 짓누르며 엎드리더니 그대로 데굴데굴 굴러 나까지 의자째로 밀어버렸다.

'으아악!'

나는 순간적으로 몸이 뒤로 넘어가자 소리를 지르려고 했다. 그런데 유리창이 박살나는 소리와 함께 비명을 지르려는 나의 코앞으로 무언가가 휙 스치고 지나가 역시 유리창 반대 편의 벽에 가 부딪쳤다.

따앙!

'우와아악!'

순간 난 완전히 질려 버렸다. 얼마나 놀랐는지 목구멍까지 솟구쳤던 고함이 다시 내려가 버렸다. 어쨌든 나는 가람이가 넘어뜨린 덕분에 나를 노린 공격을 피한 채 의자와 함께 천천히 뒤로 넘어졌다. 하지만 다행히 바닥에 부딪치기 전에 가람이가 나를 옆으로 잡아채서 받았기 때문에 상처는 입지 않았다. 나는 떨리는 목소리로 외쳤다.

"방금 뭐야? 도대체 저게 뭐냐고?"

"몰라!"

요령이가 나의 반대쪽에서 납작 엎드린 채 소릴 질렀다. 청도가 말했다.

"누가 밖에서 총을 쏴대는 게 아닐까?"

"그럴지도……."

생각해 보니 정말 총 같다. 유리창이 부서지는 것 하며 무엇인가 직선으로 날아와서 동아리방의 반대 편 벽에 부딪친 것 하며… 하지만 가람이는 청도의 말에 손가락으로 '무언가'가 벽과 부딪쳤던 흔적을 가리키며 고개를 저었다.

"아니, 총은 아니다. 만약 유리창을 깨고 날아온 것이 총알이라면 저쪽 벽에 총알이 박혀 있거나 떨어져 있어야 해. 하지만 저 주위에는 아무것도 없잖나. 게다가 총성도 울리지 않았다."

"총알이 너무도 빨리 어디론가 튕겨 나가서 우리 눈에 띄지 않은 걸지도 모르잖아? 총성이야 소음기라는 걸 쓰면 되고."

가람이는 다시 청도의 말에 고개를 저었다.

"아니, 총이라고 보기엔 역시 약해. 유리창도 관통한 게 아니라 박살을 내면서 날아왔고, 벽에 부딪쳐서도 단열재만 부수었지 금속으로 만들어진 벽 자체를 어쩌진 못했어. 더구나 너나 나의 동체 시력으로 벽에 부딪쳐 속도가 떨어진 총알을 보지 못할 리가 없어. 여러 가지 정황으로 볼 때 저건 총이 아닌 것 같다."

가람이의 말에 청도는 머리를 벅벅 긁더니 도저히 영문을 모르겠다는 표정으로 물었다.

"좋아, 다 좋아. 다 좋은데, 그럼 방금 갑자기 날아와서 유리창을 박살 낸 것은 도대체 뭐지? 아니, 도대체 저런 이상한 걸 누가 왜 날린 거야?"

가람이는 청도의 말에 고개를 저으며 잘 모르겠다고 대답했다. 이런, 결국은 다시 원점으로 돌아왔군. 그런데 내 앞쪽에서 엎드려 있던 요령이가 갑자기 눈을 가늘게 뜨며 입술을 지그시 깨문다. 무언가 짐작 가는 것이라도 있나? 나는 요령이가 짐작할 만한, 우리를 공격해야 하는 이유를 가진 사람이 누구인지 생각해 보았다. 답은 금방 떠올랐다. 나는 작게 중얼거렸다.

"퀴에르? 아님, 퀴에르가 보낸……."

청도는 내 말을 듣지 못했지만 가람이는 내 말을 듣고 날카로운 표정으로 송곳니를 드러내었다. 그리고 요령이는 머뭇머뭇 입을 열었다.

"설마……."

그때였다.

와그라창창창! 따다다다다당!

갑자기 엄청난 소음과 함께 그때까지 깨져 나가지 않은 유리창이 마구잡이로 부서지며 동아리방 벽의 단열재가 엉망진창으로 박살나 버렸다.

퍼퍼퍼퍼퍽!

우리는 박살난 단열재의 파편들이 사방으로 튀는 것을 놀란 눈으로 바라보며 질겁을 하고 고개를 더욱 숙였다. 이건 마치 기관총을 마구잡이로 쏘아대는 것 같군. 끊임없이 알지 못할 것들이 연속적으로 창문을 통해 안으로 쏟아져 들어와 벽을 미친 듯이 때려대었다. 벽의 진동에 맞추어 동아리방 전체가 지진이라도 난 것처럼 흔들렸다.

드르르르르르르릉!

"이런 제, 젠장⋯⋯!"

동아리방 바닥에 배가 닿아 진동 때문에 말도 제대로 못하겠다. 도대체 어쩌면 좋지? 이럴 때 세 발 까마귀의 패라도 내 손에 있다면 도움을 요청해 볼 수라도 있을 텐데⋯ 젠장! 하필이면 지금 세 발 까마귀의 패는 안타깝게도 가방 속에 있다. 그리고 나는 지금 한 발짝도 움직일 수 없는 상황이고.

갑자기 충돌음이 그쳤다.

"끝났나?"

난 작게 중얼거렸다. 저르릉거리는 동아리방의 울림은 계속되고 있었지만 바깥쪽에서의 공격은 이제 멈춘 듯했다. 하지만 고개를 들 수는 없었다. 혹시 밖에서 다시 공격을 할지도 모른다는 생각에 불안했기 때문이다. 우리는 계속 바닥에 엎드린 채 긴장하면서 신경을 바짝 곤두세웠다. 나는 혹시 모를 일에 대비해 단전으로 기를 모았다. 주위의 낌새를 살짝 느껴보니 요령이와 가람이도 힘을 끌어올리는 듯했다. 그렇게 긴장된 시간이 흘러갔다. 갑자기 요령이가 벌떡 일어서며 외쳤다.

"누군가 온다! 일어서!"

타앙!

갑자기 요란한 소리와 함께 동아리방의 문이 벌컥 열리며 봉을 들고 있는 남자가 안으로 뛰어 들어왔다. 요령이는 양손을 파랗게 빛내며 날카롭게 외쳤다.

"넌 누구야!"

그 사내는 요령이의 말에 대답하는 대신 봉을 등 뒤로 돌려 팔꿈치에 끼운 채 요령이를 향해 겨냥해서 한 번 퉁겼다.

퉁!

작은 진동음과 함께 무언가가 요령이를 향해 빠른 속도로 날아갔다. 다행히 요령이는 재빨리 고개를 약간 꺾어 피했다.

따앙!

충돌음과 함께 동아리방이 다시 한 번 진동했다. 순간 난 깨달았다. 저거였구나! 저게 우리를 공격한 거였어! 저 남자가 방금 보여준 공격은 조금 전 방을 향해 마구잡이로 쏟아져 들어왔던 공격들과 똑같았던 것이다. 요령이는 남자의 갑작스러운 공격에 화가 났는지 한쪽 눈썹을 치켜 올렸다. 가람이는 어느새 일어서 있었다. 남자는 개의치 않고 다시 한 번 봉을 퉁겼다.

투웅!

그러나 요령이는 이번에는 피하지 않고 손으로 남자가 쏘아낸 것을 후려쳤다.

펑!

무언가가 요령이의 손에 맞아서 허공에서 터지며 요란한 폭발음이 들렸다. 요령이는 날카롭게 남자를 노려보며 다시 한 번 물었다.

"넌 누구야? 우리 말 몰라? 후 아 유?"

남자는 봉을 요령이에게 고정시킨 채 장난스럽게 웃으며 입을 열었다. 아니, 열었다고 생각했다. 하지만 입술은 고정되어 있었다. 남자는 그저 계속 장난스럽게 웃고만 있었지만 말소리는 분명히 어디론가 들려오고 있었다.

'제임스. 제임스 라이플맨. 제임스라고 합니다.'

그랬다. 마음으로 제이슨의 말이 울려 퍼지고 있었다.

마치 퀴에르를 만났던 때처럼.

나는 청도가 천천히 일어서는 것을 보며 청도를 따라 일어선 뒤 고개를 들어 제임스 라이플맨이라고 자신을 밝힌 남자를 바라보았다. 제임스라는 그 남자는 꽤 곱상하게 생긴, 기껏해야 스물두셋쯤 되는 얼굴을 가진 백인이었으며 흰색의 티셔츠와 검은색의 가죽 재킷, 가죽 바지를 입고 있었고 반들반들하게 잘 닦인 검은색 구두를 신고 있었다. 남자의 목에는 은십자 목걸이가 걸려 있었고, 검은색의 머리를 짧게 잘라 위로 세우고 있었다. 검은색의 머리칼이라… 라틴 계열의 사람인가? 제임스는 꽤나 단단해 보이는 검은색의 봉을 요령이를 겨냥한 채 등 뒤로 걸치듯 들고 있었는데 그 봉에는 알 수 없는 문자 같은 것들이 잔뜩 새겨져 있었다.

제임스는 물었다.

'누가 카르텔입니까?'

가람이는 못마땅한 듯한 얼굴로 요령이를 힐끔 바라보았으며 요령이는 땅이 꺼져라 한숨을 쉬었다. 제임스는 요령이의 반응이 재미있는지 다시 한 번 예의 그 개구쟁이처럼 보이는 미소를 띠며 말했다.

'아, 물론 누구인지는 알고 있습니다. 단지 예의상, 그리고 확인차 물어본 것이죠. 제 사전 정보에는 카르텔 씨는 여성의 모습을 하고 있다고 되어 있는데, 여

러분들 중 여성은 지금 제 눈앞에 있는 화나 보이는 숙녀님, 당신밖에 없군요.'

"아니, 이 넓은 서울 바닥에서 도대체 우리를 어떻게 찾았대 그래? 참 대단하기도 하셔… 그 노력으로 공부를 해봐라, 박사도 따겠다."

요령이는 미간을 찌푸리며 마치 푸념처럼 중얼거리다가 제임스를 향해 소리쳤다. 그 눈에 짜증이 잔뜩 묻어 있었다.

"그래, 내가 요령이다. 그래서 어쩔 건데? 끌고 가시려고? 그래, 어디 니 멋대로 놀아봐라. 하지만 호락호락은 안 될걸?"

'저, 한글 못 알아듣습니다. 마음으로 말하세요. 그 정도는 할 줄 알겠죠?'

물론 요령이는 그 정도야 간단하게 할 수 있다. 참고 삼아 말하자면 요령이는 간단하게 할 수 있는 그걸 나는 못한다. 요령이는 다시금 한숨을 푹 쉬었다.

"바라는 것도 많으셔… 휴……."

그리고 마음속으로 이번엔 요령이의 말이 울려 퍼졌다.

'그래, 내가 요령이다. 어쩌실라고? 퀴에르가 보내서 왔지? 왜? 걔가 또 나 끌고 오래? 그래그래, 맘~대로 해. 니 마음대로 날고 뛰고 다 때려부숴 보라고. 하지만 말야, 내가 그렇게 호락호락하게 끌려가 주진 않을걸?'

제임스는 요령이의 말에 놀란 듯 눈을 둥그렇게 떴다. 그는 황급히 손을 설레설레 젓더니 손을 들어 가슴에 성호를 그었다. 제스처가 풍부하군.

'오우, 퀴에르라니요! 그런 지독하고 악마처럼 사악한 마녀의 이름은 담지 마세요! 그 이름은 듣기만 해도 불경하니까요. 전 퀴에르가 보내서 온 것이 아닙니다. 물론 당신을 끌고 가려고 온 것은 더 더욱 아니고요.'

의외인데? 나는 제임스와 요령이를 번갈아 바라보았다. 제임스의 말에 이번에는 요령이가 눈을 동그랗게 뜨며 놀라고 있었다. 요령이는 황당한 듯 머리까지 짚으며 물었다.

'아니, 나를 잡으러 온 게 아니면 도대체 왜 여기까지 찾아온 거야?'

제임스는 살짝 웃었다. 제임스의 웃음과 동시에 그의 말이 내 마음 속으로 스며들었다. 그리고 더 이상 제임스의 미소는 나에게 그저 장난스러운 미소로 보이지 않았다. 나의 머리를 후려치는 제임스의 말을 들으며 본 제임스의 웃음에서 내가 느낀 것, 그것은 공포였다.

제임스는 요령이에게 말했다.

'당신을 죽이러 왔습니다.'

컨테이너 안은 냉랭하게 가라앉았다. 요령이는 골치가 아픈 듯 미간을 살짝 찌푸리며 머리를 짚었다.

'잠깐, 잠깐! 정리하자고. 지금 방금 나보고 뭐라고 그랬지?'

제임스는 입술 끝을 올리며 잔인하게 웃었다.

'당신을 죽이러 왔다고 했죠.'

청도가 뒤에서 내 어깨를 짚었다. 녀석은 지금의 딱딱한 분위기와는 상당히 안 어울리게 한쪽 눈썹을 잔뜩 찌푸리며 눈을 큼지막하게 뜨고 있었다. 마치 얼굴에 '나 지금 황당하다'라고 써놓은 듯하군. 청도는 나를 바라보며 조심스레 말했다.

"…지금 내 마음속에서 계속 이상한 말이 들려와. 아무래도 내가 미쳤나 봐. 그런데 대체 저 녀석은 누구래? 왜 온 거래?"

"만약 네가 미쳐서 들리는 소리라면 나도 미친 거겠지. 네가 지금 듣는 건 환청이 아냐. 저 제임스라는 녀석과 요령이는 지금 마음으로 이야기하고 있는 거야. 이제 궁금증은 대강 풀렸지? 너도 들었다시피 저 녀석은 요령이를 죽이러 왔대."

청도는 머리를 감싸 쥐었다.

"너까지 미쳐 버렸구나. 이런 젠장! 그게 말이 돼?"

"봉에서 총알을 쏘아내는 건 참 말이 되겠다. 아니, 10년 동안 그림자가 쫓아다니는 건 말이 되냐?"

"쳇!"

청도는 지금 눈앞에서 벌어지는 상황을 도저히 이해하지 못하겠다는 듯 고개를 마구 휘저었다. 그래도 청도 저 녀석, 내가 요령이를 처음 봤을 때만큼 놀라진 않는군. 10년 간을 주술과 함께 살아와서 그런가 보지? 게다가 청도의 오른손은 어느새 천천히 목검으로 향하고 있었다. 현실 판단이 빠른 녀석이네.

요령이는 이해를 못하겠는지 제임스에게 다시 물었다.

'아니, 도대체 왜 나를 죽이려고 하시나 그래? 이유나 묻자.'

'흠, 말해 줘야 되는지 말아야 되는지…….'

제임스는 고민이라는 듯 한 손으로 턱을 짚었다. 잠시 후 그는 답이 나왔다는 듯 고개를 들었다.

'존은 그런 이야기를 해도 된단 말을 안 했습니다. 역시 가르쳐 주지 못하겠군요.'

존이라고? 그건 또 누구야? 점점 궁금증은 커져만 갔다. 요령이 역시 마찬가지인가 보다. 요령이는 눈을 가늘게 뜨더니 이윽고 팔짱을 끼며 물었다.

'그럼 어디서 왔냐? 아, 너 사는 데 말고. 그 딴 데는 관심없으니까. 혼자서 나를 죽이기로 마음먹고 온 거야? 아니면 어떤 단체에서 너를 파견한 거야? 그거라도 알자. 날 죽인다며? 네가 신사라면 나를 죽이기 전에 최소한의 립 서비스는 해달라고.'

제임스는 할 수 없다는 듯 어깨를 으쓱이며 한숨을 쉬었다.

'신사까지 운운하시니 어쩔 수 없이 말해 드릴 수밖에 없네요. 어차피 우리가 누구인지는 이번에 저승에 가면 아실 테고, 혹 운이 좋아서 죽지 않는다면 우리의 정체에 대해 어떻게 해서든 알아내겠죠. 그러니 지금 알려주나 나중에 아나 상관없겠죠. 우린 스콥입니다.'

'스콥?'

요령이가 처음 들어본다는 듯 되물었다.

'스콥. 에스, 케이, 오, 피. 쉐도우 나이츠 오브 펜타그램. 모릅니까?'

제임스의 설명이 끝나자 요령이의 표정이 끔찍하게 변했다. 요령이는 고개를 가로저으며 당황 섞인 눈빛으로 말했다.

'맙소사. 스콥! 파문당한 기사들! 젠장! 너희들이 왜 나를?!'

'비밀이라니까요.'

제임스는 싱긋 웃었다. 스콥? 오망성의 그림자 기사들이라고? 그게 뭐지? 난 요령이에게 물었다.

"요령아, 스콥이 뭐야?"

요령이는 내 질문에 나를 힐끔 바라보더니 말했다.

'내 친구들이 너희가 뭐 하는 모임이냐고 묻는데 설명할 시간을 주겠어?'

'그러죠.'

제임스는 대답과 함께 봉을 땅에 짚고 방만하게 봉에 기대어 섰다. 하지만 요령이는 경계를 풀지 않으려는 듯 제임스에게서 눈을 떼지 않은 채로 말했다.

"저놈들은 쉐도우 나이츠 오브 펜타그램이야. 줄여서 스콥. 오망성의 그림자 기사들, 파문당한 기사들, 광신도의 선봉장, 다섯 이단자. 끔찍한 놈들이지."

"뭐 하는 녀석들인데?"

"지들 입으로는 세상을 지키는 녀석들이래."

"뭐?"

푸흡! 난 그만 실소해 버렸다. 유치해! 아니, 맙소사! 그게 뭐야? 나는 믿지 못하겠다는 눈으로 요령이를 바라보았고 요령이는 말을 이었다.

"옛날, 중세 시대에 흑마술이 만연했던 적이 있었어. 여러 가지의 신비주의들이 이곳저곳에서 비밀리에 그 세력을 키워 나갔지. 그리고 마침내 그런 신비주의 세력들은 일부 지역에서는 카톨릭의 위치를 위협할 정도로 성장을 하게 돼. 상황을 보다 못한 교황은 비밀리에 가장 신앙심이 깊고 뛰어난 다섯 명의 기사를 모아서 암살자로 만들었어. 그리고 '쉐도우 나이츠 오브 라운드'라고 불렀지. 원탁의 기사처럼 정의를 수호하는 원탁의 그림자 기사들이라는 뜻이야. 그들은 교황의 칼이 되어서 교황의 목적을 충실히 따랐지. 음지에서 수많은 흑마법사들이 그들에게 암살당했어. 그런데 여기서 교황의 생각과 어긋나는 일이 벌어졌지. 계속적으로 신비주의와 흑마술을 상대하는 동안 신비주의를 대적해야 할 기사들이 오히려 조금씩 신비주의에 물들게 되어버린 거야. 물론 그들의 신앙은 굳건했지. 그건 의심할 바가 없었어. 그래서 아주 이상한 일이 벌어지고 말았어. '백마술이 아닌 주술도 거리낌없이 사용하는 신앙심 깊은 크리스천 기사들'이라는 상당히 부조리한 집단이 탄생한 거야. 그뿐이 아니라 이들은 점차 교황의 통제조차 벗어나고 있었지. 카톨릭의 권위에 도전한다 싶은 것들은 교황이 허락을 하든 말든 개의치 않고 쓸어버리기 시작한 거야. 이건 큰 문제였어. 교황청 산하에 신성하지 않은 주술을 맘대로 사용하면서 지저분한 암살을 행하고 다니는 단체가 있다는 게 드러나면 교황청의 이름이 땅에 떨어져 버릴 것은 뻔했거든. 쓸모는 줄어드는데 부담은 감당할 수 없을 정도로 커진다고 생각한 교황은 고심 끝에 결국 그들을 파문해 버렸지."

"그래서 어떻게 되었는데?"

"그들은 교황청에서 파문을 당하든 말든 개의치 않았어. 오히려 세상에 뭐 걱정할 게 그리도 많은지, 스케일도 크게 세계 평화까지 걱정하게 되어버렸지. 그래서 그들은 음지에서 계속 후계자들에게 대를 물려주면서 '자신들의 정의' 에 어긋나는 것들은 닥치는 대로 부수고 쓸어버렸어. 흑마술이고 뭐고 가리지 않고 사용하면서 말야. 이름도 바꿨지. '쉐도우 나이츠 오브 펜타그램' 으로. 펜타그램은 주술의 상징이야. 그런 펜타그램을 성스러운 원탁의 자리에 넣은 것은 이제 자신들은 교황청과는 독립된 주술 단체라는 걸 밝히기 위해서였지. 하지만 녀석들은 벌써 몇백 년 간 활동이 없었어. 그래서 이젠 대가 끊겨 버린 줄 알았는데……."

흠, 알려지지 않은 역사의 비밀인가? 나는 고개를 끄덕이며 요령이의 말을 들었다. 물론 청도는 뭐가 뭔지 도저히 모르겠다는 듯 고개를 설레설레 젓고 있었다. 흠, 그런데 세계 평화를 걱정한다고? 그럼 그렇게 나쁜 것만은 아닌 게 아닌가?

"야, 근데 세계 평화를 걱정한다면서? 그럼 그렇게 나쁜 녀석들은 아닌 거 아냐?"

요령이는 내 말에 답답한지 소리를 버럭 질렀다.

"멍청아! 내 말은 코로 들었냐! '자신들의 정의' 에 어긋난다 싶으면 살인도 서슴없이 한다고! '약간의 희생은 어쩔 수 없다' 는 것이 소위 '쉐도우 나이츠 오브 펜타그램' 이라는 놈들의 생각이지. 저놈들은 악당보다 더 나쁜 놈들이야. 악당이라도 사람을 죽이면서 저 녀석들처럼 아무런 죄책감이 없지는 않을 거야."

듣고 보니 섬뜩했다. 사람을 아무 거리낌 없이 죽인다고? 일말의 죄책감도 없이? 나는 제임스를 다시 쳐다보았다. 제임스는 변함없이 허술하게 봉에 기댄 채 대화를 나누는 우리를 지루한 듯 바라보고 있었다. 하지만 왠지 아까와는 달리 제임스의 몸에서 피비린내가 풍겨 나오는 것 같다. 요령이는 다시 마음으로 말했다.

'너희들은 이미 몇백 년 전에 활동을 멈추지 않았나?'

'오, 이제야 이야기가 끝났습니까? 꽤 지루…….'

'묻는 말에 대답이나 해!'

요령이는 짜증난다는 듯 빽 소리를 질렀고 제임스는 당황한 듯 손을 설레설레 저으며 말했다.

'어휴, 화나셨군요. 제가 너무 성급했나 봅니다. 죄송합니다. 그런데 우리가 몇백 년 전에 활동을 멈추었다니요? 잘못 알고 계시는군요. 우리는 계속해서 대를 이어오고 있었어요. 단지 지금까지 우리가 나설 일이 없었을 뿐이죠.'

요령이는 제임스의 말에 우습다는 듯 코웃음 쳤다.

'흥! 그래? 그럼 제, 2차 세계대전은 뭐지? 원자 폭탄의 개발은 어때? 그 수많은 기아와 전쟁은 왜 해결하지 못했지? 그건 정의에 어긋나는 일이 아니었나?'

요령이의 말에 제임스는 조용히 검지손가락을 슬쩍 흔들었다.

'우리는 주술적인 일에만 관여합니다. 우리가 처음에 어떻게 만들어졌는지, 그리고 우리의 이름이 무언지 벌써 잊으셨습니까?'

'흥! 그래? 그렇다면 너희가 나를 죽이려고 하는 걸 보니 나는 너희들의 정의에 어긋나는 존재구나? 그래서 죽여야 한다는 말이지? 그런데 내가 너희들의 어떤 정의에 어긋나는 거지? 나라는 존재가 너희 신앙의 신성성에 방해가 되나? 너희들은 파문된 후에도 신앙에 어긋나는 것들은 닥치는 대로 쓸어버렸지? 그래서 나를 죽이려고 하는 거니? 아니면 나로 인해 세상에 무슨 큰일이라도 생기는 거야? 어디 대답해 봐!'

제임스는 빙긋 웃으며 봉을 고쳐 잡았다.

'후자입니다. 저흰 비록 카톨릭 신자이지만 파문당한 이후로는 교단의 명예에 별로 신경 쓰지 않죠. 이제 이야기는 끝냅시다. 지루하군요.'

제임스가 봉을 고쳐 잡는 모습을 보며 요령이는 이를 드러내었고 가람이는 나를 돌아보며 말했다.

"도와야 되나?"

나는 고개를 끄덕여 주었고 가람이는 대답했다.

"알았다."

"네 도움 따위는 필요없어."

요령이는 차갑게 말했지만 가람이는 무표정하게 대답했다.

"네 생각도 내 조력에 전혀 필요없다. 주인이 도우라고 했으면 돕는 것."

"웃기는군."

요령이는 피식 웃었다. 그리고 이쪽의 낌새를 눈치 챘는지 제임스는 표정을 굳히며 말했다.

'관련없는 사람들은 끼지 마십시오. 걱정 마십시오, 다른 사람들은 손대지 않습니다. 제 목표는 카르텔 씨 하나입니다. 굳이 다른 사람들까지 다치게 하고 싶지는 않군요.'

"관련이 없다니? 우린 친구라고!"

나는 기세 좋게 외치며―물론 제임스가 내 말을 알아듣지는 못하겠지만─세 발 까마귀의 패가 들어 있는 가방을 향해 손을 뻗었다. 위험할 때 도움을 요청하면 도와주겠다고 했지? 그런데 그때였다. 제임스가 가방을 향해 봉을 겨누더니 한번 튕겼다.

투웅!

무엇에 맞은 듯 가방이 들썩였고 잠시 후 갑자기 가방에 작은 오망성이 새겨지더니 푸른 빛이 뿜어져 나왔다. 제임스는 유쾌한 듯 웃었다.

'가방 안에 대단한 물건이 들어 있더군요. 하지만 신물에 손대게 제가 놔둘 것 같습니까? 저 진은, 저 둘은 몰라도 당신은 절대로 뚫을 수 없을 겁니다.'

그때였다.

파앗!

강렬한 자줏빛 기운과 함께 가방의 첫 번째 주머니가 투툭 하고 강제로 찢어지며 안에 있던 세 발 까마귀의 패가 내 손으로 빨려 들어오듯 잡혔다. 대단해! 나는 놀란 눈으로 세 발 까마귀의 패를 바라보았다. 놀라기는 제임스도 마찬가지인 듯했다. 제임스는 주춤 물러서며 봉을 가슴께로 치켜들었다. 뒤에서 청도의 멍한 목소리가 들렸다.

"맙소사… 혼자 날아다닌다니… 저게 도대체 뭐야……."

그때 마음속으로 세 발 까마귀의 패의 목소리가 들렸다.

『내 주위에 이상한 마력장이 쳐지기에 해제하고 너에게로 왔다. 도대체 뭐가 어떻게 된 거지?』

"패 바깥을 안 보고 있었어요?"

『전혀 안 보고 있었는데. 급하면 네가 부를 텐데 왜 군이 지루한 바깥세상을 보고 있어야 되지?』

어휴, 다음부터는 세 발 까마귀의 패를 아예 몸에 지니고 다녀야겠군. 나는 세 발 까마귀의 패를 향해 다급하게 말했다.

"저 녀석이 요령이를 죽이겠대요! 도와줘요!"

『그래? 너는? 너도 죽이겠다던가?』

"녀석이 노리는 건 요령이뿐이지만 저도 요령이를 도와서 싸울 거예요! 그러니 절 도와줘요!"

하지만 내 말이 끝나자 세 발 까마귀는 별 관심이 없다는 듯 심드렁하게 대답했다.

『그래? 그럼 너와는 상관없군. 바깥 상황을 지켜보다 네가 위험해지면 도와주지.』

나는 황당해서 세 발 까마귀의 패를 꽉 움켜쥐며 말했다.

"이봐요! 나를 도와줘요! 내가 도움을 요청하면 도와준다면서요!"

『네게 도움이 필요해 보이면 내가 돕는 것이지, 내 도움이 필요치도 않은데 너를 돕는 것은 아니다. 나는 너의 수호신이지만 너의 무기는 아닐 뿐더러 네 시종은 더욱더 아니다. 내게 네가 아닌 다른 사람을 도울 의무는 없다.』

"젠장! 그럼 이런 패 따위는 아무 짝에도 쓸모가 없잖아!"

나는 신경질을 내며 패를 방구석으로 집어 던져 버렸다.

땡그랑!

요란한 소리와 함께 패가 바닥에 떨어졌다. 요령이는 내가 한 말만으로도 나와 세 발 까마귀가 무슨 대화를 나누었는지 눈치 챘나 보다. 요령이는 무표정한 얼굴로 말했다.

"어차피 그 따위 잡새의 도움이 없어도 저런 자식은 충분히 쓰러뜨릴 수 있어."

그리고 다시 마음속으로 제임스에게 말했다.

'덤벼.'

요령이의 말에 제임스는 봉을 화려하게 휘두르더니 밖으로 천천히 걸어나가며 말했다.

'밤은 짧은데 워밍업이 너무 길었으니 어서 승부를 내야겠군요. 따라오세요. 안은 너무 좁습니다.'

'멍청이, 누가 봉을 상대로 넓은 곳으로 나갈 것 같으냐?'

'이왕 싸울 거 넓은 곳에서 화끈하게 붙어보고 싶으십니까? 뭐, 정 좁은 곳이 아니면 상대하기도 싫으실 정도로 제 봉이 겁난다면 할 수 없지만.'

요령이는 뭐가 웃긴지 싱긋 웃었다.

'깔깔! 지금 나를 자극하는 건가?'

하지만 곧 그 미소는 차갑게 바뀌었다.

'받아주지.'

"뭔진 모르지만 좋아. 나도 돕지!"

청도가 재밌다는 듯 목검을 잡으며 내 앞으로 나섰다. 그런데 그때 제임스가 손을 내밀었다.

팟!

새까만 기운이 빠르게 청도에게 쏘아져 나갔다.

"핫!"

청도는 우습지도 않다는 듯 가볍게 목검을 휘둘렀다. 그러나 그 암흑의 기운은 공격을 그대로 통과해서 청도를 밀어붙였다. 청도의 얼굴은 순간 당황으로 구겨졌다. 다음 순간 청도는 비명도 지르지 못한 채 벽에 처박혔다.

쿠당!

청도는 비명을 지르며 얼굴을 일그러뜨렸다.

"윽!"

애써서 몸을 움직이려 했지만 암흑의 기운이 청도를 꼼짝 못하게 벽에 매달아놓고 있었다. 청도는 절망감에 젖은 목소리로 외쳤다.

"분명히 맞췄는데! 이, 이게 뭐……."

'주술력이라고는 하나도 없으면서 주제넘게 어디에 끼어들겠다는 겁니까. 당신은 거기 처박혀서 구경이나 하시죠.'

청도에게 경고한 제임스는 나를 힐끔 바라보더니 다시 말했다.

'당신도 마찬가지입니다. 그 정도의 힘으로 끼어보겠다는 것은 아니겠죠?'

제임스는 밖으로 사라졌다. 요령이와 가람이가 재빨리 그 뒤를 따랐다.

"젠장! 풀어줘!"

청도는 소리쳤다. 물론 제임스는 청도의 말에 대답하지 않았다. 나는 재빨리 청도에게로 달려가서 이리저리 살폈다. 청도의 몸 주위에 얇은 기가 엉겨 붙어 있었다. 내가 어떻게든 풀어보려고 할 때 밖에서 기합 소리가 들렸다.

"합!"

제임스의 것이었다. 그리고 무언가가 바람을 찢는 날카로운 소리가 들렸다. 잠시 귀를 기울이자 풀숲을 밟는 푸석거리는 소리가 어지러이 들려오기 시작했다. 드디어 싸움이 시작되었나 보군. 나는 다급한 마음에 청도를 이리저리 당겨보았지만 청도의 몸은 꼭 거미줄에 붙은 벌레처럼 기에 엉겨서 단단히 벽에 달라붙어 있었다.

"젠장! 어쩌면 좋지?"

펑!

무언가가 터지는 소리가 들려왔다. 마음이 점점 다급해져 왔다. 생각 끝에 나는 손끝으로 기를 모았다. 제임스가 힘을 아끼려고 했기 때문인지, 아니면 우리를 무시해서인지 청도의 몸을 감싸고 있는 검은색 기의 막이 워낙 미약해서 내 힘으로도 충분히 헤쳐 낼 수 있을 것 같았기 때문이다. 이윽고 손끝에 투명하게 기가 모였고 나는 재빨리 청도의 몸을 감싼 기를 훑었다. 다행히 검은색 기운은 내 손길에 마치 얇은 비닐막이 찢어지듯 좍좍 찢어져 허공으로 흩어졌다. 어느 정도 기를 뜯어내자 청도가 바닥으로 떨어졌다.

쾅당!

"아우욱!"

등허리를 바닥에 세게 부딪친 청도가 허리를 움켜쥐며 얼굴을 찌푸렸다.

"괜찮아?"

"그래. 그런데 방금 전 그것은 도대체 뭐였지? 그리고 넌 어떻게 날 풀어낸 거야?"

"기로 뜯어냈어. 자세한 건 나중에 설명하지. 지금 급하다고. 밖에서 애들이 제임스인가 하는 녀석과 싸우고 있나 봐."

청도는 목검을 움켜쥐며 일어섰다.

"젠장, 너희들 이제 보니 나랑은 다른 세상에 사는 놈들이었구나. 내가 사는 초록별 지구에 이런 놈들이 살 리가 없어. 아니면 너희들 우리 아버지랑 같은 부류냐? 여하튼 나가보자. 죽이 되든 밥이 되든 일단 나가야 요령이와 가람이를 도울 수 있겠지."

청도는 후닥닥 동아리방 밖으로 뛰어갔고 나도 재빨리 청도를 따라 밖으로 달려나갔다. 잔디밭에서는 가람이와 요령이, 그리고 제임스가 멋지게 어우러지고 있었다.

붕! 붕!

제임스가 빠르게 봉을 돌리며 요령이와 가람이를 몰아붙이고 있었고, 요령이와 가람이는 교묘한 몸놀림으로 제임스의 공격을 피해내고 있었다. 잠시 공방전이 이어졌고 제임스는 요령이와 가람이를 사납게 몰아붙이다가 갑자기 뒤로 빠르게 굴러서 물러나더니 봉을 치켜들고 요령이와 가람이를 겨냥하며 외쳤다.

"샷건!"

투투투투퉁!

봉이 격렬히 진동하며 수십 개의 뿌연 기 줄기들이 요령이를 향해 쏟아져 나갔다.

"치잇! 이런 잡기술로! 타앗!"

요령이는 연기의 선들이 자신의 주위를 뒤덮는 순간 기운을 뿜었다.

퍼퍼펑!

힘들이 충돌하는 소리와 함께 제임스가 쏘아낸 공격들이 모조리 공기 중에서 사라져 버렸다. 하지만 제임스는 요령이가 잠시 힘을 뿜어내느라 틈을 보이자 재빨리 요령이를 향해 쇄도했다.

"합!"

갑자기 제임스의 다리를 노리고 땅을 훑으며 낮은 발차기가 들어갔다. 제임스는 재빨리 펄쩍 뛰어 뒤로 피했다. 가람이가 어느새 제임스를 막아서서 공격하고 있었다. 가람이가 낮은 발차기의 회전력을 이용하여 빙글 돌아 뛰어오르는 제임스를 다시 걷어차자 그는 봉을 짧게 잡아 막아냈다.

딱!

가람이의 발차기가 봉에 부딪치자 딱딱한 물체끼리 부딪치는 소리가 났다. 제임스는 그대로 뒤로 물러서며 거리를 벌리려 했지만 가람이는 한번 잡은 기회를 놓치지 않고 계속 권각을 이용하여 제임스를 몰아쳤다.

"타! 합! 타아—!"

팟! 팟!

바람을 찢는 소리와 함께 가람이가 뻗는 주먹들이 제임스를 아슬아슬하게 피해갔다. 제임스는 당황한 듯 휘청대고 있었다.

"핫!"

가람이가 제임스의 턱을 노리고 발을 뻗었다. 흠칫한 제임스가 뒤로 재빨리 턱을 뺏지만 그 뒤론 어느새 요령이가 다가와 있었다. 요령이는 재빨리 제임스의 뒷무릎을 걷어차 버렸다.

뻐억!

제임스의 몸이 크게 휘청거렸다. 요령이와 가람이는 그 순간을 놓치지 않고 동시에 제임스의 얼굴을 향해 주먹을 날렸다. 순간,

"이익!"

부웅! 부웅!

제임스가 급히 몸을 회전시키며 봉을 두 번 돌렸고 가람이와 요령이는 재빨리 뒤로 물러섰다. 가람이가 마음속으로 들리도록 말했다.

'봉을 다루는 솜씨 하나는 칭찬해 줄 만하군.'

'고맙군요.'

제임스가 고개를 까딱였다. 그때 요령이가 말했다.

'하지만 수적 열세는 어쩔 수 없나 봐? 흥, 아니지. 수적 열세가 아니지. 네 실력은 나보다도 떨어지는 것 같은데 뭘 믿고 혼자서 덤볐지?'

'지금은 전초전 아닙니까? 좀 더 치고 받아봐야 서로의 실력에 대해 논할 수

있죠. 서로에 대해 말하기에는 아직 너무 이릅니다. 그럼, 다시 갑니다.'

제임스는 견제하던 자세로 낮게 잡고 있던 봉을 돌려 땅과 평행하게 들어 올리더니 그대로 요령이에게 튕겼다.

퉁! 퉁!

백색 빛 줄기 두 개가 쉿— 하는 소리와 함께 빠르게 밤하늘을 가르며 요령이에게 날아갔다. 요령이는 재빨리 몸을 돌려 피하며 외쳤다.

"샐러맨더!"

화르르륵!

외침과 함께 요령이의 머리 위에서 수박만한 불덩어리가 이글이글 맺히더니 그대로 제임스에게로 쏘아져 나갔다. 제임스는 다시 한 번 봉을 들더니 불덩이를 겨냥했다. 이윽고 봉 끝에서 빛덩이가 지금까지와는 달리 주먹만하게 뭉쳐서 불덩어리를 향해 날아갔다.

�꽈웅!

두 힘이 충돌하자 강렬한 폭음과 함께 땅이 패이며 연기가 무럭무럭 치솟아올랐다. 요령이는 재빨리 자신의 주위를 둘러싼 연기 밖으로 뛰쳐나왔다. 요령이의 주위에는 푸른 빛덩이 몇 개가 마치 도깨비불처럼 둥실둥실 떠 있었다.

"받아랏!"

흩어지는 연기 속에서 여유로운 미소를 띤 채 자신을 향해 달려오는 제임스를 발견한 요령이는 손을 제임스를 향해 휘둘렀다. 요령이의 손짓에 요령이의 주위에 떠 있던 빛덩이들이 일제히 제임스를 향해 날아갔다.

쉬리리릭!

하지만 제임스는 재빨리 봉을 휘둘러 그것들을 모조리 터뜨려 버렸다.

퍼퍼펑!

요령이가 다시 외쳤다.

"에어리얼 서번트! 날려 버려!"

그녀의 등 뒤로 흰 바람덩이가 뭉클거리며 사람 형상으로 뭉치는 것이 내 눈에 똑똑히 보였다. 저런 게 보이다니, 역시 난 풍사인가 보군. 에어리얼 서번트는 요령이의 명에 따라 바람의 기운을 잔뜩 이끌며 제임스에게로 뿜어져 나갔다. 갑작스레 바람이 자신을 향해 날아오자 제임스는 어떻게 대응해야 할지 당황한 듯 잠시 멈칫하더니 곧 자세를 바로잡고 봉을 휘둘렀다. 하지만 에어리얼 서번트는 부드럽게 봉을 흘리듯 피하더니 제임스를 낚아채서 앞으로 날았다.

쉬이익!

점점 에어리얼 서번트의 속도가 빨라지기 시작했다.

"크아아악!"

무서운 속도로 허공을 가르며 날던, 아니, 정확히 말하면 날려지던 제임스는 괴성을 지르며 그때까지 양손으로 단단히 움켜쥐고 있던 봉에서 왼손을 떼어 머리 위로 치켜들며 눈을 감았다. 잠시 후 왼손에 검은 기운이 점차 뭉치기 시작했다. 검은 기운이 왼손을 모두 덮어버릴 정도가 되자 제임스는 그 기운으로 에어리얼 서번트의 머리를 내려쳐 버렸다.

퍼엉!

우욱! 잔인해! 에어리얼 서번트의 머리가 끔찍하게 뭉개졌다. 에어리얼 서번트는 제임스의 공격을 맞고 한동안 비틀대더니 이윽고 힘을 잃은 듯 멈춰 서곤 우엉~ 하는 한 맺힌 한줄기 고함과 함께 허공에서

녹아내리며 사라져 버렸다. 하지만 제임스는 에어리얼 서번트의 소멸에도 불구하고 그때까지 휘둘리던 관성으로 인해 잔디밭의 거의 끝 쪽까지 날아가서야 바닥에 처박히며 멈추었다.

콰당!

"으악!"

제임스의 비명이 허공을 울렸다. 그리고 요령이보다 훨씬 제임스 쪽에 가까이 서 있었던 가람이는 몸을 돌려 쓰러진 제임스를 향해 뛰었다. 제임스는 봉도 놓친 채 비틀거리면서 일어섰지만 그땐 이미 가람이는 제임스에게서 채 10m도 떨어지지 않은 거리까지 다가와 있었다. 가람이는 달려오던 모습 그대로 제임스를 향해 뛰어올랐다. 마치 영화 '매트릭스'의 한 장면을 보는 것 같군. 그런데 그때 갑자기 요령이가 가람이와 제임스를 향해 달리며 외쳤다.

"멍청아! 녀석에게 봉이 없다고 방심하지 마!"

하지만 이미 늦었다! 제임스는 끔찍해 보이는 표정으로 이를 잔뜩 드러내며 웃었다. 가람이는 흠칫하며 재빨리 제임스를 걷어차려 했지만 이미 늦었다. 제임스는 가람이가 걷어차기 직전, 주먹으로 엄청나게 큰 반원을 그리며 날아오던 가람이의 턱에 어퍼컷을 꽂아버린 것이다.

뻐어억!

제임스의 강력한 공격을 정통으로 맞은 가람이는 입에서 피를 뿜으며 허공으로 치솟아올랐다.

"큭!"

가람이의 입에서 숨 막히는 비명이 터져 나왔다. 그 소리를 들으며 제임스는 잔인하게 웃었다. 제임스는 재빨리 손을 뒤로 뻗었다. 제임스의 양손에는 언뜻 보기에도 어마어마해 보이는 기가 뭉치고 있었다. 가람이는 방금 전 너무 세게 얻어맞아서 저항할 기운이 빠져 버린 듯 힘없이 땅으로 떨어지고 있었다. 제임스는 가람이가 떨어지는 속도에 맞춰 기가 가득 모인 두 손바닥을 앞으로 쭉 뻗었다.

"멈춰!"

나는 고함을 질렀다. 하지만 녀석은 멈추지 않았다. 맙소사!

투학!

가람이는 추락하면서 간신히 몸을 비틀며 자신의 양팔을 교차시켰다. 가람이가 방어 자세를 취하자마자 곧바로 엄청난 소리와 함께 제임스의 양손에 뭉쳤던 검은 기운이 가람이를 휩쓸듯 후려쳤다.

쩌어어어엉!

잔디밭 전체를 울리는 강렬한 기의 충돌음과 함께 가람이는 비명조차 제대로 지르지 못하고 제임스의 공격에 의해 축 늘어진 채 잔디밭 쪽으로 한참을 날았다. 요령이가 재빨리 몸을 날려 맥없이 날아오는 가람이를 받았다.

턱!

가람이는 요령이가 자신을 받자 그대로 축 늘어져 버렸다. 요령이가 가람이의 양 뺨을 툭툭 치며 심각한 얼굴로 물었다.

"야, 괜찮아?"

나와 청도도 재빨리 가람이를 향해 뛰어갔다. 가람이는 입에서 피를 토하고 있었으며 양 어깨가 이상한 모양으로 뒤틀려 있었다. 목에서 노인의 가래 끓는 한숨처럼 들리는 피 끓는 신음이 울려 나왔다.

"그르륵… 쿨럭! 쿨럭! 난 괜찮……."

요령이는 가람이를 잠시 바라보더니 손으로 가람이의 어깨부터 허리까지 쓱 훑었다. 나는 다급히 물었다.

"어때? 괜찮은 것 같아?"

"아까 제임스, 저 녀석의 그 무식한 공격을 기도 제대로 싣지 않은 맨팔로 막는 바람에 충격이 통과하면서 어깨가 빠졌어. 그리고 채 몸을 통과하지 못한 충격이 그대로 가슴을 휩쓰는 바람에 가슴 부근에 내상을 좀 입었군. 생명에는 별 지장이 없겠지만 꽤 아프겠는걸. 그래도 그마나 팔이 부러지지 않은 게 다행일까."

요령이는 대답을 마치고 양쪽 어깨를 쥐며 가람이에게 말했다.

"참아."

요령이는 태연한 얼굴로 양손을 비틀었다.

우두두둑!

가람이의 어깨뼈가 서로 맞물리며 소름 끼치는 소리를 냈다.

"끄윽!"

"엄살 부리지 마."

요령이는 싸늘하게 말하며 뒤를 돌아보았다. 제임스가 피투성이가 되어버린 얼굴을 잔뜩 일그린 채 징그럽게 웃으며 봉을 잡고 천천히 우리 쪽을 향해 걸어오고 있었다.

'낄 데 안 낄 데 안 가리고 아무 데나 참견하니까 그런 꼴을 당하는 겁니다. 크크크.'

처음의 어린애처럼 행동하던 모습은 다 어디로 갔는지, 지금의 제임스는 꼭 악귀 같은 모습이다. 요령이는 제임스를 향해 미소 지었다. 얼음장 같은 미소였다. 왠지 보는 나까지 가슴이 서늘해지는데.

'차라리 잘됐어. 둘에서 한 명을 상대하면 옆의 사람이 맞을까 봐 불안해서 제 기량을 전부 다 내질 못하거든? 이 멍청이가 방심하다 이렇게 당해 버렸으니

최소한 이 녀석이 나한테 맞을까 봐 힘을 아끼는 일은 없겠군.'

'그렇다면 지금까지는 기량을 아꼈다는 겁니까? 크크… 그것 참 재밌군요.'

'못 믿겠으면 보여주지!'

요령이는 꼭 고양이가 먹이를 노리는 것 같은 자세로 몸을 잔뜩 웅크려 자세를 낮추더니 그대로 스프링처럼 제임스를 향해 튕겨 나갔다. 빠르다! 제임스는 요령이가 자신을 향해 쇄도해 오자 긴장하는 빛을 띠며 봉을 휘두름과 동시에 자세를 낮추었다. 요령이의 양손에서 푸른색 기운이 뭉게뭉게 피어 올랐다. 그리고 요령이의 주위로 구슬만한 작은 푸른색 구체가 하나둘씩 떠올랐다.

스팟! 스팟! 스팟!

요령이가 제임스와의 거리를 좁혀감에 비례해서 구체의 수는 계속 늘어나서, 요령이가 제임스의 근처까지 접근했을 때에는 수십 개의 푸른 구체가 요령이를 뒤덮고 있었다. 제임스는 그런 요령이의 모습에 코웃음을 치며 요령이를 향해 봉을 겨누었다.

'하! 그런 잔기술들을 제가 못 막아낼 것 같습니까?'

쉬릭!

바람을 가르는 소리와 함께 요령이가 순간 앞으로 구체들을 모조리 쏘아냄과 동시에 제임스를 향해 낮게 뛰어들었다.

투웅!

제임스는 재빠르게 봉을 조준하더니 샷건이라고 일컬었던 그 기술을 요령이가 쏘아낸 기체들을 향해 다시 한 번 사용했다. 공기를 휘감으며 서로를 향해 날아간 수십 개의 작은 구체들이 서로 거세게 충돌하며 폭죽처럼 폭음과 함께 연달아 허공에 수를 놓으며 폭발했다. 허공에 꽃불이 놓아지는 동안 요령이는 어느새 제임스의 앞에 도달해 있었다. 요령이는 앞으로 한 발을 더 내디뎌서 제임스를 향해 바짝 다가붙으려 했고, 제임스는 요령이의 행동을 저지하기 위해 날쌔게 봉을 회수해서 요령이를 향해 찔렀다.

팟!

"흥!"

요령이는 재빨리 몸을 빙글 돌려 제임스의 공격을 피하며 제임스의 정면에 붙어 섰다. 요령이의 동작은 눈에 보이지도 않을 정도로 빨랐다. 요령이는 싱긋 웃으며 말했다.

"하이~"

제임스는 경악에 휩싸여 눈을 크게 떴다. 그리고 요령이는 주먹을 들더니 온 힘을 다해 제임스의 배를 후려쳤다.

뻐어억—!

기가 실린 주먹에서 뿜어져 나오는 푸른 빛이 허공에 긴 타원의 꼬리를 그리며 제임스의 배에 가 박혔다. 제임스는 봉을 떨구고 배를 감싸 쥐며 천천히 주저앉았다. 다음 순간,

퍼퍼퍼퍼퍼퍼퍼펑—!

요령이의 주위로 은하수가 쏟아져 내리는 것 같았다. 요령이의 주위로 푸른 빛이 어지러이 깜박거리며 빛난 것이다. 요령이는 보이지도 않을 정도로 빠르게 제임스를 후려치고 있었다. 요령이에게서 뻗어 나온 수십 개의 주먹이 제임스의 복부에 꽂혔다 사라졌다가 하기를 반복하고 있었다. 요령이의 지독스러운 공격에 제임스는 채 주저앉지도 못한 채 비틀거리며 피를 토했다.

"쿨럭! 쿠억! 스톱… 스톱! 크악!"

하지만 요령이는 멈추지 않았다. 아니, 주먹으로도 모자랐는지 이제

요령이의 주위로 푸른빛을 띠는 구체까지 하나둘 엉겨서 제임스의 복부로 꽂히고 있었다.

펑! 펑!

"스톱… 플리즈! 끄으으!"

제임스는 비틀거리며 요령이에게 애원했지만 요령이는 눈 하나 깜박하지 않았다.

"너 같은 자식은 죽지 않을 정도로 맞아봐야 돼. 뭐, 누굴 죽이겠다고?"

제임스의 눈이 조금씩 풀리고 있었다. 차라리 쓰러지고 싶어하는 것 같았지만 계속 꽂히는 요령이의 주먹은 제임스가 주저앉는 것조차 용납하질 않고 있었다.

펑펑펑펑펑!

미친 듯이 몰아치는 주먹의 폭풍이 제임스를 후려쳤다. 그때 제임스의 눈이 갑자기 이상하게 빛났다. 마치 무언가를 결심한 것처럼 말이다.

"우아아아악—!"

제임스는 갑자기 입 안 가득히 고여 있던 피를 격렬히 뱉으며 고함을 질렀다. 그리고 제임스의 갑작스러운 행동에 이상한 낌새를 눈치 챈 요령이는 재빠르게 뒤로 뛰며 기의 막을 펼쳤다. 제임스는 이를 악물며 계속 고함을 질러댔다. 고함 소리가 점점 높아지고 있었다. 그런데 고함 소리에 맞추어서 제임스의 몸이 조금씩 환해지기 시작했다. 제임스는 이마에 핏발을 세우며 목에서 피가 터져 나올 정도로 고함을 질러대었고, 제임스의 고함에 맞추어 서서히 제임스의 몸이 달구어지듯 점점 더 빛나기 시작했다. 이윽고 제임스의 몸에서 엄청난 빛이 반원형으로 뿜어져 그의 둘레를 둘러쌌다(서술로 쓰니 상당히 긴 것 같지만, 사실 제임스가 소리를 지른 때로부터 제임스가 질러대는 소리가 찢어질 듯 높아지며 제임스의 몸에서 빛이 뿜어져 나올 때까지 걸린 시간은 기껏해야 1초 정도 밖에 되지 않는다).

파아아아앗—

"우웃!"

치칙, 치칙.

제임스의 몸에서 뿜어져 나오는 강한 기의 폭풍이 주위의 잔디밭을 휩쓸었고 요령이는 주위에 기의 막을 쳤음에도 제임스의 강한 힘에 뒤로 조금씩 밀려났다. 요령이는 혀를 차며 중얼거렸다.

"아주 발악을 하는군, 발악을 해."

제임스는 요령이가 주춤하는 기회를 결코 놓치지 않고 떨구었던 봉을 다시 주워 올리며 뒤로 물러섰다. 그리고는 가람이를 가리키며 이를 악물었다.

'빌어먹을, 젠장! 잠깐 방심했다가 남의 일에 쓸데없이 끼어들던 저 자식과 똑같은 꼴을 당해 버렸군요. 할 수 없네요. 작전은 실패한 것 같으니 오늘은 그냥 갈 수밖에. 아쉽지만 모두들 나중에 다시 봅시다. 기다리세요. 전 다시 돌아옵니다.'

'어딜 도망가시게? 올 때는 마음대로 와도 갈 때는 마음대로 못 가지!'

요령이가 날카롭게 외쳤다. 요령이는 어느새 허리 근처에서 수인을 맺고 요기를 모으고 있었다. 하지만 제임스는 요령이를 보며 피투성이가 된 입으로 싱긋 웃더니 천천히 품속에서 부적처럼 이상한 문자가 잔뜩 쓰인 작고 새카만 종이를 꺼냈다.

'쳇, 이 귀한 걸 쓰게 하시다니… 이 빚은 반드시 갚겠습니다.'

제임스는 비틀거리며 봉에 몸을 기대더니 왼손과 이빨로 부적을 찢었다.

찌이익—

부적이 찢어지며 갑작스레 부적에서 밀물처럼 흰 빛이 쏟아졌다.

"뭐얏?!"

우리는 모두 순간적으로 쏟아지는 빛의 해일을 견디지 못하고 눈 위에 손을 얹으며 고개를 돌렸다. 섬광은 곧 사라졌고, 우린 재빨리 제임스가 있던 자리로 고개를 돌렸다. 하지만 제임스의 모습은 온데간데없었다. 도대체 어떻게 된 거지? 이 주위에 몸을 숨긴 건가? 아니면 텔레포트로 어디론가 사라진 건가?

나는 재빨리 고개를 돌리며 제임스의 기감을 찾아보았다. 하지만 주위에서는 제임스인가 하는 녀석의 기감은 느껴지지 않았다. 혹시 요령이는 느꼈을지도 모른다는 생각에 나는 요령이에게로 고개를 돌렸다. 하지만 낭패 섞인 얼굴로 보아 아마도 요령이 역시 이 주위에서는 제임스의 기감을 느끼지 못한 듯하다. 요령이는 입술을 깨물며 중얼거렸다.

"이런 젠장……."

"으으윽… 쿨럭… 쿨럭… 주인… 미안하다……."

"미안하, 으윽, 긴, 임마. 지금 사람이 아파 죽겠다는데 미안하고 자시고 따지겠냐?"

팍.

나는 앞발을 내디뎌 휘청거리던 나의 몸을 간신히 지탱했다. 지금 내 등에는 가람이가 업혀 있다. 나는 비틀거리며 동아리방 침실의 문을 열었다. 그곳에는 청도가 미리 이부자리를 깔아놓은 채 우리를 기다리고 있었다. 난 살짝 무릎을 굽히며 천천히 자세를 낮추어 가람이를 눕혔다. 가람이는 핏기 없는 얼굴로 계속 중얼거렸다.

"개가 주인한테 업히다니… 이런 아무짝에도 쓸모없는… 미안…으……."

"우선 입 주위에 묻어 있는 피부터 닦고 어서 입에 재갈 물려."

요령이가 잔뜩 찌푸린 얼굴로 재촉했다. 아니, 입에 재갈을 물리라니? 그게 무슨 소리지? 나는 요령이의 이상한 주문에 당황해서 물었다.

"왜? 너무 아파서 혀라도 깨물까 봐? 그 정도로 심각하니?"

"아니, 끙끙대는 게 시끄러워서."

나는 요령이를 황당한 얼굴로 바라보았고 요령이는 표정 하나 안 바뀌고 나를 마주 보았다.

"농담이야."

"…지금 이런 상황에서 농담이 나오나?"

"별로 심각한 상황도 아닌데 뭘."

요령이는 허리를 굽혀 가람이를 바라보았다. 그리고 어깨 쪽을 두 손가락으로 살짝 짚더니 다시 가슴 언저리를 몇 번 툭툭 쳐보았다. 가슴 언저리에 요령이의 손길이 닿을 때마다 가람이의 눈썹이 작게 찌푸려졌다.

"일단 어깨는 비록 좀 쑤시기는 하겠지만 아까 내가 제때 뼈를 맞추어놓았기 때문에 곧 정상으로 돌아올 거야. 문제는 가슴이야. 꽤 심하게 내상을 입었어. 기의 흐름이 흐트러져 있어. 좀 바로잡아 놔야겠는데."

요령이는 손바닥이 천장을 향하도록 손을 들고 손 위로 푸른빛 기운을 모았다. 그 기운은 천천히 일렁이며 요령이의 손바닥 위에서 출렁이다 곧 천천히 원을 그리며 회전하기 시작했다. 이윽고 기운은 복잡한 문양을 그리며 빠르게 소용돌이쳤고, 기의 움직임을 잠시 지켜보던 요령이는 기가 소용돌이치기 시작하자 갑자기 손바닥을 뒤집어 가람이의 가슴을 내리찍었다.

펑!

요령이의 손이 가슴에 떨어지자 폭발음과 함께 몸이 크게 튕기며 가람이가 검은 피를 토했다.

"카악!"

그리고 나는 깜짝 놀라 요령이를 바라보며 외쳤다.

"무슨 짓이야!"

"입 다물고 가만히 지켜보거나 해."

가람이의 가슴에는 아까 요령이의 손에 그려졌던 문양과 똑같이 생긴, 빛으로 그려진 복잡한 문양이 꿈틀거리며 푸르게 빛나고 있었다. 그리고 가람이의 가슴 이곳저곳에서 계속적으로 작은 충돌음이 들려왔다.

펑! 펑!

가람이는 작은 충돌음이 들릴 때마다 몸을 들썩이고 있었다.

"올바른 회전으로 기를 강제로 틀어주고 있는 거야."

요령이가 내 어깨에 손을 얹으며 안심하라는 투로 차분히 말했다.

"가람이의 기들이 마구잡이로 소용돌이치는 곳에 양기에 들어맞는 원래의 흐름을 억지로 새겨 넣었어. 이제 곧 가람이의 기들은 내가 심어놓은 기 줄기의 강제적인 흐름에 휩쓸려서 어쩔 수 없이 올바로 흐르게 될 거야."

그런 거였나? 확실히 가람이의 가슴에서 들려오던 작은 충돌음은 시간이 흐르면서 점차 잦아들었고 그와 함께 계속 격하게 내뱉던 가람이의 호흡도 천천히 안정을 되찾아갔다. 휴, 어쨌든 한숨 돌렸군. 나는 가람이에게서 시선을 떼지 않으며 요령이에게 물었다.

"그럼 가람이는 저대로 놔둬도 괜찮은 거야? 병원이라도 데리고 가야 하지 않을까?"

요령이는 청도를 힐끔 쳐다보았다. 청도는 우리 쪽에는 전혀 신경 쓰지 않고 가람이의 어깨에 열심히 파스를 붙이고 있었다. 요령이는 안심했다는 듯 내게 낮은 목소리로 속삭였다.

"괜찮아. 워낙 강골이라야지. 아마 며칠만 쉬면 다 나아서 펄펄 뛰어다닐걸? 뭐, 빨리 낫게 하려면 병원에 데려가는 것보다는 차라리 원래의 모습으로 돌아가서 쉬는 게 나을지도 모르겠지. 이렇게 계속 사람의 모습으로 둔갑해 있는 것 자체가 미약하긴 하지만 분명히 지속적인 주술 행위이니까. 하지만 꼭 그럴 필요도 없을 거야. 왜냐하면 사람의 형태가 삼라만상 중에서 기의 흐름이 가장 안정되고, 원활하고, 또 기 흐름의 손상 시 회복이 가장 빠르고… 더군다나 너도 알다시피 가람이가 지금 본모습으로 돌아가는 건 좀 곤란하잖아."

나는 살짝 고개를 끄덕여 요령이의 말에 동의했다. 가람이는 어느새 잠들었는지 고개를 옆으로 떨군 채 작고 규칙적으로 숨을 들이쉬고 있었다. 요령이는 그런 가람이를 잠시 바라보더니 흘러가는 말처럼 중얼거렸다.

"이제 어쩔 생각이야?"

"뭘?"

"이렇게 된 이상 날 다시 쫓아내지 않을 거냐고 묻는 거야. …넌 그때 분명히 아직 결정하지 못했다고 말했잖아."

청도가 우리의 말에 귀를 쫑긋거렸지만 요령이는 가람이의 본모습 이야기를 할 때만큼 청도가 신경 쓰이는 것은 아닌 듯 시선에 구애받지 않고 평소대로 말했다. 뭐, 자기가 끼어들 분위기가 아니라는 것쯤은 청도도 눈치 챌 수 있겠지. 나는 양손을 깍지 껴 뒷머리를 받치며 물었다.

"흠… 갑자기 그런 건 왜 물어?"

"당연한 거 아냐? 이번에 우리를 습격한 것은 마녀협회도 아니었어. 오히려 마녀협회와 추구하는 노선이 반대쪽에 가까운 단체에서 날 공격했지. 물론 왜인지 그 이유는 나도 모르지만, 어쨌든 나 때문에 우리가 습격받은 건 사실이잖아? 그러니 너의 마음이 나를 쫓아내는 쪽으로 쏠렸다고 해도 전혀 이상할 게 없잖아."

"글쎄… 그런가?"

"쫓아내려면 지금이라도 좋으니까 확실히 말해. 뭐, 네가 쫓아내 봤자 어차피 갈 데도 없어서 너한테 다시 올 게 뻔하지만 말야."

"염치도 없다, 정말."

"쳇, 염치가 밥 먹여주나."

요령이는 볼멘소리로 중얼거렸고 나는 피식 웃어버렸다. 요령이는 그런 나를 어이없다는 듯 바라보더니 재촉했다.

"어서 말해. 쫓아내고 싶어? 아니면 그냥 넘어가겠어? 빈대 붙어 살더라도 최소한 나를 계속 데리고 있어야 할 네 기분은 확실히 알아두고 싶어. 그래야 꺼림칙하지 않을 것 같다고."

"쫓아내고 싶다면 어쩔 건데?"

"글쎄… 일단은 나가는 척이라도 해줄까? 안약에 두 번 속지는 않을 거 아냐?"

요령이는 고민이라는 듯 턱을 괴며 생각에 잠겼고 나는 다시 웃어버렸다. 뭐가 저리 심각할까. 아직도 내가 자기를 쫓아낼 생각이 없다는 걸 모르고 있을까? 아니면 혹시 오히려 요령이가 나를 떠보기 위해서 저러는 건가? 나는 일부러 별거 아니라는 듯 무뚝뚝하게 대답해 주었다.

"아직 결정 못했어. 뭐, 나한테는 별 피해가 오지 않았지만 대신 가람이가 크게 다쳤잖아?"

"그래서?"

내 말이 미처 끝나기도 전에 요령이의 눈꼬리가 위로 솟구쳤다. 그리고 그 사나워 보이는 모습에 나는 조금 뜸을 들이려던 뒷말을 재빨리 이을 수밖에 없었다.

"뭐, 그래서야… 나중에 좀 더 생각해 보고 대답해 줄게."

"나중에 언제?"

"몰라."

"나중에 언제?"

"모른대두?"

내가 계속 대답을 회피하자 요령이는 짓궂은 미소를 짓더니 반드시 대답을 들어야겠다는 듯 내 팔을 꽉 잡고 달라붙어 날 마구 간지럽히기 시작했다.

"나중에 언제언제언제언제?"

"우와악! 하지 마! 아, 글쎄 몰라!"

나는 마구잡이로 나에게 매달려 간지럼을 태우는 요령이를 어떻게든 떨쳐 내기 위해 마구 팔을 흔들었다. 그리고 가람이의 얼굴과 목에

튄 피를 깨끗하게 닦아내던 청도는 엎치락뒤치락하는 나와 요령이를 곁눈질로 힐끔 보더니 갑자기 한숨을 푹 쉬면서 손에 쥐고 있던 물수건을 가람이의 가슴에 던져 버렸다.

철푸덕.

"아, 저놈의 사랑 싸움은 도대체 언제까지 봐야 하나. 지겨워 죽겠네, 정말. 주위 사람이 미소 지어주는 것도 한두 번이지. 아니, 도대체 환자를 앞에 두고도 저러고 싶을까?"

"야! 뭐라고!"

제15장

봄 엠티

"뭐, 봄 모꼬지?"

탁! 치익—

콜라 캔을 뜯자 탄산이 빠져나가는 상쾌한 소리가 들려왔다. 난 콜라 캔을 입으로 가져가며 청도에게 물었다.

"응. 이번에 우리 과에서 모꼬지를 간대. 우리도 가야지?"

나와 청도는 지금 승학관 1층 로비에 있다. 오늘의 수업은 모두 끝났고, 그래서 음료수나 한잔 마신 뒤 동아리방으로 돌아갈 생각이다. 대리석처럼 반들반들한 재질로 만들어진 넓은 로비에는 쉬는 시간이라서 그런지 수많은 사람들이 날카로운 차이나칼라의 세미 정장에서부터 사자 갈기 같은 머리를 한 힙합 전사들까지 가지각색의 옷차림과 생김을 한 사람들이 삼삼오오 모여 이야기를 나누고 있었다. 하여튼 대학이라는 공간은 개성이 넘친다니까. 그건 그렇고 모꼬지라… 나는 흥미가 당긴다는 얼굴로 물었다.

"모꼬지? 그거 꽤 괜찮은데. 그런데 모꼬지가 뭐야?"

청도는 내 질문에 이마를 탁 치며 어이없다는 얼굴로 되물었다.

"모꼬지가 뭔지 진짜 몰라?"

"응."

"정말로?"

"아, 글쎄, 그렇대두."

"그래? 그러면 엠티라고 하면 알아들으려나?"

아~ 엠티! 진작 그렇게 말을 하지 그랬어! 나는 지금껏 못 알아들었던 것이 무안해져 괜히 청도의 어깨를 툭 치며 웃었다.

"자식! 진작 그렇게 말을 하지. 엠티. 아, 엠티! 좋~지! 근데 모꼬지가 엠티야?"

"어휴~ 그것도 몰랐냐, 임마. 원래 대학에서는 다 엠티를 모꼬지라고 불러. 한글 표현이 더 부르기도 쉽고 예뻐서 즐겨 쓴다고. 서클은 동아리, 오티는 새터, 엠티는 모꼬지! 이런 건 기본 상식이다. 좀 알아둬라."

"여하튼 좋아좋아. 그런데 어디로 며칠 동안 간대?"

청도는 대답 대신 그때까지 손에 쥐고 있던 스포츠 음료를 벌컥벌컥 들이켰다. 이윽고 캔을 모조리 비우자 청도는 캔을 들어 두세 번 조준하고 쓰레기통으로 슬쩍 던졌다. 그런데 참으로 무안하게도 우아한 포물선을 그리며 날아간 캔은 쓰레기통 근처도 가지 못하고 바닥에 떨어져 버렸다. '땡그랑' 하는 새된 소리와 함께 지나가던 사람 몇이 실없이 '픽' 하고 웃는 것이 우리의 눈에 들어왔다.

쳇! 못 넣을 수도 있는 거지 뭘 그런 걸로 웃고 그런대? 아니, 그게 문제가 아니라 웃으려면 청도만 보고 웃지 애꿎은 나까지 함께 싸잡아 비웃고 가는 건 뭔데? 청도는 뭐 씹은 얼굴로 캔을 다시 주워 쓰레기통에 넣고 돌아오며 말했다.

"쳇! 내가 고딩 때만 해도 별명이 3점 숏 제조기였는데 어쩌다 이런 비극이 일어났나 그래. 여하튼 장소는 강원도의 작은 호수 옆으로 간다고 하고 기간은 2박 3일이라더라."

그래? 갑자기 엠티 이야기를 들으니까 왠지 재미있을 것 같은 생각이 막 드는걸? 하긴, 1학년 때 엠티 같은 것도 한번쯤 다녀와야지. 3, 4학년이 되어서 취업 전선에 뛰어들면 그런 자리에 가고 싶어도 쫓아다닐 수 없게 되어버리잖아. 흠… 생각할수록 구미가 당기는데? 하지만 마음에 걸리는 게 있어서 쉽사리 '그러자' 고 대답하지는 못하겠다. 뭐가 마음에 걸리냐고? 물론 요령이와 가람이지.

동아리방의 문을 열고 들어가자 매캐한 냄새가 코를 찔렀다.

"우윽! 이게 무슨 냄새야?"

흠, 요령이와 가람이는 오늘 뭔가 할 게 있다며 수업도 안 따라왔었다. 평소에는 비록 졸긴 했지만 곧잘 따라왔는데 말이다. 그런데 도대체 뭘 하길래 이렇게 타는 냄새가 진동하는 거지? 청도는 내 옆에서 코를 틀어쥐고 손바람을 일으키며 눈살을 찌푸렸다.

"야! 뭣들 하냐? 아무리 남자와 여자 둘만 있으면 하는 짓이 불장난밖에 없다지만 이건 너무 뜨겁잖아?"

"푸하하하!"

청도의 농담에 나는 실소를 터뜨렸다.

그때였다. 방문이 갑자기 벌컥 열리더니 방 안에서 빛이 번쩍 뿜어져 나오며 쾅! 하는 폭발음이 동아리방을 울렸다. 그리고 요령이가 방에서 총알처럼 팅겨 나오더니 벽에 세게 부딪쳤다.

터엉!

방금 전까지 낄낄대며 웃던 청도와 나는 눈앞에 벌어진 너무도 갑작스러운 일에 놀라서 눈을 휘둥그렇게 뜨고 요령이에게로 달려갔다.

"요령아!"

한걸음에 요령이한테 달려간 우리는 그만 피식 웃고 말았다. 요령이의 얼굴에는 꼭 들불에 콩깍지 구워 먹은 것처럼 검댕이 잔뜩 묻어 있었던 것이다. 요령이는 방금 전에 일어났던 일에 우리보다 훨씬 더 놀란 듯 멍하니 허공만을 바라보다 이윽고 성질을 벌컥 내며 벌떡 일어서 방 안으로 뛰어들었다.

"아! 부적 똑바로 못 쓰냐!"

우리도 요령이의 뒤를 따라서 침실 안으로 들어갔다. 침실 안은 새카만 연기로 뒤덮여 있었다. 나는 재빨리 오른손으로 손수건을 집어서 코와 입을 가리며 왼손으로 바람을 뿜어냈다.

쉬리리릭—

공기가 휘감기는 소리와 함께 연기들이 빠르게 창밖으로 걷혀 나갔다. 아, 청도가 바람을 뿜어대는 내 모습에 놀라지나 않을까 하는 걱정은 하지 않는다. 왜냐하면 이미 제임스와 맞붙은 이후 우리에 대해 많은 것을 의아해하던 청도를 위해 우리가 어떤 부류의 사람들인지 대강 설명했기 때문이다. 물론 요령이와 가람이가 고양이와 개라는 것은 나중에 따로 설명하기로 하고 일단은 그저 도술을 익혔다는 식으로 넘어갔다.

"쿨럭쿨럭. 젠장! 어쨌든 성공했으니 된 거 아닌가. 쿨럭!"

"뭐? 그렇게 치면 감기 걸린 애 맹장 떼고도 감기 나았으니 된 거 아니냐고 하면 그만이냐?"

나는 가람이의 기침 소리가 들려오는 곳으로 고개를 돌렸다. 가람이는 요령이처럼 얼굴에 검댕을 잔뜩 묻힌 채 청도의 목검을 똑바로 세워 잡고 훑어보고 있었다. 가람이의 입에서는 연신 마른기침이 터져 나왔다. 아마도 매운 연기를 그대로 들이마셔서 그런가 보다. 나는 길겁을 하며 물었다.

"우웃! 가람아, 너 얼굴이 새카맣다. 괜찮냐?"

"쿨럭쿨럭! 난 괜찮, 우… 쿨럭쿨럭쿨럭!"

가람이는 격하게 기침을 내뱉더니 심호흡을 몇 번 하면서 간신히 숨을 골랐다. 그런데 그런 가람이를 바라보던 청도가 앞으로 한 발 나서며 물었다.

"그런데 가람아, 내 칼을 가지고 뭘 했었나 봐?"

검객은 자신의 칼을 생명처럼 아낀다고 한다. 물론 청도에게 목검이 여럿 있긴 하지만 지금 가람이가 들고 있는 목검은 그중에서도 청도가 가장 아끼고 또 즐겨 쓰는 목검이다. 그래서일까? 청도는 최대한 평이하게 물었지만 그 말투에서는 분명히 불만이 뚝뚝 떨어지고 있었다. 나는 재빨리 청도의 얼굴을 살폈다. 청도는 예의 그 싱긋 웃는 얼굴을 하고 있었지만 역시 눈가를 보니 눈살을 약간 찌푸리고 있었다. 가람이는 청도의 말에 대답 대신 고개를 끄덕인 뒤 목검을 몇 번 휘둘러 추스른 후 칼자루를 청도에게 내밀었다. 그런데 칼의 겉모습이 이전과는 좀 달라 보였다. 칼자루와 칼날에 알아보지 못할 문양이 검은 선으로 잔뜩 새겨져 있었던 것이다. 청도는 가람이에게서 칼을 받아 들고 수직으로 들어 쓱 훑어본 뒤 당황한 어조로 물었다.

"윽! 이게 뭐야? 칼에 이상한 글자가 잔뜩 새겨져 있잖아."

"그래. 아까 수업에 들어가기 전에 말했을 텐데? 칼을 좀 손봐주겠다고."

"물론 그렇게 말하긴 했지만⋯⋯."

청도는 한숨을 푹 쉬더니 어깨를 으쓱였다.

"이건 너무 무늬가 요란해. 멋이 없잖아."

가람이는 작게 미소 지으며 대답했다.

"물론 지금 네 칼은 깨끗하던 예전의 모습에 비하면 이 문양 저 진법 등이 치덕치덕 쓰여 있어서 지저분해 보일 수도 있겠지. 만약 그렇다면 미안하게 됐다. 하지만 기분이 좀 나쁘더라도 너무 마음 상해하진 마라. 그 칼은 이제 강철처럼 단단해졌어. 게다가 칼 자체에 영기도 상당히 심어놓아서 이제 어느 정도의 영적 공격은 벨 수 있을 거야. 전처럼 종이장만큼 얇은 기막에 잡혀 있지 않아도 된다는 거지. 그리고⋯⋯."

요령이가 팔을 쫙 벌려서 원을 크게 그리며 갑자기 끼어들었다.

"이마~안큼 좋아졌어, 이마~안큼! 가람이가 말한 게 다가 아냐, 집중만 하면 뭐 별로 두껍진 않지만 호신막도 칠 수 있고, 더군다나 조금만 연습하면 칼에 실려 있는 영기를 자유자재로 사용할 수도 있어! 이게 끝인 것 같지? 아냐! '반짝반짝'이라고 말하면 칼에서 빛도 나! 정말 대단하지 않니?"

가람이와 요령이의 말이 점점 길어질수록 청도는 미심쩍은 듯 미간을 점점 깊게 찌푸렸다. 그리고 결국 청도는 요령이의 마지막 말엔 인상까지 조금 쓰고야 말았다. 청도는 참으로 발음하기도 무안하다는 듯 작게 되물었다.

13ㅁ 고양이

"반짝반짝?"

"못 믿겠으면 칼에 정신을 집중하면서 '반짝반짝'이라고 말해 봐. 깜찍하게. 나처럼. 자, 반짝반짝."

"…반짝반짝."

청도는 주먹까지 살짝 뻗으며 귀엽게 '반짝반짝!'을 외치는 요령이의 '좋게 말하면 천진난만한' 모습을 애써 외면하며 조용히 주문을 외웠다. 그러자 청도의 칼에서 너무 환하지는 않은, 하지만 주위를 밝히기에는 부족함이 없어 보이는 은은한 빛이 뿜어져 나왔다. 청도의 얼굴이 웃음으로 가득해졌다.

"와~ 이거 정말 신기한데! 정말 고마워!"

"이제야 웃는구나."

가람이도 청도의 웃는 모습에 기분이 좋은지 슬쩍 함께 웃음 지었다.

"응, 이제 해가 저도 불빛 없는 곳에서 수련을 할 수 있겠어."

"겨우 그게 고마운 거야? 그건 아주 작은 기능에 불과하다고! 이건 최첨단 영적 주술의……."

"아냐. 다른 것도 너무 고마워. 요령아, 그런 의미로 오늘은 내가 한턱 크게 쏠게."

청도는 엄지손가락을 어깨 뒤로 넘겨 바깥쪽을 가리키며 씩 웃었다.

"와! 맛있는 걸로 사줘! 얼른 가자!"

요령이는 환성을 지르며 당장이라도 동아리방, 아니, 학교 바깥으로 뛰어나갈 듯한 기세였다. 물론 요령이의 그런 '좋게 말하면 천진난만한' 행동을 말리는 것은 내 몫이다. 난 요령이의 뒷덜미를 재빨리 잡아채서 질질 끌어당기며 말했다.

"내 생각엔 밖에 나가서 험한 꼴 안 보려면 세수하는 게 좋을 것 같애."

"왜? 나 아까 세수했어! 내 백옥 같은 피부에 뭘 세수를 몇 번씩이나 하니?"

"그래? 그럼 화장실에 가서 거울 보고 백옥이 무슨 뜻이었나를 한번 잘 고민해 봐. 얼른! 그리고 가람아, 너도 세수 좀 하는 게 좋겠다."

"쳇! 배고파 죽겠는데 세수는 무슨 얼어죽을 세수야."

요령이는 내 말에 툴툴거리며 화장실로 향했고, 곧 요령이의 목소리가 동아리방을 뒤흔들었다.

"꺅! 이게 뭐야?!"

한참 동안의 수선이 있은 뒤 요령이는 수건으로 얼굴에 묻은 물기를 닦아내며 화장실에서 나왔다. 얼마나 얼굴을 빡빡 문질러 댔으면 얼굴을 닦고 있는 요령이의 팔이 작게 떨리고 있을까. 요령이는 지긋지긋하다는 듯 말했다.

"우우~ 도대체 얼굴에 묻은 게 뭐길래 이 정도로 안 지워지는 거야! 짜증나게. 힘들어 죽는 줄 알았네."

요령이의 목소리는 수건에 가로막혀 웅얼거림으로 바뀌었지만 무슨 말인지 대강 알아들을 수는 있었다. 그러고 보면 요령이도 아닌 척하면서 얼굴에 알게 모르게 꽤나 신경 쓴단 말이야. 요령이가 화장실에서 나오는 것을 본 가람이는 세수를 하기 위해 몸을 부스스 일으켰다. 곧 촤악― 하고 가슴을 치는 경쾌한 물줄기 소리가 들려왔다.

잠시 후 가람이도 요령이마냥 수건으로 얼굴을 닦으며 화장실에서 나왔다. 그리고 나는 가람이를 바라보며 눈짓으로 의자를 가리켰다.

할 이야기가 있으니 어서 와 앉으라는 뜻이다. 가람이는 고개를 끄덕이며 자리를 잡고 앉았고, 난 가람이가 자리에 앉을 때까지 기다리다가 이윽고 입을 열었다.

"자, 들어봐. 모두에게 할 이야기가 있어."

가람이와 요령이는 호기심에 찬 눈빛으로 나를 바라보았다. 그리고 나는 주위를 휙 둘러본 뒤 천천히 입을 열었다.

"우리 과에서 엠티를 가기로 했대."

"우와! 정말?"

요령이는 내 말과 동시에 감탄사를 내뱉으며 흥미진진한 목소리로 물었다.

"근데 그게 뭐야?"

…아까 내가 '모꼬지가 뭔데?'라고 물었을 때의 청도 기분이 대강 짐작 간다. 나는 한심하다는 눈으로 요령이를 바라보며 물었다.

"…뭔지도 모르면서 뭘 그리 좋아해?"

"그냥… 재밌잖아. 그런데 그 엠티라는 게 뭔데?"

청도가 나 대신 짧게 설명했다.

"응, 과나 동아리 같은 어떤 특정 단체에 소속된 사람들이 친해지고 또 서로에 대해 많이 알기 위해서 2박 3일 동안 어우러지는 자리를 엠티라고 불러. 뭐, 쉽게 말하면 그냥 놀러 가는 자리라고 생각하면 될 거야."

"그렇구나."

청도의 설명에 요령이는 고개를 끄덕였다. 그리고 청도는 요령이의 그런 모습에 난처한 표정으로 조심스럽게 말을 꺼냈다.

"그런데… 문제가 좀 있을 것 같아."

"문제라니?"

요령이는 의아함이 담긴 듯한 눈빛으로 청도를 바라보았다. 그리고 청도는 요령이에게 꽤나 미안한 듯 머리를 벅벅 긁으며 대답했다.

"내가 방금 말했잖아, 어느 단체에 소속된 사람들끼리 친목을 도모해서 가는 거라고. 그러니까 너와 가람이는 못 가겠는데……."

내가 엠티, 즉 모꼬지 이야기를 처음 듣자마자 마음에 걸렸던 것이 바로 이 부분이다. 요령이와 가람이가 과연 우리와 함께 모꼬지를 갈수 있을 것인가 하는 문제. 타 과나 타 학교의 학생들도 함께 갈 수 있냐고 주위 사람들에게 은근슬쩍 물어보았지만 대부분 된다, 혹은 안 된다라고 확실히 대답을 해주지 못했고, 결국 할 수 없이 나와 청도는 이 문제의 답을 듣기 위해 과학생회까지 직접 찾아가서 가부의 여부를 물어보았다.

"죄송합니다. 안 되겠는데요. 이게 과 사람들끼리의 발전을 도모하기 위해서 가자는 거지 그냥 원칙도 없이 마구잡이로 놀러 가자는 게 아니잖습니까. 만약 따라가고 싶어하는 사람을 누구든지 끼워준다면 여행사에서 모집하는 여행 패키지와 다른 점이 뭐겠습니까?"

과학생회의 대답이었다.

"그래? 흠……."

요령이는 조금 실망했다는 듯 눈을 내리깔며 생각에 잠겼다. 뭐, 가람이야 애초에 별로 관심이 없었는지 별 반응을 보이지 않았고. 갑자기 요령이가 고개를 번쩍 들더니 나를 쳐다보았다. 그 눈엔 경악이 흐르고 있었다.

"그, 그럼 나랑 가람이랑 둘만 남는 거 아냐?"

가람이는 요령이의 말을 듣자 그제야 그 사실을 깨달은 듯 한쪽 눈썹을 일그러뜨리며 땅이 꺼져라 한숨을 쉬었다. 나는 요령이의 말에 천천히 고개를 끄덕였다.

"뭐 그렇게 되었지… 어쩌겠냐."

"으으윽!"

요령이는 벌레 씹은 표정을 하며 가람이를 힐끔 바라보았다. 가람이는 요령이가 자신을 쳐다보자 송곳니를 드러내며 요령이를 노려보았고, 그에 따라 요령이의 벌레 씹은 표정은 순식간에 죽사발 뒤집어쓴 표정으로 바뀌었다. 요령이는 나를 바라보며 사정하듯 말했다.

"안 돼! 나도 데려가! 2박 3일 동안 싸움질할 걸 생각하면 벌써부터 힘들어 죽어버릴 것 같아. 제발! 저런 악마 같은 녀석의 손아귀에 나를 혼자 놔두면 안 돼! 저 녀석은 아마 너희 둘이 엠티를 떠나자마자 나를 기습적으로 공격해서 죽이려고 들 거야! 나는 격렬히 저항하지만 기습으로 인한 충격이 너무나 커서 결국 원통하게도 가람이를 이겨내지 못한 채 가람이의 영기에 까맣게 타서 죽어버릴 거야. 그러면 너는 아마 돌아온 뒤 까맣게 타버린 나의 시체를 안고 통곡을 하겠지? 그리고 좋은 명당자리를 구해서……."

어절씨구리. 아주 소설을 써라, 소설을 써. 나는 한숨을 푹 쉬며 요령이의 입을 손바닥으로 턱 막으며 말했다.

"가람아, 옆에서 이야기 다 들었지? 못 데려가게 됐어. 미안."

"뭐, 괜찮다. 그동안 어디 가까운 산속에 들어가서 수련이라도 하지 뭐."

가람이는 별로 괘념치 않는다는 듯 웃으며 대답했고 어느새 내 손을 치워 버린 요령이가 기쁜 듯 가람이에게 말했다.

"그래? 2박 3일 동안 산속에 들어가 있겠다고?"

"그렇다."

"휴~ 십년감수했네. 정말 잘 생각했어. 아마 2박 3일 동안 여기 있는다면 너나 나나 72시간 동안 죽도록 실전 감각만 익혀야 할 거야. 그런 건 정말 생각만 해도 끔찍했는데. 그럼 이제 난 혼자서 뭘 하고 놀지나 천천히 고민해 볼까?"

요령이는 혼자 남는 것이 뭐가 좋은지 턱을 양손으로 괸 채 히죽히죽 웃으며 상상의 세계로 빠져들었다. 그리고 나는 어이없어 그런 요령이를 바라보았다. 혹시 모꼬지에 데려가지 못해서 요령이가 삐치거나 화를 내거나 하면 어쩌나 하는 생각은 완전히 기우였군. 그때 요령이가 문득 무언가가 생각났는지 갑자기 고개를 들어 나를 똑바로 바라보았다.

"밥값 꼭 놓고 가!"

"…알았어."

나는 한숨을 푹 내쉬며 대답했다. 요령이는 내 대답을 듣자마자 다시 생글생글 웃으며 '즐겁고 유일한 2박 3일 보내는 방법'에 대한 즐거운 고민에 빠져들었다. 그리고 청도는 나를 향해 머쓱한 웃음을 지어 보였다.

둥근 잔디밭을 방형으로 가르는 길들의 한가운데에는 비학상이 놓여 있다. 날아오르는 학의 모습을 청동으로 빚어놓은 그 커다랗고도 멋진 조형물은 외부에 사진 홍보라도 할라치면 꼭 넣는 우리 학교의 상징물이었고 동시에 학생들 사이에서 통하는 가장 보편적인 약속 장소였다. 사람들은 모임이나 만남 약속 같은 것을 잡아야 할 때 약속 장소를 고민하지 않고 으레 '비학상 앞으로 몇 시까지'라는 말을 꺼냈다. 비학상은 그만큼 교내에서 유명한 조형물이었던 것이다.

우아한 목을 하늘을 향해 길게 뻗은 채 커다란 두 날개를 부드럽게 치는 형상 그대로 쇳물을 뒤집어쓰고 굳어버린 초록빛 학 아래에는 수십 명의 사람들이 모여 있었다. 모두들 역사학과 모꼬지를 떠나려고 모인 사람들일 것이다. 사람들의 모습은 가지각색이었다. 큰 배낭을 바리바리 이고 지고 멘 사람, 묵직해 보이는 망치 가방을 내려놓은 채 그 위에 주저앉아서 잠시 어깨와 다리를 쉬고 있는 사람, 위아래로 구멍 뚫리고 소매 달린 자루를 뒤집어쓴 것 같은 헐렁한 힙합 차림을 한 채 구부정하게 서 있는 사람, 간부인지 양복을 깔끔하게 빼입은 채로 담배를 물고 있는 사람, 그리고 영화 속이 아니면 절대로 볼 수 없을 것 같은 중국 옷을 입고 있는 소년까지… 응? 저 녀석은? 난 청도의 옆구리를 쿡쿡 찌르며 말했다.

"왜 그러는데? 할 말 있으면 그냥 말로 해."

"야, 저 녀석, 우리 과였어?"

나는 손가락으로 어리게 생긴 중국풍 청년을 가리키며 속삭였고 청도는 어깨를 으쓱이며 대답했다.

"모르겠는데? 그런가 보지. 그런데 왜 우리는 한 번도 못 봤지?"

"'평범한 대학생의 어두운 그림자' 쪽으로 유난히 기울어 버린 거 아닐까?"

청도에게 농담처럼 말한 뒤 스스로도 우스워서 피식 웃었다. 전형적인 대학생은 자유롭다. 무엇이든 자신의 의지대로 할 수 있고 시간도 자유롭게 쓸 수 있다. 이것이 평범한 대학생의 밝은 모습이다. 반면 그렇기에 전형적인 대학생은 술을 밤새도록 퍼마신 뒤 술 취한 개가 돼서 거리를 비틀거릴 수도, 다음날 술병이 나서 드러누워 버리는 바람에 수업을 못 들어갈 수도, 그런 식으로 한두 수업씩 차곡차곡 빠져나가다 보면 반에서 진행하는 진도를 따라잡지 못할 수도, 진도가 떨어지니까 수업 내용을 전혀 이해하지 못하게 될 수도, 교수가 무슨 말을 하는지 모르겠으니까 짜증이 나서 아예 수업을 안 들어가 버릴 수도, 수업을 안 들어가다 보니까 F를 맞을 수도, F를 맞고 학사 경고를 맞을 수도, 그렇게 학사 경고 한두 번 맞고 제적 피해서 군대로 날아버릴 수도 있는 것이다. 이것이 '평범한 대학생의 어두운 그림자'이다.

"하하!"

청도는 내 농담에 짧게 웃더니 정색을 하고는 말했다.

"하지만 저 녀석은 도저히 그런 녀석으로는 보이지 않는걸. 오히려 저 녀석은 그렇게 풀려 버린 삶을 경멸하는 완벽주의자 쪽에 더 가까운 것 같은데?"

분명히 저 중국풍 청년의 생김새나 태도를 보면 그런 이미지가 보이긴 한다. 굵고 곧게 뻗은 눈썹에 크지만 날카로운 눈, 그리고 역시 곧은 선의 콧날과 꾹 다문 한일 자의 입술까지. 턱 선은 갸름하면서도 가늘고 날카롭게 빠져 있다. 굳게 다물고 있는 녀석의 입이 웃음기를 띠는 모습은 단 한 번도 본 적이 없다. 만약 주위 사람들이 첫눈에 느낄 수 있고 어떤 느낌이라고 정의를 내릴 수 있는 분위기가 사람마다 몸 주위에 감돈다면, 난 저 녀석의 주위에 냉기가 흐른다고 자신있게 말할 수 있다.

난 녀석을 조금 더 관찰해 보았다. 녀석은 무얼 그리 생각하는지 하늘에 느릿하게 떠가는 구름을 바라보며 멍하니 서 있었다. 청도는 낮게 중얼거렸다.

"옆에 있던 두 녀석은 어디 갔을까?"

"응?"

그러고 보니 저 녀석과 함께 다니던 앞 머리칼이 살짝 눈을 덮을 정도로 길던 흑발의 남자와 역시 새까맣고 윤기 흐르는 머리칼을 허리까지 늘어뜨린 흑발의 여자가 보이지 않는다. 어디로 간 거지? 혹시 요령이와 가람이처럼 그 녀석들도 우리 학교 학생이 아니라서 모꼬지를 못 따라가는 걸까? 그렇다면 함께 다니던 동료들까지도 떼어놓고 저 녀석이 모꼬지를 가는 이유는 뭘까? 설마 나와 청도처럼 단순히 친목 도모를 쌓기 위해? 저 녀석이 친목 도모를 쌓기 위해 모꼬지를 간다고? 나는 고개를 저었다. 설마 그럴 리가! 하지만 그렇다면 도대체 왜? 의문점은 끊임없이 뭉게뭉게 피어났지만 어느 것에도 확실한 대답을 할 수는 없었다.

"모르겠는걸."

생각은 많았지만 결국 나는 청도의 물음에 모르겠노라고 짧게 대답했다. 그리고 난 슬쩍 청도의 등을 보았다. 청도는 이번에 요령이와 가람이가 영적 무기로 개조해 놓은 날렵하게 생긴 목검을 천으로 된 칼집에 넣어서 등에 메고 있었다.

"그 목검도 가져가려고? 아서라, 다른 사람들한테 위화감 조성한다."

"응, 그럴 것 같긴 한데… 10년 동안이나 그림자한테 시달리다 보니까 이제 잘 때 목검이 주위에 없으면 왠지 허전해. 뭐, 특별히 칼집에서 칼을 꺼낼 일은 없을 테니 너무 걱정하지 마."

나는 청도와의 대화를 떠올렸다. 왠지는 잘 모르겠지만 중국풍 청년의 얼굴을 보는 순간 청도가 목검을 가져온 것이 참 다행이라는 생각이 들었다. 난 내 자신에게 되물었다. 도대체 왜 그런 생각이 들었을까? 이상하게 신경이 날카로워진 것 같아. 난 비학상을 향해 발걸음을 재촉했다. 우리를 태우고 갈 스쿨버스가 잔디밭 주위를 천천히 돌며 다가오고 있었던 것이다.

우리가 잡은 숙소는 평범한 엠티 촌의 민박집이었다. 우리는 안에 들어가자마자 짐을 내려 한구석에 몰아넣은 뒤 방을 청소했다. 저번 사람들이 묵은 후에 치워서인지 먼지는 그렇게 많지 않았고, 그래서 청소는 수월했다. 청소가 끝나자 배가 고파졌고 우리는 재빨리 가져온 버너와 휴대용 가스레인지 등을 이용해 밥을 짓기 시작했다. 물론 밥을 짓는 것은 새내기들의 담당이다. 새내기들은 쌀을 씻는다, 프라이팬에 기름을 두른다, 물을 끓인다, 야채를 자른다, 계란을 푼다 하며 분주하게 움직였다. 이곳저곳에서 깔깔거리는 웃음소리가 터져 나왔다. 함께 밥을 지으며 버스 안에서 조금씩 걷혀간 서먹서먹함이 더욱 빠르게 사라지는 것이다.

문득 중국풍 청년이 생각난 나는 방을 두리번거리며 녀석을 찾아보았다. 녀석은 어느새 어디로 갔는지 보이질 않았다. 우리와 어울리기가 싫은 건가, 아니면 밥을 짓기가 귀찮은 건가?

비록 밥은 질고 탄 삼층밥에 찌개는 매웠고 계란말이는 싱거웠지만 식사는 유쾌했다. 선배들은 분위기를 잡기 위해 무던히 노력하는 듯 계속 농담이나 말장난으로 우리를 웃기곤 했다. 이윽고 식사가 끝나자 스무 명 남짓의 사람들은 안줏거리와 소주병을 돌리며 앞에 잔을 하나씩 잡고 둥그렇게 모여 앉았다. 조금씩 술잔이 돌면서 분위기는 점점 달뜨기 시작했고, 이젠 완전히 거리낌없이 서로 낄낄대며 툭툭 쳐댈 정도로 스스럼이 없어졌다. 그리고 이윽고 시작된 자기소개 시간.

"자, 다음은 새내기 새로 배움터에서부터 시작해서 해맞이까지 단 한 번도 안 나타나다가 이제야 느릿느릿 나타난 뉴 페이스! 박영준—"

"와! 와!"

사람들의 작은 환호와 박수 소리.

"안녕하세요? 역사학과 새내기 박영준이라고 합니다. 여러분을 처음 만나게 돼서 반갑습니다. 앞으로 친하게 지냈으면 좋겠습니다. 잘 부탁드립니다."

나는 고개를 작게 숙이며 짧게 인사를 마쳤다. 아, 부끄럽다! 수십 명의 사람들이 나를 주목하고 있는 이 느낌. 내게 꽂히는 사람들의 시선 때문에 등이 근질근질해졌다. 참 무지하게 쑥스럽다. 얼른 앉아버리고 싶다. 하지만 사람들이 나를 그냥 앉힐 리 없다. 모두가 거쳐 간 인사 뒤에는 모두가 거쳐 간 개인기가 기다리고 있는 것이다. 아, 죽겠구먼!

"노래해! 춤도 춰! 웃겨봐! 노래해! 춤도 춰! 웃겨봐! 노래해! 춤도……."

곧 사람들의 독촉의 노래가 시작되기 시작했다. 아, 하지만 도대체 뭘 하란 말이냐! 뭐, 가장 보편적인 건 노래지만 평소에는 그렇게 잘 흥얼거리던 노래들이 갑작스레 떠올리려 해서 그런지 하나도 떠오르지 않는다. 나는 머리 속을 더듬거리며 노래를 떠올리려고 무던히 애를 썼다.

"한 박자 쉬고, 두 박자 쉬고, 세 박자 마저 쉬고 하나, 둘, 셋, 넷!"

허억! 안 돼! 나는 당황해서 컥컥거렸다. 노래는 미처 꺼내지 못했을 뿐더러 아예 떠올리지조차 못했다! 게다가 그나마 실마리가 잡히려던 머리 속이 방금 전의 독촉으로 인해 하얗게 표백되어 버렸다. 젠장! 내 타는 속마음을 아는지 모르는지, 첫 번째 독촉이 끝나자마자 잠시도 쉬지 않고 두 번째 독촉이 몰아치기 시작했다. 어쩌면 당황해서 노래를 못 부르게 하려고 일부러 저렇게 몰아치려는 것일지도 모르지. 아악! 이렇게 딴생각을 할 시간이 있으면 어서 노래나 생각하자고! 분명 두 번째 독촉의 노래는…….

"에이~ 뭐야!"

"노래해! 노래해!"

"빼지 말고 얼른!"

"자, 다 같이, 이번~ 판은~ 나가립니다~ 다음 판을 기대하세요~ 다음 판도 나가리면~ 소주 한 병 원샷입니다! 아아아아아앗싸! 한 박자……."

이, 이런 젠장! 사람의 보상 심리라는 것은 얼마나 무서운가. 내 앞 차례에서 나와 똑같이 당황해서 노래를 못 부르고 결국 물잔용 종이컵으로 소주 한 컵―재미있게 즐기려고 하는 거지 술 고문을 하려고 하는 게 아니기 때문에 실제로 소주 한 병을 먹이지는 않았다―을 원샷해 버린 녀석들이 이제 주동자로 나서서 나를 몰아붙이고 있었다. 으윽!

"세 박자 마저 쉬고, 하나, 둘……."

"부, 부를게요! 부를게요! 윤도현 밴드의 '너를 보내고' !"

마지막 순간에 간신히 노래 이름을 꺼냈다. 정말 다행이었다. 그런데 노래 이름을 말하고 보니 갑자기 눈앞이 깜깜해졌다. 빌어먹게도 난 이 노래의 가사를 모르는 것이다. 그런 내 마음을 아는지 모르는지 노래 제목을 들은 사람들은 작게 환호성을 질렀다. 분위기를 띄울 수 있는 노래이기에 그럴 것이리라.

"하나둘 셋넷셋넷 둘둘 셋넷셋넷 한둘셋넷ー 둘둘셋넷ー 하나, 둘, 셋, 넷!"

"어… 저… 그러니까……."

"에라, 안 되겠다. 술이 안 들어가서 그래. 일단 마시고 보자. 마셔라! 마셔라!"

선배는 결국 단정 짓듯 내뱉었다. 에휴~ 뭐, 이렇게 된 이상 할 수 없다. 이왕지사 재밌게 놀자고 한 거 그냥 한 컵 쭉 들이키고 다시 제대로 해주지! 뭐, 나도 어차피 술이라면 남들보다 잘 마시지는 못해도 최소한 못 마시지는 않는다고 자부하는 녀석이니까! 한 병도 원샷할 수 있는데 한 컵쯤이야! 나는 컵을 척 들어서 술을 마시라고 한 선배에게 들이밀었고, 선배는 웃으며 잔에 소주를 꾹꾹 눌러 채웠다.

"쭉 마시고 제대로 하겠습니다!"

컵을 입에 들이대고 그대로 하늘로 치켜들었다. 차가운 소주가 그대로 입으로 쏟아져 들어왔다.

벌컥벌컥ー

크아아! 숨도 안 쉬고 한 컵을 몽땅 다 들이킨 나는 긴 숨을 푹 뿜었다. 사실 소주가 그렇게 만만한 술은 아닌 것이다. 나는 후우~ 후우~ 하는 심호흡으로 열기를 내뿜으며 안줏거리로 푸짐하게 담아놓은 불고기를 한 점 입에 넣었다. 취기가 조금씩 솟고 있었다.

"다시 하겠습니다. 이번에는 제대로! 크라잉 넛의 '밤이 깊었네' 부르겠습니다!"

"하나둘 셋넷셋넷 둘둘 셋넷셋넷 한둘셋넷ー 둘둘셋넷ー 하나, 둘,

셋, 넷!'

"밤이 깊었네~ 방황하며 춤을 추는 불빛들~ 이 밤에 취해 흔들리고 있네요……."

나는 노래를 부르고 사람들의 박수와 함께 자리에 앉았다. 청도가 내게 술병 주둥이를 들이밀었다.

"자, 한 잔 받어."

"그래."

술잔을 기울이며 청도가 중얼거렸다.

"노래 잘하던데?"

"잘하긴 개뿔을."

"아냐. 돼지들이 멱 따는 것보다 훨씬 잘하던걸?"

청도는 말을 마치고 짓궂은 미소를 띠었고 정말로 내 노래 솜씨를 칭찬해 주는 것으로 착각했던 나는 장난스럽게 주먹을 쥐어서 녀석의 눈앞에 흔들어 보였다.

"그건 그렇고 저 녀석은 도대체 무슨 노래를 부를까? 난 그게 제일 궁금해."

청도는 구석 자리에서 지루한 듯 팔짱을 낀 채 고개를 떨군 중국풍 청년을 바라보며 중얼거렸다. 그러고 보니 다른 새내기들과는 이미 버스 안에서 비공식적으로 통성명을 했고, 버스 안에서 서로를 소개할 기회가 없었더라도 방에 들어온 이후에 이름을 주고받았는데 유독 저 녀석만 아직 이름을 가르쳐 주지 않고 있다.

"아니, 무슨 노래를 부를지 고민하는 것보다 노래를 하라고 시키면 부르기는 할까?"

나는 별로 자신없는 목소리로 말했고 청도는 고개를 끄덕이며 대답했다.

"흠, 듣고 보니 네 말이 맞군. 안 부를 거야. 하지만 혹시 또 알아? 의외로 저 녀석의 망가지는 모습을 보게 될지. 난 꼭 저 녀석의 노래를 한번 들어봤으면 하는 그런 간절한 소망이 있는데 말야."

청도는 새우깡을 하나 씹어 넘겼다. 그 눈빛에 약간의 기대감이 배어 나오고 있었다.

아쉽게도 청도의 소망은 이루어지지 않았다. 중국풍 청년은 노래는 커녕 자기소개조차 하지 않았던 것이다. 그는 단지 입을 꾹 다문 채로 자신의 입을 가리켰다가 손을 저으며 중국 말로 짧게 뭐라고 말하기를 반복했다. 아마 우리말을 못한다는 뜻인 것 같았다. 한 선배의 불평이 들렸다.

"아니, 어울리려고 왔으면 같이 재밌게 놀든지, 아니면 따라오질 말든지. 술도 안 마시겠다, 노래도 못하겠다. 도대체 뭐야? 아니, 저럴 거면서 왜 따라오겠다고 한 거야?"

선배, 저도 그게 의문입니다.

캄캄한 어둠 속으로 이리저리 아무렇게나 엎어져 있는 사람들의 윤곽이 파르스름하게 눈에 들어왔다. 나는 무거운 눈을 비비며 몸을 부스스 일으켰다. 젠장! 한창 잘 자고 있었는데 도대체 왜 잠을 깬 건지. 나는 무의식 중으로 목을 쓰다듬다가 그제야 내가 목이 말라서 잠에서 깼음을 떠올렸다. 젠장, 술 좀 작작 마실걸. 나는 마실 것을 찾아 비틀거리며 일어섰다. 힘이 풀려 버린 다리가 휘청거리며 꺾였다. 나는 재빨리 다리를 추슬렀지만 과정에서 누군가의 발을 밟고 말았다.

"크아악!"

발바닥은 입이 달렸는지 청도의 목소리를 흉내 내서 고함쳤고 덕분에 나는 꼭 청도를 밟은 것처럼 미안해졌다. 나는 얼른 발을 떼었다.

벌써 이틀째 날의 밤이 지나가고 있었다. 어제 가볍게 술을 마시고 재미있게 놀았던 우리는 둘째 날 밤이 되자 중국풍 청년을 제외한 전원이 어제와는 다른, 그야말로 '먹고 죽어버리자' 라는 각오로 술을 마셔댔다. 그리고 결국 전원이 뻗어버렸다. 아니, 사실을 말하자면 전원이 뻗어버렸는지 어쨌는지는 잘 모르겠다. 나도 술자리 중간에 그대로 옆으로 자빠져 잠들어 버렸기 때문이다.

나는 천천히 방구석에 놓인 물통을 향해 힘없이 비틀거리는 걸음을 내디뎠다. 비록 몸에 힘은 잘 들어가지 않았지만 의외로 머리는 그렇게 아프지 않았다. 나의 숙취가 그렇게 심하지 않은 까닭은 아마도 첫째, 그 와중에서도 술을 자제하기 위해 부단한 노력을 기울였기 때문일 것이고, 둘째, 술자리의 끝까지 가지 않고 잠을 잤기 때문일 것이며, 셋째, 술에 취한 채로 사지를 붙들린 채 호수에 한번 던져지는 바람에 술이 확 깼었기 때문일 것이다.

젠장! 그 생각이 떠오르자 왠지 모르게 입 안에 미소가 슬며시 지어졌다. 나를 호수에 처박는 데 지대한 공헌을 했던 청도는 곧바로 내 손에 붙들려서 나와 똑같은 꼴로 호수에 처박혔다. 하하.

나는 물통을 찾아 들고 벌컥벌컥 들이마셨다. 손에 느껴지는 물통의 온도는 미지근했지만 목이 말라서인지, 아니면 몸에 남은 술기운 때문인지 물은 마치 내 몸을 씻어 내리듯 시원하게 몸속 구석구석을 훑었다. 후아~ 시원하다! 이제 다시 들어가서 잠을 자볼까.

나는 자던 자리로 돌아가기 위해 발걸음을 돌렸다. 하지만 비록 오래 잠을 자지는 못했지만 술기운 때문에 평소보다 잠이 깊이 들었던 탓인지 머리 속은 깨끗했고 졸리지도 않았다. 결국 나는 잠이나 자야겠다는 생각을 고쳐먹을 수밖에 없었다. 그럼, 이곳의 야경이나 구경해 볼까?

나는 천천히 민박집을 나갔다. 그리 멀지 않은 곳에 펼쳐진 호수의 야경이 한눈에 들어왔다. 깊은 산중의 조용한 밤 속에서 백색으로 파리하게 빛나는 달과 유리알처럼 반짝이는 수만 개의 별 조각을 품은 호수는 병풍처럼 펼쳐진 산에 둘러싸여 작게 출렁이고 있었다. 가끔씩 바람 소리와 함께 주위의 아카시아 잎들이 우수수— 하고 파도 소리를 내었다. 어디선가 아련히 알지 못할 새소리가 쥐어짜는 듯 구슬프게 울었다. 가끔식 개구리 소리도 가까이 다가왔다 멀어지곤 했다. 뇌리에 가득 담기는 참으로 몽환적이고도 환상적인 광경이다. 나는 숨을 크게 들이쉬었다 내뱉었다.

"후~우, 하~아."

차가운 밤 공기가 머리 속까지 파고들어 시원한 기분을 느끼게 했다.

나는 천천히 호수 쪽으로 발길을 옮겼다. 산길을 타고 내려가서 이윽고 호숫가에 도착한 나는 잠시 호숫가를 걸으며 호수를 바라보았다. 달그락거리는 자갈들의 부딪치는 소리가 기분 좋게 호숫가를 울렸다. 쪼그려 앉아서 호수에 손을 담그었다. 물은 시원했다. 손을 한참 담그고 있다 보니 문득 얼굴이 씻고 싶어졌다. 나는 손과 얼굴을 천천히 씻었다. 물의 깨끗한 느낌이 기분을 점점 상쾌하게 만들어주고 있었다.

뒤에서 천천히 자갈이 달각거리는 소리가 들려왔다. 나는 무의식 중에 고개를 돌렸다. 중국풍 청년이 나를 향해 천천히 다가오고 있었다. 나는 경계의 눈빛을 띠며 몸을 일으켰다. 참으로 이상하게도 저 녀석이 내게 무슨 해코지를 한 적이 없음에도 불구하고 나는 저 녀석만 보면 긴장되곤 했다. 그것은 아마도 학교에서 가끔씩 마주치기라도 하면 이상스럽게 나를 훑어보며 자신과 함께 다니는 두 사람에게 무어라 속삭이는 수상쩍은 그의 태도가 내 무의식에 남아 있기 때문이리라. 아니, 어쩌면 단지 저 녀석의 차가운 분위기에 위압감을 느끼는 걸지도.

녀석은 천천히 자갈밭을 가로질러 호수를 바라보며 내 옆에 섰다. 나는 짧고 딱딱하게 인사했다.

"안녕."

녀석은 아무 말 없이 고개를 까닥이더니 문득 주위를 돌아보았다. 나도 녀석을 따라 주위를 돌아보았다. 주위에는 아무도 없었다. 녀석은 이윽고 안심한 듯 미소 지었다.

'이 빌어먹을 바보 놀음을 따라온 것도 다 이런 기회가 있을까 봐 따라온 것이었지. 지겨워 죽는 줄 알았는데 그래도 실패하지는 않았으니 이틀 밤을 꼬박 새우며 기다린 보람이 있군. 잘됐군, 아주 잘됐어.'

"뭐?"

'반갑다. 나는 유천이라고 한다. 황제 헌원의 직계손이지.'

나는 유천이라고 자신을 소개한 중국풍 청년의 말을 들으며 경악에 휩싸여 버렸다. 이 녀석이 누구의 후손인지, 황제의 후손인지, 나랏님의 후손인지, 아니면 머슴의 후손인지는 나로서는 알고 싶지도 않을 뿐만 아니라 나와 상관도 없다. 내가 경악에 휩싸인 까닭은 이 녀석이 나에게 먼저 말을 걸었다는 것, 그리고… 이 녀석이 지금 마음속으로 말을 전하고 있다는 것 때문이다. 나는 떨리는 목소리로 말했다.

"서, 설마 너도 능력자냐?"

'예의없는 것. 역시 천한 것들은 어쩔 수 없다니까. 네가 나한테 뭐라고 지껄이는지는 모르겠지만, 나는 너의 말을 알아듣지 못한다. 그러니 마음으로 말하도록.'

하지만 나는 마음으로 말할 줄 모르는걸. 나는 멀뚱하게 녀석을 바라보았고 유천이라는 그 청년은 얼굴을 일그러뜨리며 말했다.

'너, 지금 나를 무시하는 거냐!'

이, 이런 제길. 이걸 뭐라고 해야 하나? 저 녀석은 내 태도를 넘겨짚으며 표정을 점점 험상궂게 일그러뜨리고 있었다. 위협감을 느낀 나는 잠시 생각한 뒤 재빨리 입을 가리키고 가슴을 가리킨 뒤 손가락으로 가위표를 그리고 가슴을 탕탕 쳤다. 마음으로 말할 수 없어서 나도 답답하다는 뜻이었다. 유천은 멀뚱히 내가 하는 짓을 바라보고만 있었다. 그의 험악한 표정은 어느 사이에 풀려 있었다. 이윽고 몇 번을 반복하자 녀석은 고개를 끄덕였다.

이제야 이해했나 보군. 나는 만족스러운 웃음을 지었다. 하지만 다음 순간 내 입에 가득 돌았던 만족스러운 웃음은 사라져 버리고 말았다. 유천이 나를 경멸적인 눈으로 바라보았기 때문이다.

'흠… 그런 기본적인 것도 할 수 없다니… 너 같은 놈에게 주어진 풍사라는 자리가 아깝다.'

"이런 거 할 줄 알면 누가 상 주냐?"

어차피 알아듣지도 못할 테지만 그래도 나는 토를 달고야 말았다. 저 녀석의 몸 주위에서 흐르는 사람을 무시하는 저 태도, 정말이지 마음에 안 든다.

'무어라고 중얼거리는지는 모르겠지만 시끄러우니 입 좀 다물도록 하지? 어쨌든 마음으로 말을 못한다니, 그렇다면 어차피 의사 소통도 힘들 테니 본론만 말하지. 나를 세 발 까마귀의 패로 안내해라.'

"왜?"

알아들을 수 없다는 것을 알면서도 나는 이렇게 되묻고 말았다. 아니, 유천 이 녀석은 도대체 어떤 녀석인데 세 발 까마귀의 패가 무엇인지, 그리고 내가 풍사인지를 알고 있는 거지? 그리고 세 발 까마귀의 패로 안내하라고 하는 이유는 또 뭐야? 내가 우리말로 '왜?'라고 묻자 유천은 잠시 나를 바라보며 고개를 갸웃거리다가 말했다.

'세 발 까마귀의 패로 안내하라고 했다.'

아마 녀석은 내가 '뭐?'라고 되물은 줄 알고 있는 모양이다. 휴~ 유학생이면 기본적인 의사 소통은 되야 될 거 아냐? 도대체 답답해서 학교는 어떻게 다니는 거고 수업은 또 어떻게 알아듣는 거지? 아참! 그러고 보니 이 녀석이 항상 같이 다니는 흑발의 청년이 우리말을 능숙하게 할 줄 알지? 하지만 그렇게 일일이 통역을 거치면 불편하지 않을까? 나는 이런저런 생각을 접어두며 다시 유천에게 짧게 물었다.

"와이?"

아무리 비록 우리 나라의 대학으로 온 것이라고는 해도 명색이 유학까지 온 놈이라면 이런 유치원생도 알 영어 정도는 알아듣겠지. 내 말에 유천은 슬쩍 웃음 짓더니 대답했다.

'내가 가지려고.'

이번에는 질문을 살짝 바꾸었다.

"왓?"

'좋아. 이럴 시간은 없지만 어차피 너 같은 놈 상대하면서 우리의 정체를 숨길 생각도 없고, 또 너 같은 하찮은 녀석에게 우리의 정체를 숨겨야 할 필요도 못 느끼니 지금부터 내 정당성을 설명해서 정정당당히 너에게서 세 발 까마귀의 패를 접수하도록 하지. 나는 황제교의 소교주이자 황제 헌원의 직계 자손인 후황자 유천이라고 한다. 우리 황제교는 황제 헌원을 숭배하고 황제가 이끄는 영광된 유교 질서로 기틀이 잡힌 새 나라를 세우려고 하지. 이미 황제의 권위를 따르는 신도들은 열성적인 자들만 백만 이상이다. 우리의 교세는 날이 갈수록 기하급수적으로 커지고 있고 그에 따라 우리 교단의 힘 역시 점점 더 막강해지고 있지. 우리의 교세가 커진다는 것이 뭘 의미하는 줄 아느냐? 그것은 바로 우리가 황제의 깃발 아래 뭉친 새 나라를 세울 수 있는 날이 점점 더 가까워지고 있다는 뜻이다. 이제 대비의 때가 왔고, 우리 황제교는 교세를 확장시켜 나가는 것에 아울러 황제의 나라를 천천히 준비해 나가야 한다. 우리 교단에서는 비록 황제의 나라가 훨씬 후의 미래에 세워진다고 해도 그날이 조금이라도 더 빨라질 수 있게 교세가 상당히 커진 이제부터 조금씩 행동으로 들어가야 된다고 생각하는 것이다. 황제의 나라를 세우는 데에는 여러 가지 일이 필요하다. 하지만 그중에서도 가장 큰 의미를 가지는 것이 바로 황제에게 대항한 나라인 조선에 대해 정통성을 확립하는 일이다. 옛날 헌원 황제가 치우와 맞상대했을 때, 우리는 치우를 완전히 쓰러뜨리지 못했다. 아니, 일각에서는 헌원 황제가 패배했다는 소리마저 나오고 있지. 만약 헌원 황제가 이기지 못했거나 아예 졌다면, 그것은 황제의 정통성에 대한 심각한 도전이다. 세상의 왕이요 하늘의 아들인 황제가 이기지 못하는 상대가 있다는 것은 말이 안 되는 것이다. 그래서 황제교는 정통성을 위해 삼사의 패를 모으고 있다. 삼사의 패는 황제의 후손이 치우제의 후손을 꺾었다는 증거가 될 것이며 수천 년을 이어져 내려온 싸움이 결국 어느 쪽으로 결판이 났는지를 증언해 줄 증인이 될 것이다. 물론 치우의 상징을 찾는다면 더욱 좋겠지. 하지만 현 세상에 존재하고 있는 조선의 정통성을 이어받은 물건은 우리가 파악하기로는 오직 삼사의 패뿐이다. 그러니 우리가 삼사의 패를 가져야 할 수밖에. 뿐만 아니라 우리 황제교를 창립하시고 강화 발전시켜 오신 위대한 우리의 교주님은 말씀하셨다. 우리가 정통성을 확실히 세우는 순간, 헌원 황제는 우리가 자신의 후계자임을 인정하고 자신의 힘과 이미 혼백이 된 자신의 군대로 우리를 도우실 거라고! 이 얼마나 대단한 일이냐! 덧붙이자면 현무와 뇌룡이 깃들어 있던 우사와 운사의 패는 이미 우리가 접수했지. 하지만 그 안에 깃들어 있던 현무와 뇌룡은 조선의 상징이라기엔 부족해서 백태청과 백화련이 이미 합신하여 사용하고 있지. 백태청과 백화련은 본 적이 있지? 그래, 나와 같이 다니는 그 둘이다. 어쨌든 마지막으로 정리하지. 이제 조선의 상징인 세 발 까마귀가 깃들어 있는 너의 그 '풍사의 패'만 얻으면 조선의 상징을 모조리 우리가 접수하게 되고, 우린 정통성을 획득하게 된다. 이제 우리의 옳음을 알겠지? 그렇다면 순순히 내놓아라. 너한테 해를 입히지 않을 테니까.'

유천은 말하면서 스스로 자기 최면에 걸리는지 말을 마칠 때쯤에는 꿈꾸는 듯한 표정을 짓고 있었다. 그리고 나는 기가 막혀서 코웃음을 쳐버렸다. 그러니까 유천, 너의 말을 한마디로 정의하자면 결국 자신의 사정 때문에 내 물건을 뺏겠다는 말 아냐? 그게 말이 되냐? 무엇보다 남의 물건을 달라고 하면서 어떻게 저렇게 당당할 수가 있는 거지? 저건 완전히 도둑놈 심보잖아!

황제교라는 교단을 위한 것이라면서 내세운 이유들도 여러 가지로 마음에 들지 않는다. 일단 가장 마음에 안 드는 것은 황제의 나라를 세우겠다는 것이다. 그래, 절대 군주 국가를 다시 세우고 다시 백성들을 착취하는 나라를 세우겠다는 말이지? 웃기지 마라. 그런 역사의 흐름을 거스르는 나라 따위! 그런 건 나와 아무런 관련이 없다고 해도 도시락 싸고 쫓아다니며 말릴 텐데, 뭐? 그걸 이루려면 내 패가 있어야 하니까 순순히 내놓으라고? 너한테 나라를 세우라고 세 발 까마귀의 패를 넘겨주고, 그리고 나면? 자기네들 멋대로 억압의 나라를 세우겠지. 그리고 나는 그 나라를 세우는 데 암묵적 동조자가 되어버리는 거고 말야! 뿐만 아니라 황제교에서 황제의 정통성을 세우겠다는 그 방법도 나로서는 납득이 가지 않는 아주 우스운 것이다. 그건 결국 옛 조선을 깔아뭉개서 세우겠다는 거 아냐! 나도 단군 할아버지의 후손이라고! 이거 왜 이래! 뿐만 아니라 난 지금 엄연히 풍사고! 거기다 정통성이라는 건 보통 사람들에게서 나오는 것 아닌가? 황제교라는 곳은 나라를 세우겠다면서 수천 년 전에 이미 전설이 되어버린 이야기로 정통성을 얻겠다는 그 발상 자체가 벌써 틀려먹었다.

유천이 한 마지막 말 역시 마음에 걸린다. 황제가 힘을 더해주고 거기다 혼백의 군대가 도와준다고? 터무니없는 소리지만 만약에, 만에 하나 그 말이 사실이라면 세상이 얼마나 혼란스러워질 것인가. 물론 내가 세상을 크게 걱정하는 건 아니지만, 아마 내가 세 발 까마귀의 패를 순순히 넘겨준 뒤 혼백의 군대가 세상을 어지럽힌다거나, 혹은 황제의 주술이 세상에 뻗쳐서 상관도 없는 사람들이 죽고 상한다는 소식을 듣게 되면 그때 내 마음이 어떨 것인가. 양심이 무지 찔리겠지. 난 마음 편하게 살고 싶다.

수백 가지의 불만들이 순식간에 머리에 떠올랐다. 그리고 난 당당히 거절했다. 아니, 거절하려고 했다.

'거절하면 죽는다.'

유천의 싸늘한 말은 내 마음속을 울리며 내 입을 틀어막았다. 유천의 말에 처음으로 반응한 심리는 불안함이었다. 심장이 덜컥 내려앉는 것 같은 불안감이 내 마음속을 엄습하면서 나를 위축되게 한 것이었다. 이 기분은 마치 어렸을 적에 동네 깡패에게 붙들렸을 때, 혹은 숙제를 안 해온 날 마침 선생님이 1번부터 차례로 숙제를 훑어보는 것을 보며 느끼는 그런 기분이었다.

두 번째로 반응한 심리는 반발심이었다. '이런 싸가지없는…' 불안감과 반발심이 뒤섞여 마음속을 이러저리 휘젓고 있었다. 유천은 다시 말했다.

'내놔. 어차피 너 같은 녀석에게는 아까운 물건이다, 풍사.'

나는 눈에 불똥이 튀는 걸 느끼며 입술을 악물었다. 고맙군, 유천. 내 마음속에서 불안감을 모조리 몰아내어 주다니. 하, 이거 생각할수록 열받네. 좋다, 죽기 아니면 살기다! 어디 한번 해보자! 나는 천천히 고개를 저으며 유천에게 또박또박 말해 주었다.

"싫.어."

'뭐라고?'

"노."

'거부인가? 그래, 그럼 억지로라도 내놓게 만들어주지!'

유천이 갑자기 눈에 보이지도 않을 정도로 몸을 빠르게 틀어서 나를 향해 뛰어들었다. 으, 으윽! 아무리 그래도 이건 너무 갑작스럽잖아! 선전 포고는 해야 될 거 아냐, 이 자식아! 나는 당황한 채로 굳어버렸다. 그런데 갑자기 내 품속에서 붉은 기운이 무서운 기세로 뿜어져 나오며 내 앞에 기의 막을 둘러쳤다. 세 발 까마귀의 패에서 힘이 뿜어져 나와 나를 방어했던 것이다.

쩌엉!

유천은 나를 향해 달려오던 그대로 붉은 기운에 부딪쳐서 튕겨져 날아가 버렸다. 유천은 몇 바퀴 구르더니 벌떡 일어서서 앞을 노려보았다. 유천은 입술을 살짝 매만졌다. 그의 입술이 터져서 피가 흐르고 있

었다. 자기 혼자 미친 듯이 달려오다가 자기 혼자 벽에 부딪쳐서 튕겨
져 날아가 버리다니… 정말이지 헐리우드 오버액션도 저 정도면 수준
급이군. 사실 내 생각이지만 유천은 지금 굴러서 아프기보다 혼자 한
짓에 무안하고 쪽팔리지 않을까. 이 상황에서 이런 생각이나 하다니
나도 참……. 나는 이 와중에서도 헛웃음을 흘렸다.

"크윽!"

유천은 내가 웃는 모습을 보고 갑자기 신음을 씹더니 이를 드러내며
눈을 부릅떴다. 그리고 그제야 나는 나의 실수를 깨달았다. 어이구, 이
런. 내가 방금 불난 집에 기름을 들이부었구나! 그런데 갑자기 부릅뜬
눈이 조금씩 풀리며 유천의 입에 잔인한 미소가 슬쩍 걸렸다. 유천은
낮고 잔인하게 씩씩거리듯 속삭였다.

'고맙군. 이제 세 발 까마귀의 패가 어디 있는지 알 것 같다.'

유천은 말을 맺더니 스스로 승리감에 도취된 듯 갑자기 마구 웃어대
기 시작했다.

"으하하하하!"

나는 갑작스레 광소를 터뜨리는 유천의 모습을 보며 목구멍까지 튀
어나오려던 '미친놈'이라는 말을 간신히 삭인 뒤 속으로 삼켰다. 저
여유만만한 유천의 얼굴에 대고 '허공에 대고 갑자기 껄껄대며 웃다
니, 저게 미친놈이 아니면 뭐란 말인가'라고 확 쏘아주고 싶어서 입이
근질거렸다. 내가 하고 싶은 말을 결국 하지 못한 채 속으로 삭일 수밖
에 없었던 것은 순전히 괜히 아까 웃은 것처럼 입 잘못 놀리다가는 불
에 기름 들이부어서 결국 한 대 맞을 것 두 대로 늘어나게 될 게 뻔하
다라는 단순한 계산 때문이었다. 물론 쉽게쉽게 이야기하자면 '안 맞
으면 그만'이다. 하지만 분명히 저 녀석의 실력은 나보다 훨씬 위인데

그게 될까? 결국 난 유천의 여유만만한 웃음을 분한 마음으로 바라볼 수밖에 없었다. 이윽고 천천히 웃음을 삼키며 유천이 몸을 내 쪽으로 돌렸다. 유천의 날카로운 선을 가진 눈이 나를 이리저리 훑으며 빛나고 있었다. 나는 잔뜩 긴장해서 무의식적으로 몸을 낮게 웅크렸다. 힘이 잔뜩 들어간 어깨가 묵직하게 저려왔다. 하지만 불안해서 힘을 뺄 수가 없었다.

그런데 갑자기 내 몸 전체에서 자줏빛 기운들이 서로 헝클어지고 엉키면서 뿜어져 나와 내 몸을 휩쓸며 하늘로 솟아올랐다.

슈와아악—!

나는 돌풍에 휘감긴 듯한 기분을 느끼며 내 몸 구석구석 둘러보았다. 옷자락 틈새로, 소매 사이로, 허리띠 틈으로, 발목 자락으로, 그리고 신발 틈으로 자줏빛 기운들이 무서운 기세로 뿜어져 나오고 있었다. 이윽고 기운들의 뿜어져 나오던 기세가 시나브로 잦아들었다.

나는 하늘을 바라보았다. 내 몸에서 뿜어져 나온 기운의 가닥들이 하나로 뭉쳐 휘돌며 어떤 형상을 이루고 있었다. 저 형상이 완성되면 결국 어떤 모습을 띠게 될지 난 보지 않아도 짐작할 수 있을 것 같다.

내 품속에서 뿜어져 나온 측정하기 힘들 정도로 거대하고 짙은 자줏빛 기운. 분명히 이건… 세 발 까마귀 출두다!

기운들은 서로 엉키고 휩쓸며 천천히 완연한 붉은빛 새의 형상을 이루었다. 역시 세 발 까마귀였다. 세 발 까마귀는 당당하게 가슴을 쑥 내밀고 붉은빛 깃털을 화려하게 휘날리며 커다란 날개를 쭉 펴고 긴 목을 휘이 구부린 채 허공에 멈추어 도도하게 아래를 내려다보았다. 세 발 까마귀의 다리는 마치 뭉클뭉클 일어나는 적빛 연기, 혹은 적빛 구름덩어리처럼 생겼고, 때문에 세 발 까마귀가 허공에서 우리를 내려다볼 때면 우리의 눈에 세 발 까마귀는 마치 구름 위에서 우리를 굽어보는 듯한 모습으로 보이게 된다.

어쩌면 나는 그래서 세 발 까마귀의 모습에서 위압감을 느끼는 걸지도 모른다. 구름 위에서 들려오는 목소리라니, 얼마나 신성한가! 뿐만 아니라 세 발 까마귀의 위풍당당한 모습에는 언제 보아도 위엄과 기백, 그리고 긍지가 가득 느껴진다. 곧은 데다 크고 시원하게 생긴 세 발 까마귀의 몸은 전체적으로 마치 맹금류처럼 우아하게 뻗은 유선형으로 이루어져 있다. 그 곡선은 세 발 까마귀에게 박력을 더해주었다.

하지만 단지 생김새와 구름처럼 뭉클거리는 다리만이 세 발 까마귀가 위엄이 있는 이유는 절대로 아니다. 세 발 까마귀의 몸에서 자연스럽게 흘러나오는 기 정도로도 나와 같이 기본이 약한 사람들은 압박감을 느낄 뿐이다. 세 발 까마귀는 느낌만으로가 아니라 실제로도 힘이 넘쳐흘렀던 것이다.

세 발 까마귀는 잠시 밤하늘이 담긴 호수와 호수 주위에 둘러친 산을 바라보던 눈을 들어 천천히 자신의 발 밑을 둘러보았다. 아마도 나를 찾나 보군. 나는 세 발 까마귀를 소리쳐 불렀고, 그제야 날 찾은 세 발 까마귀는 천천히 말했다.

『비록 풍사의 조력 요청이 없었지만 풍사가 위험에 닥쳤다고 판단하고 돕기 위해 자진 출두했다.』

"고마워요."

나는 세 발 까마귀에게 손을 흔들어 감사를 표했다.

저번에 제임스의 습격 때, 패를 바로 손만 뻗으면 잡을 수 있는 곳에 두고도 제임스의 방해에 속수무책으로 세 발 까마귀를 봉인당할 뻔했던 일이 있었던 이후로 이제 난 아예 세 발 까마귀의 패를 몸에 지니고 다닌다. 덕분에 지금같이 누군가에게 갑작스럽게 습격을 당하는 상황에서도 세 발 까마귀의 도움을 받을 수 있었던 것이다.

그런데 이렇게 세 발 까마귀가 내 품속에서 온갖 화려한 짓을 다 하며 나타나 버린 이 상황은 결국 유천 저 녀석에게 세 발 까마귀의 패가 내 품속에 있다고 요란하게 광고를 한 꼴이 되는 건가? 뭐, 하지만 어쩔 수 없었지. 세 발 까마귀가 이런 식으로라도 도와주지 않았더라면 내가 어떤 꼴을 당했을지 알 게 뭔가.

세 발 까마귀는 천천히 날개를 치며 하늘에 머물러 있었다. 기감이 그리 강하지 않은 나에게도 세 발 까마귀의 어마어마한 기운은 압도당하기에 충분하다. 세 발 까마귀의 몸에 흐르는 나에 대한 친화력이 아니었다면 아마 난 겁을 먹어버렸을지도 모른다. 그런데 유천은? 유천은 과연 세 발 까마귀의 어마어마한 힘에 위축되었을까?

아쉽게도 유천은 세 발 까마귀의 출현에 별로 겁먹지 않은 듯했다. 유천은 대신 세 발 까마귀의 등장이 상당히 귀찮다는 듯 눈살을 찌푸리며 말했다.

'젠장, 세 발 까마귀가 직접 나서다니. 이러면 우리 쪽에서도 응룡을 풀어야 하잖아. 이 자식, 자제 좀 하지 뭘 세 발 까마귀까지 불러냈어? 어차피 뺏길 걸.'

"뭐?"

유천은 내 반문에 대한 대답 대신 하늘을 향해 고개를 들고 고래고래 큰 소리로 주문을 외치더니 이윽고 세상이 떠나가라 고함을 질렀다. 으윽, 귀청 떨어지겠다!

"ㅇㅇㅇㅇㅇ―!"

유천의 고함이 바람을 타고 멀리멀리 흘러가면서 갑자기 몇 조각 먹구름들이 하늘의 이곳저곳에서 바람에 휘몰리듯 빠르게 한곳으로 모여들었다. 모두 모인 조각구름들은 서로 엉겨 붙으며 점차 하나의 커다란 먹구름으로 변했다. 뭉클거리며 커진 시커멓고 불길한 먹구름은 이윽고 흘러오듯 천천히 이쪽으로 다가오기 시작했다. 구름 속에서 번개가 번쩍이고 있었다.

우르릉!

강력한 천둥 소리가 문득문득 귀를 찢었다. 맙소사! 나는 점차 괴상망측한 기분에 젖어들었다. 하늘의 다른 모든 부분이 맑은데 오직 한 조각 두꺼운 먹구름 속에서만 비가 뿌리고 천둥이 하늘을 찢고 있었다. 불길한 먹구름은 점점 무서운 속도로 가속도가 붙어 하늘을 점차 잡아먹으면서 이쪽으로 날아오고 있었다.

꽈등! 우르릉! 쏴아—

구름이 다가옴에 따라 그 속에서 우르릉거리며 포효하는 천둥 자락과 무서운 기세로 쏟아져 내리는 소나기가 점점 똑똑히 보였다. 그런데 착각일까, 번개가 번쩍거릴 때마다 구름 속에서 언뜻 무언가 꿈틀거리는 것 같은 느낌이 들었다.

이제 우리의 거의 바로 앞까지 다다른 구름 줄기는 잠시 상공에 머물며 벼락과 비를 땅을 향해 쏟아 부었다. 이제 구름의 모습은 내 눈에 확실히 들어왔다. 그리고 나는 내가 본 것이 착각이 아니라는 것을 깨닫고 있었다. 구름 속에서 분명히 시커먼 무엇인가가 꿈틀거리고 있었다.

쫘아아악!

갑자기 구름이 갈가리 찢어지며 흉악하게 생긴 한 마리 새카만 용이 마치 호수를 노니는 물고기처럼 이리저리 꿈틀대며 밤하늘을 휘저었다.

맙소사, 용이라니! 나는 눈을 크게 뜨며 입을 가렸다. 살다 살다 드디어 이제 내가 용까지 다 보는구나! 하지만 참으로 이상한 게 사람의 마음이라던가. 분명히 기절을 해야 할 만한 일임에도 불구하고 나는 별로 놀라지 않았다. 어쩌면 먹구름과 천둥 번개, 그리고 비바람의 출현으로 용이 나타날지도 모른다고 무의식 중에서 이미 예측해 버렸기 때문일 수도 있고, 아니면 이미 어느 정도 신기한 일은 그러려니 하고 넘어갈 정도의 내성이 생겨 버려서 그런 걸 수도 있다.

나는 눈을 들어 하늘에 이리저리 부드러운 곡선을 그리며 날고 있는 용을 바라보았다. 횃불처럼 번쩍이는 두 개의 눈이 주위의 검은 밤하늘과 검은 몸 색깔 사이에서 도드라졌다. 머리에는 사슴의 것처럼 생긴 뿔이 두 개 나 있었고, 사자의 것과 비슷한 갈기로 둘러싸인 얼굴은 악어처럼 생겼다. 돼지처럼 하늘로 치솟은 코에 메기의 것처럼 가늘고 긴 두 가닥 수염이 길게 뻗어 있었고 무지막지할 정도로 큰 입에는 군데군데 이빨이 삐쳐 나와 있었다. 몸은 정말이지 거대한 한 마리의 뱀 그 자체였다. 다른 점이 있다면 등에 세모꼴의 작은 두 줄기의 등판이 하늘을 향해 솟아 있다는 것 정도랄까? 길고 미끈한 몸은 비늘로 덮여 있었다. 그 몸빛은 너무도 새카맣기 때문에 아마 비늘이 달빛을 반사하지 않았다면 밤하늘과 구별하기가 꽤나 어려웠을 것이다. '사자의 갈기, 악어의 얼굴, 돼지의 코, 메기의 수염' 하니까 되게 못생긴 것 같지만 이건 전적으로 내 묘사 능력이 모자라서 그렇게 느껴지는 것일 뿐, 실제로는 용의 모습은 나 같은 사람은 한입에 삼켜 버릴 것처럼 무시무시하게 생겼다.

유유히 하늘의 이곳저곳으로 날던 용은 이윽고 몸을 틀어 유천의 앞으로 미끄러지듯 날았다. 마치 물뱀이 수면을 가로지르는 것 같은 너무도 부드럽고 자연스러운 비행이다. 달빛이 용의 몸에 떨어지면서 수만 개의 조각으로 부서져 수정처럼 반짝였다. 용은 유천 앞에서 멈추더니 고개를 숙였다. 용의 목소리가 마음을 울렸다.

『부르셨습니까, 황자시여. 하늘의 아들이 되실 분이여.』

'그래, 응룡. 수천 년 전에도 황가의 종이었고 지금도 황가의 종이며 앞으로 영원히 황가의 종일 충성스러운 용아. 내가 너를 불렀다. 명령하나니, 다른 명령이 떨어지기 전까지 저 세 발 까마귀를 막아라.'

응룡이라 불린 용은 유천의 말에 고개를 힐끔 틀어 세 발 까마귀를 바라보았다. 사실 어디까지나 응룡의 기준으로 '힐끔'일 것이다. 응룡이 고개를 트는 행동이 나에게는 웬 바위가 허공에서 휘적거리는 것처럼 느껴졌다. 응룡은 이윽고 다시 유천을 주시하며 느릿하게 물었다.

『공격해도 좋습니까?』

'물론이지.'

유천은 고개를 끄덕였고 응룡은 몸을 휘틀어서 허공을 한 바퀴 선회하더니 그대로 멈추어 서서 세 발 까마귀를 주시했다. 세 발 까마귀의 힘도 대단했지만 응룡의 몸에서 뿜어져 나오는 기운도 무시하지 못할 만큼 강대했다. 어느 쪽이 더 강한 것일까. 나로서는 선뜻 어느 쪽의 손을 들어주질 못하겠다. 두 신수는 단 한 마디의 대화도 나누지 않은 채 한참 동안 서로를 노려보았다. 팽팽한 긴장감.

『꾸와아아아아아앙!』

갑자기 응룡이 크게 울었다. 그 울음소리는 가히 산을 떨게 할 만했

다. 단지 울부짖을 뿐이었는데도 강력한 영기가 울음소리에 섞여서 응
룡 주위의 산천초목을 압박하며 퍼져 나갔다. 응룡이 내뱉은 음파가
지나가며 호수의 수면이 미친 듯이 진동했다.

『까아아아아아아악!』

세 발 까마귀는 홰를 크게 치며 응룡의 고함에 찢어지는 듯한 울음
소리로 화답하며 그대로 응룡을 향해 쏘아져 날아갔다.

쐐애애애액!

허공을 찢는 소리와 함께 세 발 까마귀는 순식간에 응룡의 위를 날
며 구름 같은 다리에서 기운을 날려 응룡의 몸을 휘감은 채 산까지 붉
은 선을 그리며 날아가더니 날려 보낸 기운을 도로 회수하며 응룡을
산에 처박아버렸다.

쩌어엉!

강렬한 소리와 함께 산이 몸을 떨며 울부짖었다. 응룡은 괴로운 듯
몸을 비틀다가 그대로 하늘로 솟아올랐다. 세 발 까마귀는 하늘을 크
게 선회하며 먹이를 노리는 독수리처럼 응룡을 주시하고 있었다.

『꾸와아아!』

다시 한 번 응룡이 크게 울부짖으면서 용틀임을 하자 갑자기 응룡의
사방으로 강렬한 벼락이 떨어지기 시작했다.

쩡, 쩌엉, 쩡!

땅에 벼락들이 떨어지면서 바위가 깨지는 소리가 요란하게 울려 퍼
졌다.

'맙소사!'

응룡 주위의 넓은 공간이 그대로 모두 벼락 밭이 되어 있었다. 응룡
은 그대로 세 발 까마귀를 향해 전속력으로 날았고, 벼락들은 응룡의

주위를 빠르게 쫓으며 응룡의 주위를 초토화시켰다. 세 발 까마귀는 응룡이 갑자기 벼락을 휘몰며 자신을 향해 날아오자 당황했는지 잠시 허공에서 허둥대다가 재빨리 몸을 틀어 응룡의 반대쪽으로 날았다. 하지만 응룡은 전속력으로 세 발 까마귀를 따라잡았고 한줄기 벼락이 그대로 세 발 까마귀를 덮쳤다.

꽈르르릉!

지금까지 벼락이 바위에 부딪치던 것과는 비교도 할 수 없을 정도로 큰 소리가 허공을 울렸다. 세 발 까마귀는 방금 전의 공격에 꽤나 충격이 컸는지 허공에서 몇 번 힘없이 날갯짓을 하며 비틀거리다 땅으로 떨어지기 시작했다.

"아, 안 돼!"

나는 작게 비명을 질렀다. 다행히 세 발 까마귀는 땅에 닿기 직전 기운을 내어 몸을 틀며 하늘로 솟았다. 세 발 까마귀를 향해 다시 벼락한 가닥이 꽂혔지만 이번엔 세 발 까마귀가 날개를 교묘히 움직여 비스듬히 날며 번개 줄기를 피했다. 마침내 벼락의 땅을 벗어난 세 발 까마귀는 허공에서 유려하게 선회하며 응룡을 향해 방향을 틀었다.

부우욱―

허공을 울리는 진동음과 함께 커다란 자줏빛 기운이 세 발 까마귀의 몸 주위를 구형으로 둘러쌌다. 응룡의 몸 주위에서도 연기처럼 흐늘대는 검은 기운이 무럭무럭 솟아오르기 시작했다. 바야흐로 본격적인 싸움이 벌어지려 하고 있었다.

'어디다 신경을 쓰시나? 이제 세 발 까마귀의 패도 없으니 너는 허수아비나 마찬가지야! 비겁하게 공격하고 싶지는 않다. 어서 나를 봐!'

마음속을 울리는 유천의 외침에 나는 화들짝 놀라 앞을 바라보았다.

어느새 유천은 내 바로 앞까지 다가와 있었다. 이런 젠장! 비겁하게 공격하고 싶지 않다는 놈이 쥐새끼처럼 살금살금 다가와 있냐! 나는 재빨리 대응하려 했지만 유천의 팔은 이미 빠르게 움직여서 팔꿈치 안쪽으로 갈고리처럼 내 목을 걸었다.

"크억!"

순간적으로 숨이 막히는 게 느껴졌다. 녀석은 그대로 땅을 박차며 빠르게 앞을 향해 달려나갔다. 유천의 달리기는 꽤 특이했다. 다른 사람들보다 걸음을 내디디는 시간이 월등히 길었던 것이다. 유천은 마치 사슴처럼 휘적휘적 발을 내디디며 나는 듯 앞으로 나아갔는데, 그 속도는 이게 정말로 사람의 속도인가 싶을 정도로 빨랐다. 이게 경공술이라는 걸까? 아니면 그저 남들보다 좀 더 날렵하게 뛰는 것에 불과한 걸까? 나는 내 목에 걸려 있는 유천의 팔을 어떻게든 밀어내기 위해 안간힘을 쓰며 버둥거렸다. 하지만 유천의 팔은 꿈쩍도 하지 않았다.

"으윽… 젠장! 놓으라니깐!"

나는 악을 쓰며 녀석의 팔을 밀어내려 했다. 그때 내리깔린 나의 눈에 문득 땅에 놓여진 자갈들이 엄청난 속도로 뒤로 물러서는 것이 들어왔다. 그리고 난 그제야 내가 어느 정도의 속도로 달리고 있는지를 깨달을 수 있었다.

맙소사! 어떻게 나를 한 팔에 걸고도 이렇게 빨리 달릴 수가 있지?

휙! 휙!

새삼스럽게 바람이 내 귀에서 갈라지는 소리가 들려오며 등 뒤로 식은땀이 흘렀다. 난 바닥을 보지 않기 위해 눈을 질끈 감았다.

'이제 곧 호수다. 지금이라도 세 발 까마귀의 패를 내놔!'

"싫어!"

나는 고개를 도리질 치며 강하게 거부했다. 그러자 녀석은 그대로 호수 바로 앞에서 우뚝 멈춰 서면서 귀찮은 것을 떼어내듯이 팔을 휘둘러 나를 집어 던졌다.

'어디 한번 물맛이나 실컷 봐라!'

휘리리릭!

나는 순식간에 하늘을 날았다. 여기까지 끌려온 속도에다가 유천이 나를 집어 던진 힘이 더해져서 내가 허공을 가르는 속도는 정말 무시무시하도록 빨랐다. 호수 앞에 서서 잔인하게 웃고 있는 유천의 모습이 총알처럼 뒤로 물러나고 있었다. 나는 기분 나쁜 무중력 상태를 느끼며 왜 나를 제압하지 않고 물로 던졌는지를 생각했다.

왜 충분히 나를 쓰러뜨릴 수 있었는데 그냥 목만 걸고 말았을까? 흠, 혹시 그렇게 몰래 공격하는 건 유천의 체면에 너무 비겁하다고 생각해서 그런 걸까? 어쩌면 세 발 까마귀의 패를 내놓으라고 마지막으로 한 번 더 회유하려고 그런 걸지도 모르지. 아니면 자기 손을 더럽히기 싫어서 처음부터 물에 빠뜨려 죽이려고 목만 걸었는지도 모르고. 어쨌든 한 가지 확실한 건, 유천이 내게 한 이 행동은 충분히 여유를 부린 행동이라는 것이다. 좋아, 나를 얕본 것을 후회하게 만들어주지!

여러 생각을 하는 동안 어느새 내 몸은 호숫가에서 상당히 먼 거리까지 날아와 있었다. 아주 잠깐이지만 몸이 허공에서 멈추는 듯한 느낌이 들었다. 이제 포물선의 하강 궤도로 진입한 것이다. 나는 눈을 아래로 내렸다. 호수의 수면이 잔물결을 출렁이며 내 시야를 가득 채웠다. 밤이라 수면은 칠흑같이 새카맣게 보였다. 왠지 불길한데? 수면이 서서히 나에게로 다가오고 있었다. 확실히 추락하고 있나 보군. 수면

이 나에게 다가오는 속도가 점점 더 빨라지고 있었다. 바람이 스치는 소리가 언뜻 귀에 들렸다.

쉬리릭—

수면에 떠 있는 수많은 별들이 내 시야를 가득 뒤덮음과 동시에 난 물속으로 곤두박질쳤다.

풍덩—! 부그르르!

무엇이 끓는 듯한 기분 나쁜 소리와 함께 공기 방울들이 새하얗게 주위를 감싸며 일제이 수면으로 솟았다. 난 몸이 어느 정도 충격에서 벗어나 안정을 찾을 때까지 기다렸다가 조심스레 내 몸을 둥글게 감쌀 바람을 뿜었다.

펑!

물을 밀어내는 소리와 함께 몸에서 뿜어낸 바람이 커다란 공기막이 되어 나를 둘러쌌다.

'됐어!'

공기 방울이 위로 떠오르지 않도록 바람의 방향을 조절하며 유천을 이길 방도를 골똘히 생각해 보았다.

몸에서 느껴지는 기운으로 보나 몸놀림으로 보나 유천은 나보다 한 수, 아니, 몇 수는 위다. 인정할 건 인정하자. 하지만 싸움은 힘이 전부가 아니다. 아무리 내가 상대보다 힘이 떨어진다고 해도 기회가 왔을 때 온 힘을 쏟은 한 방을 적에게 먹인다면 그때까지 불리했던 대세를 충분히 돌려놓을 수도 있을 것이다. 좋아. 기회는 왔으니 이제 '온 힘을 다한 한 방'을 먹여줄 차례다!

나는 천천히 유천이 서 있는 호숫가를 향해 바람을 내뿜었다.

스르륵.

바람이 물을 헤치며 내가 들어 있는 공기 방울을 서서히 유천이 있는 곳의 반대 방향으로 밀었다. 가끔씩 수면이 진동하며 '쿵… 쿵…' 하는 소리가 들렸다. 바깥쪽에서 응룡과 세 발 까마귀가 싸우는 소리가 물속까지 전해지는 것이다. 정말 어마어마한 싸움이군.

이윽고 호수의 거의 반대 편까지 도착한 나는 공기 방울을 계속 유지할 최소한의 힘을 제외한 모든 힘을 단전으로 모았다. 곧 단전이 기로 인해 단단해졌다. 힘이 모인 것이다. 난 다시 공기 방울을 이루고 있던 바람의 힘을 몸속으로 갈무리해서 단전으로 돌렸다.

왈칵!

호수 속의 물들이 갑자기 나를 덮쳤지만 이미 예상하고 있던 일이라 별로 당황하지는 않았다. 눈알에 물살의 어른거림이 느껴졌다. 쳇, 물속이라 눈을 뜨고 있기가 힘들군. 나는 일단 하반신을 얇은 바람의 막으로 감싸 물속에서 몸을 가누기 쉽도록 조처한 다음 머리를 천천히 수면 위로 띄웠다. 저 멀리 유천의 모습이 보였다. 유천의 모습은 손톱만큼 작아 보였다. 그 정도로 유천과 나 사이의 거리가 먼 것이다. 이 정도도 먼 거리라면 유천은 아마 나를 절대 보지 못할 것이다.

'됐어!'

나는 속으로 쾌재를 부르며 계획을 실행에 옮겼다.

난 지금껏 단전에 꾹꾹 눌러 담았던 힘을 일시에 개방해서 내 주위에서 일렁이는 크고 작은 바람과 공기의 흐름 방향을 모조리 틀어 내 주위로 모았다. 전에 세 발 까마귀가 말했듯이 나의 능력 중에는 바람을 만들어내는 능력뿐 아니라 이미 존재하고 있는 공기의 흐름을 제어하는 능력 또한 있는 것이다. 마침 호수의 온도는 따뜻하고 지면의 온도는 식어버려 형성된 호수의 고기압이 호수 상공에 난기류를 꽤 많이

가두어놓고 있었다.

'으랏차!'

나는 용을 쓰며 죽어라고 위쪽에 자리 잡은 공기의 흐름을 몽땅 틀어서 내 쪽으로 끌어내렸다. 하지만 공기를 조절하는 것이 그렇게 쉬울 리는 없다. 난기류들은 내 강제력에 저항하고 버티며 마구 소용돌이쳤다. 하지만… 이 자식들아! 내가 이래 봬도 풍사야! 너희들의 주인에게 이렇게 나오면 곤란하지! 이이이익! 나는 이를 악물며 호수 위의 하늘에서 혼란스럽게 방향성없이 떠돌던 기류들을 모조리 끌어내리는 데 성공했다. 휴우! 힘들어 죽는 줄 알았네!

나는 땀을 씻으며 주위를 둘러보았다. 어느새 내 주위는 너무 많아서 숨이 찰 정도로 두껍고 밀도 높은 공기들이 나를 둘러싸는 벽을 이루어 느릿느릿 소용돌이치고 있었다.

후우우웅!

공기의 벽은 지금이라도 허물어져 주위 모든 것을 휩쓸어 버리겠다는 듯 우쭐거렸고 그때마다 범상치 않은 소리가 내 귀를 스치며 호숫가로 울려 퍼졌다. 과연 유천 저놈은 지금쯤 이상한 낌새를 채고 있으려나? 에라, 자식아, 네 녀석이 낌새를 채고 있다고 해봤자 달라지는 것은 아무것도 없어! 눈 똑똑히 뜨고 잘 봐! 내가 여기서 작은 천재지변을 하나 일으켜 줄 테니! 받아라, 내 '온 힘을 다한 한 방' 이다―!

"에라, 미니 해일이다아아앗!"

나는 일시에 유천이 서 있는 방향을 향해 바람의 벽을 지탱하고 있던 힘을 개방했고 바람의 벽은 무시무시한 소리와 함께 일시에 힘을 개방한 방향으로 무너져 내렸다.

우르르릉―!

맙소사! 이게 바람의 소리라니!! 바람은 무너져 내리면서 수면을 거세게 짓눌렀다.

쿠릉!

수면은 바람의 힘을 견디지 못하고 수미터나 움푹 패여 버렸고 움푹 패인 곳의 바로 앞에는 밀려난 물이 커다란 물언덕을 이루었다. 그리고 다음 순간,

쫘르르르르릉!

굉음과 함께 물언덕이 터지며 어마어마한 파도가 하늘로 치솟아올랐다. 나는 입을 크게 벌렸다. 내 눈앞에서 솟아오르는 물의 봉우리가 내가 생각했던 것보다 훨씬 컸기 때문이다. 광포하게 무너져 내렸던 바람은 수면에 부딪쳐 헝클어지다 관성에 의해 수면을 잔뜩 밀어붙이며 방향을 앞으로 틀었고, 결과적으로 파도와 바람은 한 덩어리가 되어 유천이 서 있는 곳을 향해 무시무시한 속도로 나아가기 시작했다.

'됐어! 성공이야!'

나는 물속에서 솟구치며 재빨리 발 아래에 서핑 보드처럼 납작한 바람의 판을 만들어 그 위에 섰다. 기운이 완전히 빠져 버리기 전에 조금이라도 호숫가에 가까이 가야 한다. 바람의 판은 물살에도 흔들리지 않고 평행을 유지하며 수면을 밀어 앞으로 나아갔다.

바람과 엉켜서 그런지 파도는 나아갈수록 주위의 덩달아 널뛰는 잔물결들을 잡아먹으며 급속도로 커지고 있었다. 유천은 어떤 표정을 짓고 있을까. 공포에 찬 얼굴로 입을 벌리고 있을까? 아니면 도망치려고 몸을 돌리고 있을까? 어차피 도망쳐 봤자 이 파도의 파고로 미루어 볼 때 절대 충격파 밖으로 벗어나지는 못한다. 하지만 도망이 성공하고 성공하지 못하고를 떠나서 유천은 등을 돌리고 도망치는 짓은 하

지 않을 것 같다. 유천은 자존심을 넘칠 정도로 마음에 품고 있는 것처럼 보였기 때문이다. 그렇다면 도도하게 파도를 바라보며 꼿꼿이 서 있을까? 하지만 아까 내 목을 낚아채면서 보였던 비열함으로 미루어볼 때 그럴 것 같지도 않다. 어쨌든 파도 뒤에서 파도의 꽁무니만 쫓아가고 있는 나로서는 유천이 어떤 표정을 짓고 있는지 도저히 알 방법이 없다.

파도 뒤로 보이는 산의 크기로 미루어볼 때, 이제 거의 호숫가에 다다른 것 같다. 파도는 지상이 가까워올수록 점점 더 크게 솟아오르고 크게 뒤집혔다. 정말 장관이군. 그런데 잠깐, 뒤집힌다고……?

언뜻 나의 머리 속에 내가 간과해 버린 어떤 사실이 떠올랐다. 이런 젠장, 깜박했다! 나는 황급히 바람 발판을 허공에 흩어버렸다. 지탱할 곳이 없는 나의 몸은 발판을 흩어버림과 동시에 물속에 빠져 버렸다. 물이 온몸을 휘감은 뒤 나는 재빨리 바람의 막을 쳤다. 무리하게 끌어낸 힘이 드디어 바닥을 드러내는지 바람의 막은 위태위태해 보이도록 얇았다. 나는 불안한 마음으로 바람의 막을 바라보며 나를 황급히 물속으로 피하게 만들었던 그 사실을 떠올렸다. 파도가 호숫가에 부딪쳐 유천을 공격한 다음엔 역으로 후 충격파로 변해 나를 후려친다는 사실 말이다. 뭐, 물속에 들어와 있으면 수면 위에서 생겨날 역파도를 정면으로 얻어맞을 걱정 따위야 하지 않아도 되겠지만, 물속에도 틀림없이 역파도와 함께 나아갈 급류 정도는 생길 것이고 그건 힘이 다해 버린 나에게는 분명히 위협적인 존재다. 혹시 바람의 막이 급류에 휘말려서 갈가리 찢어져 버린다면? 난 꼼짝없이 숨도 못 쉬고 몸을 가누지도 못하는 채 휩쓸려 버리게 된다. 아무래도 바람의 막을 조금이라도 더 강화해야지 이거 도저히 불안해서 못 견디겠다.

나는 눈을 감고 단전으로 전신의 기운을 억지로 끌어들였다. 몸이 곳저곳에서 조여드는 듯한 고통이 느껴졌다. 근육들이 비명을 질러대고 있었다. 그러나 그렇게 무리하며 기운을 모으기 위해 온갖 애를 썼음에도 불구하고 기는 전혀 모이지 않았다. 젠장! 기운이 완전히 고갈되어 버렸나 보다.

나는 한숨을 쉰 뒤 호수 바닥에 엎드려 자세를 바싹 낮추고 전신에 힘을 단단히 주며 마음을 굳게 먹었다. 여기서 버티지 못하고 휩쓸려 버리면 최소한 호수의 중심 정도까지는 딸려가야 할 것이다. 이미 기운을 모조리 써버린 내가 호수의 바깥까지 바람을 부려서 나올 수 있을까? 불행히도 대답은 부정적이다. 그러므로 나는 반드시 여기서 버텨야 한다. 젠장! 왜 진작 후 충격파를 생각하지 못했을까! 나는 잠시 자신을 자책했다. 호수 바닥의 자갈 때문에 무릎이 조금씩 아파왔다.

꾸웅—

파도가 드디어 호숫가와 충돌했는지 묵직한 소리가 물을 타고 아련히 들려오며 내 뒤 쪽에서 순간적으로 물살이 앞을 향해 쭉 빨려 나갔다. 성공이다! 나는 환호성을 지르고 싶었지만 지금은 바닥에 붙어 있기에도 급급하다. 나는 혹시 바람의 막이 흩어져 버릴 경우를 대비해서 크게 심호흡을 하였다. 잠시 호수 속은 불길한 침묵 속으로 빨려 들어갔다. 나는 배에 힘을 단단히 주며 자세를 더욱 낮추었다. 이윽고 후 충격에 의해 형성된 급류가 나를 덮쳐 왔다.

콰르르르—!

크윽! 나는 예상보다 훨씬 거센 충격에 당황하며 온몸에 힘을 꽉 주었다.

드득, 드드득.

몸이 조금씩 들썩거리며 뒤로 밀리고 있었다. 손과 무릎이 뒤로 밀리며 호수 바닥을 마구 파헤쳤다. 나는 이를 악물었다. 죽음에 대한 불안감이 날 절박하게 몰아붙이고 있었다. 여기서 죽을 순 없어, 여기서 죽을 순 없어! 나는 스스로를 향해 소리쳤다. 고개를 들었다. 바람의 막이 파르르 떨면서도 용케 찢어지지 않은 채 버티고 있었다. 온갖 것들이 빠른 속도로 물살에 휩쓸려 왔다가 순식간에 사라지기를 반복했다. 그런데 그중에 내 눈에 낯익은 것이 하나 보였다. 유천이었다. 유천은 파도를 정면으로 얻어맞았는지 무기력하게 나를 향해 떠내려오고 있었다. 잠깐, 나를 향해 떠내려온다고? 안 돼! 나는 눈을 질끈 감았다.

치잇—

작지만 귀를 자극하는 소리와 함께 유천이 아슬아슬하게 내 위쪽으로 휩쓸려 지나갔다. 하지만 오, 젠장! 녀석은 나를 치고 지나가지 못한 대신 바람의 막을 할퀴고 지나가 버렸다. 내 귀에 나직하게 들린 소리는 바람의 막이 찢어지는 소리였다. 물 흐르는 소리가 갑자기 크게 들리며 물살이 정면으로 내게 부딪쳐 왔다.

바람의 막이 있어서 단지 물살에 '밀려나기만 하는 것'과 바람의 막이 사라져 물살에 '정면으로 부딪치는 것'의 차이는 컸다. 손끝에 너무 힘을 준 탓인지, 아니면 손바닥이 까져 버렸는지 손에서 핏방울들이 점점히 올라왔다가 물살에 쓸려 빠르게 흩어졌다. 나는 눈을 질끈 감았다. 마치 괴물이 나직하게 울부짖는 것 같은 물 흐르는 소리가 귀를 휘감았다. 오만 가지 잡동사니들이 나를 스치고 지나가는 것이 느껴졌다. 온몸에서 힘이 빠지고 있었다. 점점 숨이 차 올랐다. 나는 이를 악물며 숨을 참았다. 폐가 찢어지는 듯 아팠다. 뒷골이 뻐근하게 당겼다. 언제까지 참아야 되는 걸까? 결국 난 그나마 입속에 품고 있던 날숨을 모조리 물속에 내뱉고야 말았다. 흰 기포들이 부글거리며 위로 솟다가 물살에 휩쓸려 뒤쪽으로 사라졌다. 이제 곧 죽겠구나. 나는 절망감에 휩싸여 눈을 부릅떴다.

순간 거짓말처럼 주위가 조용해지며 물살이 잦아들었다.

난 물살이 멈췄다는 것을 느낀 그 순간 수면을 향해 미친 듯이 팔을 저었다. 숨을 쉬어야 했다. 수면 위로 뿌려지는 푸른 달빛이 일렁이며 점차 내게로 다가왔다.

"푸화아악!"

나는 물 위로 치솟으며 하늘이 무너져라 숨을 내뱉었다. 폐에서 피 냄새가 왈칵 풍겨왔지만 신경 쓰지 않았다. 계속 숨을 들이쉬었다. 공기가 이렇게 달 수 있다니! 사지에서 빠져나온 뒤 느끼는 쾌감은 무엇과도 비교하기 어려웠다. 난 주위를 둘러보며 호숫가를 찾았다. 호숫가는 생각보다 가까이에 있었다. 나는 천천히 손을 저어 호숫가를 향해 나아갔다.

첨벙, 첨벙!

물을 튀기며 나는 간신히 호숫가로 걸어나왔다. 물에 흠뻑 젖은 온몸이 그렇게 무거울 수가 없었다. 나는 휘청거리다 결국 바닥에 쓰러져 버렸다.

철퍽!

온몸에서 물이 줄줄 흐르고 있었다. 새삼스럽게 손바닥과 무릎이 쓰라려 왔다. 혹시 너덜너덜해진 건 아닐까, 나는 덜컥 겁이 나 손을 바라보았다. 하지만 다행히 손바닥에 난 상처는 살짝 피부가 벗겨진 정도에 불과했다. 나는 안도의 한숨과 함께 조금이라도 호숫가에서 벗어나기 위해 바닥을 기었다. 이제 호수라면, 아니, 물이라면 지긋지긋하다.

어느 정도를 걸었을까. 나는 기던 것을 멈추고 고개를 바닥에 떨구었다. 도저히 힘들어서 더는 못 움직이겠다! 나는 숨을 헐떡이며 몸을 돌려 대자로 드러누웠다.

호수는 언제 파도가 일어났었냐는 듯 잔잔했다. 그대로 잠시 호흡을 고른 뒤 천천히 몸을 일으켰다. 하지만 몸이 전혀 말을 듣지 않았다. 지금의 내겐 몸을 일으킬 힘조차 남아 있지 않은 것이다. 에라, 뭐 이대로 잠깐 드러누워 있는 것도 그렇게 나쁘진 않겠지. 휴우~ 정말이지 내가 내 힘으로만 유천같이 강해 보이는 녀석을 이기다니! 나는 뿌듯한 마음에 주먹을 불끈 쥐며 미소 지었다.

잠깐! 그런데 유천 그 녀석이 그대로 빠져 죽어버리면 어떻게 하지? 나는 갑자기 든 불길한 생각에 억지로 몸을 일으켰다. 이런, 젠장. 그 생각을 못했어! 그 녀석, 아무리 나를 죽이려던 녀석이라고는 하지만… 혹시 물에 빠져서 죽어버리기라도 한다면?

뭐, 나를 죽이려던 녀석이다. 그런 녀석이야 죽어버리든 말든 자업자득이다! 젠장, 나는 갑자기 기분이 더러워지는 것을 느꼈다. 분명히 내가 의도한 것도 아니고 죄책감을 느낄 일도 전혀 아니지만 그렇다고 해서 우리 고향에서 하듯이 '어따 씨언쿠 잘되았다' 라고 할 수는 없는 노릇 아닌가.

내 마음의 찜찜한 건 그렇다고 치자. 대학생들이 엠티를 왔는데 그 중 한 명이 실종되었다면 이건 이만저만 큰일이 아닐 수 없다. 뿐만 아니라 가장 유력한 용의자는 보나마나 유천과 같은 시각에 숙소에서 사라진 내가 될 게 뻔하고. 거기다 유천은 외국인이니 자칫하면 외교문제까지 벌어질 수도 있겠지. 젠장, 생각할수록 골치 아픈 일이 한두 가지가 아니잖아! 아무래도 안 되겠군, 찾아봐야지. 다리가 후들거렸지만 이를 악물고 몸을 일으켰다. 그런데 멀찍이 이상한 모습이 눈에 띄었다. 호수의 가운데쯤에 이상한 그림자가 비틀거리며 허공에 떠 있는 모습이 눈에 들어온 것이다. 나는 눈을 크게 뜨며 신음을 흘렸다.

"설마……?"

설마가 사람 잡는다던가?

'너, 이 새끼, 죽는 줄 알았다! 나를 물에 빠진 쥐새끼 꼴로 만들다니… 그래, 좋다. 피 한번 보자! 그래, 오늘 한번 뒈져 봐라! 나도 오늘 앗싸리하고 시체 한 번 치워보자! '

내 마음속으로 스멀스멀 스며 들어온, 듣기에 따라선 상당히 우스울 수도 있는 대사를 너무나도 무섭게 말하는 그건 분명히 유천의 목소리였다. 유천, 화나니까 자연스럽게 어렸을 때 좀 논 티가 나오는데? 어쨌든 그렇다면 역시 호수 위에 떠 있는 저 그림자는 유천인가! 정말 저 놈도 지독스러운 놈이군. 그 해일을 얻어맞고도 살아나다니 말야. 어쨌든 이로써 유천이 죽었으면 어쩌나 하는 고민 하나는 덜어버리게 되었으니 다행이다. …다행? 지금 내가 다행이라고 했나? 오, 맙소사! 내가 죽게 생겼는데 다행은 무슨 얼어죽을 다행!

나는 입술을 깨물었다. 머리 속에서는 계속 어떻게 해서든 대비를 하라고 외치고 있었다. 하지만 몸에 힘이 하나도 없어서 대비는커녕 도망도 못 치겠다. 젠장, 차라리 주저앉아 버리고 싶다!

잠시 흐느적거리며 물 위에 조용히 떠 있던 유천은 이윽고 천천히 나를 향해 걸어오기 시작했다. 그런데 특이하게도 유천이 한 걸음을 내디딜 때마다 유천의 몸이 조금씩 아래로 가라앉았다. 아마도 떠 있는 상태로 걷기까지 하는 건 꽤 벅찬 일인가 보다. 천천히 아래로 내려

앉던 유천의 발끝이 수면에 닿았다. 하지만 유천은 전혀 신경 쓰지 않는 듯 물을 질벅거리며 계속해서 호수를 건넜다.

유천의 몸은 걷는 거리에 비례해서 천천히 더욱 깊이 물속으로 잠겨들었다. 발목, 무릎, 허벅지, 허리, 명치, 그리고 가슴까지. 나는 질려버린 눈으로 유천의 모습을 바라보았다. 도대체 몸도 엉망인데다 계속 물속에 삼켜지면서 어떻게 저 녀석은 잠깐 머뭇거리지도 않고 계속 걸을 수 있는 걸까. 지금이라도 도망쳐야 할까? 하지만 지금은 힘이 하나도 없어서 똑바로 서서 버티기도 힘든 상황일 뿐더러, 설령 도망친다손 치더라도 내 주력으로는 어차피 얼마 도망치지 못해 잡힐 게 뻔하다.

이제 유천의 목까지 물에 차 있었다. 하지만 유천은 수심이 자신의 키를 넘어가도 멈추지 않겠다는 듯 나를 향해 똑바로 걸어오고 있었다. 나는 굳은 채로 유천의 눈을 바라보았다. 유천의 눈은 증오로 불타고 있었다. 저것이 누구를 향한 분노일까. 나는 싸늘한 한기를 느꼈다.

물이 유천의 코 위로 올라가기 직전에 유천의 몸은 조금씩 다시 수면 위로 올라오기 시작했다. 드디어 유천의 발이 호수 바닥에 닿은 것이다. 순식간에 물의 높이는 유천의 목에서 어깨로, 어깨에서 다시 허리로, 허리에서 다시 무릎으로 낮아지고 있었다. 그리고 유천의 발목까지 물이 왔을 때 유천은 손에 누런 기운을 잔뜩 뭉치더니 기묘한 고함을 지르며 나를 향해 펄쩍 뛰어올랐다.

이런, 젠장. 꼼짝도 할 수 없다! 나는 절망감에 휩싸였다. 차가움이 뚝뚝 떨어지는 미소를 띤 유천의 얼굴이 나의 시야를 가득 덮었다.

쩌엉!

강렬한 충격음이 주위를 덮었다. 맞았나? 하지만 전혀 아프지 않은데? 이런, 설마 고통을 느낄 새도 없이 즉사해 버린 건가? 그, 그럼 난 영혼인 거야? 그렇다면 내 시체는 어디에 있지? 그리고 유천은? 나는 뭐가 뭔지 알 수 없어 어리벙벙한 채로 주위를 둘러보았다. 유천이 빙글빙글 돌면서 호수로 날아가 물보라를 일으키며 물속에 처박히는 모습이 눈에 들어왔다.

어, 뭐야? 어떻게 된 거야? 유천이 왜 호수에 처박히는 거지? 그리고 유천이 저렇게 날아가고 있다면 난 멀쩡한 건가? 난 재빨리 내 몸을 훑어보았다. 상처가 난 곳은 아무 데도 없었다. 혹시나 해서 머리를 더듬었다. 역시 머리에도 상처는 없었다.

"휴우……."

순간적으로 긴장이 풀리자 다리에 힘이 빠졌고 나는 아직 싸움 중임을 떠올릴 겨를도 없이 그대로 바닥에 주저앉아 버렸다. 응룡과 세 발 까마귀가 아직도 대판 뜨고 싸우는지 호수를 둘러싼 산들의 뒤쪽에서 찢어지는 새의 울음소리와 묵직한 용의 고함 소리가 엇갈리며 허공을 울렸다. 난 뒤를 돌아보았다. 청도가 왼손에 목검을 든 채 서 있었다. 나는 희미하게 웃으며 말했다.

"정말 고마워."

"뭘, 별말씀을. 고마우면 나중에 밥 사면 되는 거지. 안 그래?"

청도는 언제나처럼 씩 웃으며 대답했다.

"내가 여기 있다는 건 어떻게 알았어?"

"아까 '어떤 싸가지없는 놈'이 내 다리를 밟는 바람에 잠이 깨버렸지. 어떻게든 다시 잠을 자려고 눈을 감고 한참을 누워 있는데 그 '싸가지없는 놈'이 도대체 발을 얼마나 세게 밟았는지 잠이 몽땅 달아나 버렸더라고. 뭐, 죽어도 잠이 안 오니 별수 있나, 일어나야지."

"그래서?"

"그래서는 뭐가 그래서야. 바람이나 쐴 겸 해서 밖으로 나왔는데 어디서 이상한 소리들이 작게 들리더라고. 혹시나 해서 칼을 들고 뛰어온 거지. 뛰어왔더니 웬 미친놈 하나가 너한테 뛰어드는 게 보이기에 볼 것도 없이 칼에서 힘을 끌어낸 뒤 탄복세로 찔러 버렸고. 그런데 방금 전에 그 녀석은 누구냐? 혹시, 설마 그 중국 옷 입은……."

청도는 마치 강조하듯이 '싸가지없는'이라는 말 한 자 한 자에 힘을 주어서 말했고 나는 그만 슬쩍 웃고 말았다.

"응, 그 설마야. 스스로를 가리켜 황자 유천이라고 하더라."

"그래? 그런데 왜 너를 공격한 거래?"

"그게……."

그런데 청도가 갑자기 눈을 크게 뜨며 내 어깨를 툭툭 치더니 손가락으로 호수를 가리켰다. 왜 그러지? 난 고개를 갸웃하며 호수를 바라본 뒤 곧바로 '어이구' 하고 땅이 꺼져라 한숨을 내뱉었다. 유천이 다시 비틀거리며 수면 위로 천천히 떠오르고 있었던 것이다. 유천은 호수 위에서 한참을 멍하니 서 있다가 갑자기 세상이 떠나가라 크게 고함을 질렀다.

"끄아아아아악!"

저르르르릉―!

호수가 잔물결을 일으키며 떨었다. 그리고 유천은 우리를 향해 미친 듯이 돌진하기 시작했다. 물론 다시 물속으로 빠르게 잠겨가면서. 유천은 앞으로 나오면서 품속을 뒤져 짧은 단봉 두 개를 꺼내더니 그걸 양손에 거꾸로 쥐었다. 청도는 유천이 천천히 물에 잠기면서도 맹목적으로 다가오는 모습을 바라보며 나지막이 말했다.

"야, 쟤 좀 무섭다."

"동감이야."

"뒤로 물러서."

청도는 바짝 긴장한 목소리로 말했고 나는 휘청거리며 청도의 뒤로 물러섰다. 유천의 눈에는 이제 광기마저 번들거렸다. 그 모습을 본 청도는 흠칫하더니 다시 속삭였다.

"안 되겠다. 넌 그냥 우리 숙소로 뛰어라."

"하지만 다리에 하나도 힘이 하나도 없어. 그리고 어떻게 너 혼자 두고… 이건 내 일이라고."

"내 일이든 네 일이든 옆집 아저씨 일이든 간에 숙소로 뛰라면 숙소로 뛰어라, 응? 저거 완전히 미친놈이잖아. 나 저런 거 상대할 자신 없단 말야. 저런 거 잘못 상대하다간 이기더라도 살인난다고. 그러니까 내 말 들어. 내가 시간을 벌 동안 도망치란 말야. 네가 숙소로 도망친 후에 나도 너의 뒤를 따라갈 테니까. 알았지?"

청도는 다급한 듯 빠르게 말했다. 분명히 청도의 말은 충분히 일리가 있었다. 그래서 나는 짧게 대답했다.

"싫어."

물론 자신이 시간을 벌 동안 도망치라는 청도의 말은 합리적이고 또 청도가 원하는 바이기도 하다. 하지만 어떻게 나를 돕자고 온 놈을 버려놓고 도망을 치냐! 아무리 생각해도 그건 너무나 비겁한 짓이다. 나는 고개를 저으며 조금이라도 힘을 모으기 위해 긴 호흡을 시작했다. 하지만 단전은 완전히 텅 비어 있었다. 이런, 젠장.

내가 계속 미적대자 청도는 얼굴을 일그러뜨렸다.

"얼른 도망가라니까! 혹시 몰라서 하는 소리야, 혹시 몰라서! 내가 이길 수 있으니까 걱정 말고 도망치라니까!"

"네가 이길 수 있는데 내가 왜 도망을 치냐. 네가 이긴다면 내가 도망칠 필요 따윈 전혀 없지. 안 그래?"

나는 청도를 향해 웃어 보였다. 하지만 내 웃음을 본 청도는 오히려 신경질을 부렸다.

"네 멋대로 해라, 임마!"

휘익—

마침내 호숫가에 다다른 유천은 나를 치려고 했을 때처럼 다시 도약하며 머리 위로 오른손의 단봉을 치켜들었다. 봉 끝에 싯누런 기운이 잔뜩 뭉쳐 있었다. 유천의 왼손에 들린 봉은 뒤로 틀어진 채 허리에 감겨 있었다. 아마 머리와 허리를 동시에 칠 생각일 거다. 아니면 오른손과 왼손을 번갈아 휘두르며 정신없이 몰아붙이던지. 유천은 그대로 오른손의 봉을 청도의 머리를 향해 휘둘렀다.

부웅! 붕!

유천은 오른손과 동시에 왼손의 봉 역시 세게 휘둘러 청도의 갈비뼈를 노렸다.

따닥!

청도는 칼을 재빨리 좌우로 당겨서 양쪽의 공격을 모두 쳐내고 그대로 발을 뻗어 유천의 가슴을 걷어찼다. 하지만 유천은 몸을 비틀어 피하며 역으로 청도의 턱을 향해 왼손의 봉을 뻗었다. 청도는 몸을 살짝 왼쪽으로 돌리는 것으로 그 공격을 가볍게 피하면서 칼을 들어 유천의 무릎을 향해 휘둘렀다.

부웅!

청도의 칼은 마치 농부의 풀을 베는 낫처럼 땅에 바짝 붙은 채로 둥근 검 선을 그렸다. 유천은 위로 뛰어서 피하며 그대로 양손의 봉을 양쪽 어깨 뒤로 올렸다가 내려쳤다.

딱! 딱!

청도는 뒤로 팅기듯 물러서며 머리 위로 칼을 치켜들어 유천이 뿌린 양손 봉의 공격을 막은 후 곧바로 칼을 빠르게 갈무리해 와서 다시 유천을 겨누었다. 잠시 둘 다 숨을 고르는지 침묵이 이어졌다.

"핫!"

청도는 짧은 고함과 함께 빙글빙글 돌면서 유천을 연속적으로 베어 나갔다. 힘있고 빠른 공격. 유천은 청도의 매서운 공격에 주춤거리며 뒤로 물러섰다. 청도는 그대로 튀어 나가듯 한 발을 앞으로 뻗으며 칼을 비틀어 찔렀다. 하지만 유천은 이번에도 다시 뒤로 펄쩍펄쩍 뛰어서 청도의 공격을 피했다. 청도는 분하다는 듯 혀를 찼고 유천은 무표정한 표정으로 호흡을 골랐다.

"꽤 하는데."

청도는 말을 마친 뒤 목검으로 유천의 목을 정확히 겨냥하며 곧게 섰다. 전혀 빈틈을 찾을 수 없는 자세. 하지만 유천에게는 어딘가 빈틈이 보였나 보다. 유천은 다시 양쪽 봉을 튼실하게 감아쥐더니 무어라 외치며 갑작스레 청도를 향해 튀어나오기 시작했다.

어느새 그의 주위에 마치 꽃이 만개하듯, 눈발이 흩날리듯 단봉의 잔영들이 수십 개 맺혔다. 하지만 청도는 전혀 당황하지 않고 유천이 접근함에 따라 칼을 무릎 옆으로 늘어뜨렸다. 이윽고 유천이 청도의 바로 앞까지 도착하자 청도는 재빠르게 한 발을 내디디며 칼을 위로 끌어 올렸다.

부욱!

세상에! 분명히 한 동작이었는데! 청도는 단지 칼을 그어 올리는 단순한 동작을 했을 뿐인데도 목검에서 순간적으로 수십 가닥의 칼날들이 불꽃처럼 터져 나오더니 단봉의 잔상들을 모조리 쳐내었다.

따다다다다닥—!

화려하게 뿌려졌던 유천의 봉들은 모두 허공에서 허무하게 스러져 버렸다. 유천의 광기 어린 얼굴에 한 가닥 당혹의 빛이 생겨났다. 청도는 칼을 멈추지 않고 계속 끌어 올려 유천의 턱을 후려쳤다.

뻐어억!

"크으아아악!"

참으로 무지막지한 소리와 함께 유천은 허공에서 한 바퀴를 돌더니 땅에 처박혀 버렸다. 나는 재빨리 유천의 얼굴을 보았다. 유천은 입에 개거품을 물며 쓰러져 있었다.

"…괜찮겠지?"

나의 질문에 청도는 귀찮다는 듯 두 손을 마구 내저으며 대답했다.

"아 몰라몰라몰라몰라. 미친개한테는 몽둥이가 약이라고 하니까 아마 상관없을 거야. 휴, 젠장! 십년감수했네. 이 녀석과 눈이 마주칠 때마다 섬뜩해서 죽는 줄 알았어! 누구든지 건들면 죽여 버리겠다고 하는 듯한 그 눈빛… 으, 끔찍해라. 어쨌든 그나마 칼등으로 유천이라는 녀석의 턱을 쳤으니까 그렇게 심하게 다치지는 않았을 거야. 아깐 명치를 제대로 찔리고 호수까지 날아가서 물속에 처박혀 버렸다가 나왔는데도 멀쩡했잖아? 그런 걱정 말고 얼른 숙소로 돌아가기나 하자."

하긴, 해일을 정통으로 맞고도 멀쩡히 호수에서 기어나오기도 했었지. 난 안쓰럽게 유천을 바라보며 고개를 끄덕였다. 유천은 여전히 눈을 뒤집은 채로 기절해 있었다. 다시 망설여졌다. 이거 그냥 이렇게 놔둬도 되는걸까?

"이거 깨워주던지 해야 되는 것 아냐?"

내 말에 청도는 무슨 말이냐는 듯 눈을 크게 뜨며 대답했다.

"야! 너, 지금 정신이 있는 거냐, 없는 거냐? 저놈이 깨어나서 뭘 하겠냐, 응? 보나마나 또 우리한테 죽기 살기로 덤벼들걸? 쓸데없는 걱정하지 마. 이제부터 우리가 해야 할 일은 저 녀석이 정신을 차리기 전에어서 이곳을 뜨는 거야. 알겠어?"

청도는 나를 재촉했고 나는 고개를 끄덕이며 몸을 돌렸다. 그런데 불현듯 어떤 사실이 내 발을 붙들어놓았다. 나는 한 걸음을 채 떼지 못한 채 발걸음을 멈추고 흐릿하게 보이는 산 너머를 불안한 눈빛으로 바라보았다.

세 발 까마귀는 어떻게 된 거지?

산 너머에서 갑자기 하늘을 찢는 듯 날카로운 소리가 들렸다.

『쿠롸라라아아아―!』

『삐이이이이이익!』

그건 세 발 까마귀와 응룡이 동시에 외치는 비명 소리였다. 호통이나 기합이 아닌 처절한 비명 소리. 그리고 그때까지 꾸준히 들려오던 세 발 까마귀와 응룡이 맞부딪치며 나던 소리가 갑자기 뚝 그쳤다. 불현듯 주위는 불안한 침묵으로 휩싸였다.

갑자기 세 발 까마귀와 응룡이 싸우던 곳의 하늘이 환하게 밝아지더니 홀연히 적빛과 흑빛을 띤 두 줄기 기운이 하늘로 솟아올랐다. 그 두 기운은 평행선을 그리며 하늘로 솟다가 어느 순간 방향을 틀어서 나를 향해 빠르게 날아왔다. 그중에서 적빛 기운은 내가 미처 피하고 자시고 할 틈도 없이 그대로 내 품에 꽂혀 버렸다.

파아아앗!

내 몸은 잠시 동안 온통 자줏빛으로 물들었다. 세 발 까마귀의 패로 순식간에 빨려 들어가는 기운의 흐름을 느끼면서 나는 직감적으로 세 발 까마귀에게 무슨 일이 생긴 거라는 것을 알 수 있었다. 보이지도 않을 정도로 나를 빠르게 스쳐 지나간 검은빛 기운은 적빛 기운이 내게로 파고든 것처럼 빠르게 유천의 품속으로 빨려 들어갔다.

나는 황급히 세 발 까마귀의 패를 꺼내보았다. 세 발 까마귀의 패는 저르렁거리며 떨고 있었다. 나는 세 발 까마귀의 패를 꽉 쥐었다. 지속적으로 들리는 진동음이 나로 하여금 불안감에 휩싸이게 만들었다. 분명히 보통 일은 아니다! 나는 세 발 까마귀의 패를 잡고 조용히 물었다.

"저, 세 발 까마귀님?"

『……』

세 발 까마귀의 패는 묵묵부답이었다. 하지만 나는 다시 한 번 조심스레 세 발 까마귀를 불렀다.

"세 발 까마귀님……?"

『……』

내 부름에는 오직 침묵만이 대답하고 있었다. 난 일단 숙소로 돌아가기로 마음먹었다. 너무도 힘들었다. 지금 당장 숙소로 돌아가 이불 속에 푹 파묻혀 쉬고 싶었다. 나는 후들거리는 다리를 억지로 끌어 모으며 앞으로 한 발짝씩 나아갔다. 청도가 어느새 내 곁에 다가와 어깨를 빌려주었다. 혼자 힘으로는 도저히 숙소까지 갈 자신이 없었다. 나는 고마운 마음으로 청도의 호의를 받았다. 아직 채 마르지 않은 옷들 사이로 바람이 스칠 때마다 온몸이 으슬으슬 떨렸다. 어느새 주위의 하늘은 뿌옇게 밝아 있었다. 새벽이었다.

호수에서 부서지던 별빛이 천천히 하늘로 돌아가고 있었다.

제16장

치우한님의 칼

　버스에서 내린 나와 청도는 잠에 취해 비틀거리며 동아리방의 문을
열었다.

　"요령아, 우리 왔다~"

　동아리방 안에서는 아무런 대답도 들리지 않았다. 흠, 동아리방에는
아무도 없는 것 같은데. 요령이는 도대체 어디로 간 거지? 자취방에 있
나? 에라, 너야 어딘가에 잘 있겠지.

　얼마나 피곤한지 아무런 생각도 하기 귀찮았다. 어서 잠을 자야 한
다는 생각이 머리 속에서 떠나질 않았다. 나는 힘이 없어 휘청거리며
침실을 향해 걸음을 내디뎠다. 그런데 발을 디딜 때마다 바삭거리는
소리와 함께 무엇인가 발에 밟힌다. 응? 이게 뭐지? 나는 바닥을 바라
보았다. 아무렇게나 바닥에 널브러져 있던 빈 과자 봉지가 내 발에 밟
혀 있었다. 그런데 그렇게 바닥에 아무렇게나 버려진 빈 과자 봉지가

한두 개가 아니었다. 나는 한숨을 지으며 걸음을 옮겼다. 발이 땅에 닿을 때마다 바스락거리는 소리들이 내 귀에 거슬리게 울려 퍼졌다.

"젠장, 이게 다 뭐야… 어휴……."

나는 땅이 꺼져라 한숨을 쉬었다. 요령이 이 녀석, 내가 두고 간 돈으로 2박 3일 동안 뭐 거창한 거라도 하는가 보다라고 생각했는데 이제 보니 신나게 먹을 것 속에 파묻혀 살았나 보군. 나는 한숨을 쉬었다.

그러고 보니 책상 위에도 온갖 종류의 과자 봉지와 초콜릿 껍질 등이 이리저리 널려 있었다. 어휴, 고양이가 깔끔하다는 것도 다 거짓말인가 보다. 여기가 사람 사는 곳인지, 돼지우리인지……. 난 침실의 문을 열어젖혔다. 침실 안에는 요령이가 등을 하늘로 향한 채 얼굴을 베개에 파묻고 대자로 뒤집혀서 자고 있었다. 맙소사! 저렇게 자면 불편하지도 않은가? 나는 요령이를 발로 툭툭 찼다. 하지만 요령이는 미동도 하지 않았다. 나는 다시 요령이를 흔들어 깨웠다.

"이봐, 아가씨, 일어나 봐. 자는 것도 좋지만… 푸하하!"

요령이는 '우음…' 하는 짧은 잠꼬대와 함께 고개를 돌렸고 그 모습에 나는 채 말을 잇지 못한 채 실소를 터뜨려야 했다. 요령이의 얼굴이 꽤 볼 만했던 것이다. 요령이는 입 주위에 초콜릿을 덕지덕지 묻힌 채 잠이 들어 있었는데 그 모습이 마치 엄마를 따라한답시고 마구잡이로 입술에 립스틱을 발라서 결국 삐에로 입술이 되어버린 꼬마를 보는 것 같았다. 도대체 얼마나 초콜릿을 먹으면 입술이 저렇게 되는 거지? 나는 쓴웃음을 지으며 다시 요령이를 흔들었다.

"야, 일어나. 나 왔어. 그리고 좀 똑바로 자라. 불편하지도 않냐?"

요령이는 내가 계속 흔들어 깨우자 몸을 돌리며 부스스한 얼굴로 눈을 작게 떴다.

"왔냐?"

그 말을 끝으로 요령이는 다시 눈을 감아버렸다. 그래, 2박 3일 만에 봐놓고 하는 말이 고작 '왔냐 냐? 나는 잠깐 몸을 부르르 떨었다. 하긴, 잠에 취해 있는데 뭐가 보이겠어. 어쨌든 내가 깨우는 바람에 뒤집혀서 똑바로 누웠으니 목적 달성은 한 셈이다. 나는 하품을 하며 기지개를 쭉 켰다. 요령이의 세상모르고 자는 모습을 바라보고 있자니 안 그래도 쏟아지던 잠이 아예 무너져 내리며 달라붙어 눈꺼풀을 아래로 잡아당기는 것 같았다.

청도는 얼굴을 대충 헹구었는지 비틀대며 침실로 들어오더니 아무렇게나 담요를 하나 깔고 그대로 요령이 옆에 쓰러져 버렸다.

쿠당!

청도가 쓰러지는 소리가 요란하게 들리며 나를 움찔하게 만들었지만 정작 청도는 꿈쩍도 하지 않았다. 청도에게도 분명 어제의 싸움이 꽤나 힘들었을 것이다. 물론, 청도가 나처럼 젖먹던 힘까지 다 내서 싸우거나 한 것은 아니다. 내 말은, 광기 어린 상대와 싸우면서 생긴 정신적 압박감이 힘들었을 거라는 소리다.

나도 담요를 하나 가져와 청도의 옆에 깔았다. 담요의 무게가 새삼스럽게 무겁게 느껴졌다. 담요 한 귀퉁이를 펴는 데 갖은 힘을 다해야 했다. 간신히 담요를 폈다. 나는 천천히 앉은 뒤 청도 옆에 드러누워 눈을 감았다.

하지만 너무 피곤하면 오히려 잠이 들지 않는다고 했던가? 감은 눈꺼풀 아래에서는 초록빛 별들만이 쉴 새 없이 깜박거릴 뿐 잠은 쉽사리 오지 않았다. 도대체 눈꺼풀 아래에 매달려 있던 잠들은 다 어디로 달아난 거지? 하지만 잠이 오지 않는다고 해서 일어나고 싶지는 않다. 피곤해서 몸을 일으키는 것조차 죽도록 귀찮은 것이다. 그래, 눈을 감고 이것저것 생각하다 보면 금방 잠이 들 테지. 나는 천천히 집으로 돌아오는 버스 안에서 세 발 까마귀와 나눈 대화를 떠올렸다.

"얼마나 많이 다쳤을까?"

나는 심드렁한 얼굴로 창밖의 풍경을 바라보며 내 옆에 앉아 있는 청도에게 물었다. 차창 밖에는 도로 공사로 인해 파헤쳐진 산들의 풍경이 뒤쪽을 향해 달리고 있었다.

"잘 모르겠어. 최소한 턱뼈에 금 정도는 갔을 것 같은데…….'

청도는 잘 모르겠다는 듯 고개를 갸웃하다 이윽고 조심스레 추측했다. 아니, 뼈가 부서져라 친 녀석은 넌데 니가 얼마나 다쳤을지 추측을 못하면 누가 그걸 추측할 수 있겠냐? 나는 어이가 없어서 청도를 바라보았지만 청도는 오히려 그런 걸 알기를 바라는 내가 더 어이가 없다는 듯 나를 향해 짧게 말했다.

"니가 한번 쳐봐라, 그게 되나. 너는 펀치머신 치면서 몇백 점 나올지 알고 치냐?"

으음, 할 말 없군. 청도의 타박에 나는 다시 차창으로 고개를 돌렸다. 문득 유천은 지금쯤 뭘 하고 있을지 궁금해졌다.

유천은 우리가 떠난 뒤 세 시간쯤 지난 뒤에 비척거리며 자기 발로 걸어서 숙소로 돌아왔다. 나와 청도는 유천이 길길이 날뛰며 우리를 죽이려고 하지 않을까 하는 불안감에 휩싸여 몸을 떨었다. 하지만 유천은 예상외로 조용했으며 나와 청도에게 눈길 한번 주지 않았다. 가끔씩 몇 명이 유천에게 어디에 갔다 왔느냐고 타박하듯, 혹은 걱정하듯 물었지만 유천은 입을 한일 자로 다문 채 어떠한 대답도 하지 않았다. 우리는 얌전한 유천의 모습에 안도의 한숨을 쉬었다. 그런데 버스에 올라탈 때였다.

'마음 단단히 먹어라. 언젠가는 내가 너희들을 죽여 버릴 테니.'

뱀이 쉭쉭거리듯 차갑고 나직하게 속삭이는 유천의 목소리가 마음 속으로 들려왔고 나와 청도는 엄습해 오는 섬뜩함에 몸을 떨어야 했다.

유천의 모습을 보고 싶었지만 창 쪽으로 앉았기 때문에 우리보다 약간 뒤쪽에 앉은 유천의 얼굴을 보기란 불가능했다. 하는 수 없이 나는 청도에게 물었다.

"야, 유천이 지금 뭐 하냐?"

"그냥 창문에 이마를 기대고 멍하니 밖을 보고 있는데."

잠은 자지 않는군. 혹시 우리가 습격이라도 할까 봐 불안한 걸까, 아니면 얻어맞은 턱이 아파서 잠이 들지 못하는 걸까? 하지만 얼굴에 아픈 내색은 전혀 없었다. 하다못해 고통을 참는 표정이라도 지어야 할텐데 말이다. 뭐, 잠을 자든 말든 그건 저 녀석이 해야 할 일이겠지. 나는 다시 차창을 향해 고개를 돌렸다.

문득 세 발 까마귀에게 생각이 미쳤다. 세 발 까마귀는 도대체 어젯밤에 무슨 일을 당한 것일까. 불러도 아무런 대답이 없는 것으로 봐서는 분명히 무슨 일이 생기긴 생긴 것 같은데 말야. 혹시 크게 다치기라도 한 걸까?

이런저런 생각을 하자 머리가 지끈지끈 아파왔다. 나는 차창에서 고개를 돌려 등받이에 몸을 기대고 눈을 감았다. 그때였다. 갑자기 세 발 까마귀의 패에서 나직하게 진동음이 울려 퍼졌다. 나는 순간적으로 윗몸을 번쩍 일으켰다. 세 발 까마귀가 나를 부르고 있다! 나는 급히 손을 품속에 넣고 더듬었다. 이윽고 부드럽게 진동하는 세 발 까마귀의 패가 나의 손에 잡혔다. 그리고 나의 마음속으로 이제는 친숙한 목소리가 울려 퍼졌다.

『오랜만이군.』

"안녕하세요."

『그래, 이렇게 인사를 다시 할 수 있는 걸 보니 다행이도 어제는 어떻게 잘 버텨내었나 보군.』

"예, 친구의 도움으로……."

『다행이야. 자네나 나나 어제는 정말 큰일 날 뻔했네. 설마 응룡을 부릴 수 있는 사람이 아직도 있을 줄이야…….』

세 발 까마귀는 응룡이 나타났던 그때를 생각하는지 말끝을 흐렸다.

"세 발 까마귀님은 괜찮으십니까?

『사실 별로 괜찮지 않다. 응룡이 그렇게 만만한 상대는 아니라서… 거기에 지긋지긋할 정도로 끈질기기까지 하더군.』

자부심 강한 세 발 까마귀가 이렇게 말할 정도면 정말로 힘들었다는 소리다. 나는 새삼스레 걱정이 되었다. 도대체 얼마나 지독하게 덤벼들었으면 지긋지긋할 정도로 끈질기다고 하는 것일까.

"그래서 많이 다치신 건가요?"

『다쳤다라… 다쳤지. 하지만 사실 다친 것은 그렇게 큰 문제가 되지는 않아. 상처는 몸의 기를 가다듬으면 금방 나으니까 말이다. 문제는 말야…….』

세 발 까마귀는 잠시 말을 끊더니 심각한 목소리로 천천히 말을 이었다.

『내가 이 패 안에 봉인되어 버렸다는 거다.』

"예?"

나는 잠시 무슨 말인지 이해하지를 못했다. 아니, 패 안에 봉인되어 버렸다니? 세 발 까마귀, 당신은 원래부터 패 안에 봉인되어 있었잖아! 이제 와서 새삼스럽게 그게 무슨 소리야?

"그게 무슨… 잘 이해가 안 되는데요."

『말뜻 그대로다. 세 발 까마귀 안에 완벽하게 갇혀 버렸어. 이제 더 이상 나를 필요로 할 때 너를 도와줄 수 없을 것 같다.』

"예? 그, 그게 무슨… 어째서……."

나는 당황한 목소리로 더듬거리며 말했고 세 발 까마귀는 천천히 설명했다.

『싸움이 힘들긴 했지만 어쨌든 난 간신히 응룡에게서 싸움의 우세를 점할 수 있었다. 그리고 싸움이라는 게 다 그렇듯 한번 밀어붙이기 시작하니까 빠른 속도로 내 쪽으로 유리해졌지. 그런데 응룡은 나한테 질 것 같으니까 독한 방법을 쓰더군. 자신을 스스로 '응룡의 문장' 안에 봉인하면서 나까지 '세 발 까마귀의 패' 안에 봉인해 버리는 독한 주술을 쓴 것이지.』

"그럼 이제 밖으로는 절대 나오지 못하는 건가요?"

『…그렇다. 별것 아니라고 생각했는데 자기를 희생해서 건 주문이라서 그런지 도저히 풀리지 않더군. 감옥의 주문을 건 것 같은데 파옥의 방법을 도저히 모르겠으니. 별 도리 없이 이 안에 계속 갇혀 있을 수밖에. 어쨌든 내가 하고 싶은 말은 하나다. 난 이제 더 이상 세상에 현신할 수가 없다.』

"그럼 언제까지 갇혀 있어야 하는 거죠?"

『잘은 모르겠지만… 이대로라면 영원에 가까운 세월이겠지.』

이럴 수가… 억겁의 세월 동안 계속 패 안에 갇혀서 지내야 한다니! 괜히 세 발 까마귀에게 미안해졌다. 따지고 보면 나를 지키기 위해 패 속에서 나왔다가 이런 봉변을 당해 버린 것이 아닌가.

"어쩌죠? 나 때문에… 그 안에 갇혀서……."

『상관없다. 어차피 수천 년 동안 이 안에서 살았으니 적응도 되었고. 게다가 이 안은 좁은 공간이 아니라 또 다른 차원의 세계가 펼쳐져 있다. 그러니 내가 갇혀서 답답하면 어쩌나 하는 걱정은 하지 말도록. 나는 오히려 네가 걱정이다. 가뜩이나 힘도 없는 녀석인데 내가 보호조차 해주지 못한다니… 더구나 이제 너를 직접 노리는 사람도 나타났고… 이를 어쩌면 좋단 말인가…….』

세 발 까마귀는 수심이 가득 묻어나는 목소리로 말했고 나는 고개를 푹 떨구었다. 세 발 까마귀는 이 상황에서도 나를 걱정하고 있는 것이다. 세 발 까마귀는 내게 충고하듯 조용히 말했다.

『마음을 굳게 먹어라. 그리고 내가 나가지 못해도 너를 도울 방법은 아직 있으니 너무 걱정하지 말고.』

"예? 그게 무슨……."

세 발 까마귀의 말에 나는 의아해져 되물었고 세 발 까마귀는 천천히 자신이 한 말이 무슨 뜻인지 설명했다.

『일단 봉인이 되어 있다고는 해도 내 힘을 전도체를 통해 전달하는데에는 아무런 문제가 없으니, 내공이 낮은 너를 위해 내가 나의 힘을 개방해서 너에게 빌려주지. 그리고 하늘에 너를 도와주십사 기원해 보겠다. 내가 그래도 신수의 위치에 올라 있으니 하늘도 내 기원을 아주 무시하지는 못할 것이다.』

"네? 세 발 까마귀님이 나의 내공이 된다고요?"

『그래. 더욱 쉽게 말하자면 내가 너의 연료통이나 총알 상자쯤이 되어주겠다는 거지. 물론 그래 봤자 어차피 너의 몸의 한계가 워낙 낮아서 네가 감당할 수 있는 기운의 크기는 얼마 안 될 것이다. 하지만 최소한 이제 힘을 쓰다가 지치는 일은 없을 테지.』

"잘 이해가 안 되는데요……."

『쉽게 말하지. 수도관이 있고 수도가 있다. 옛날의 너는 가는 수도관이고 너의 힘은 물 한 양동이 정도밖에 되지 않았다. 그러니 물도 가늘게 흐르는 데다가 지속적으로 흐르지도 못했지. 하지만 이제 내가 너를 위해 호수, 아니, 바다가 되어주겠다. 흐르는 물의 크기는 여전히 가늘지만, 더 이상 물이 고갈되어 버리는 일은 없을 것이다. 대충 이해가 되는가?』

"조금… 요. 음… 한마디로 강력하게 힘을 쓸 수는 없지만 꾸준히 힘을 쓸 수는 있다는 것인가요?"

『그래, 이해했군. 이게 내가 도울 수 있는 최선이다. 그러니까 너는 무한에 가까운 나의 힘을 어떻게 하면 잘 이용할 수 있을지 그것이나 고민해 보도록.』

"예……."

뭐, 이번처럼 힘이 쭉 빠져서 텅 빈 보릿자루처럼 축 늘어져 버리는 일은 없을 거라는 이야기로군. 그게 어디야. 나는 고개를 끄덕였다. 뭐, 생각해 보면 어차피 세 발 까마귀가 나를 돕겠다고 헌신한 적은 어제가 처음 아니었던가. 오히려 이제 끊임없는 힘을 얻었으니 그게 더 나을지도 모른다.

"그런데 힘을 끌어다 쓰려면 어떻게 하면 되죠?"

『간단하다. 손으로 패를 잡고, 패에서 느껴지는 힘을 쭉 끌어다 단전에 갈무리하면 된다.』

"예? 그러면 힘을 채울 동안은 한 손을 쓰지 못하는 건가요?"

『그렇다고 볼 수도 있지. 하지만 그 정도는 감수하도록. 어쩔 수가 없지 않나.』

"예에……."

물론이죠. 나는 고개를 끄덕이며 마음속으로 대답했다. 옆에서 청도가 나를 이상한 눈으로 바라보고 있었다. 무리도 아닐 테지. 청도가 보기에는 내가 지금까지 혼자서 허공에 중얼거린 것으로 보였을 테니. 나는 '지금까지 세 발 까마귀와 이야기했어'라고 청도에게 말해 주려다가 청도가 묻지도 않았는데 대답하면 왠지 더 이상한 놈으로 보일 것 같아서 대답 대신 눈을 감고 잠을 청했다. 달리는 버스의 소리가 부드럽게 내 귀를 달랬다. 난 잠 속으로 빠져들었다.

"뜨으으아아아아~"

천천히 눈을 떴다. 버스 안에서 한 세 발 까마귀와의 대화를 떠올리다 어느새 잠이 들었나 보다. 기지개를 쭉 켜며 몸을 일으켰다. 내 옆에는 청도가 몸을 잔뜩 웅송그린 채 새우잠을 자고 있었다. 그 옆에는 요령이가 여전히 대자로 퍼질러져 있었다. 킥. 나는 다시 웃음을 터뜨렸다. 초콜릿으로 칠갑을 해놓은 입술이 아무리 봐도 우스웠던 것이다. 나는 부스스 일어서서 화장실로 향했다. 대충 찬물로 얼굴을 헹구고 나오는데 문 열리는 소리와 함께 가람이가 동아리방으로 들어왔다.

"잘 다녀왔냐?"

나는 가람이에게 눈짓하며 인사했고 가람이는 고개를 끄덕이며 짧게 대답했다.

"응, 그럭저럭. 주인은? 재미있었나?"

"재미있긴, 개뿔. 죽는 줄 알았지."

"뭐?"

가람이는 내 대답이 예상외였는지 고개를 갸웃하며 나를 바라보았고 나는 가람이를 안심시키기 위해 별것 아닌 척 씩 웃으며 말했다.

"그런 게 있어. 이따가 말해 줄게. 그런데 실력은 많이 늘었어?"

"뭐, 2박 3일 동안 해봤자……."

가람이는 수련 결과가 별로 신통치 않은지 말끝을 흐리며 화장실로 들어갔다. 나는 다시 한 번 기지개를 켜서 찌뿌둥한 사지를 풀어주며 책상에 주저앉았다. 눈앞에 뜯겨진 과자 봉지가 내용물을 절반 정도 채워놓은 채로 놓여 있었다. 나는 무의식적으로 과자에 손을 뻗으며 버스 안에서의 대화를 다시 떠올렸다.

"너를 위해 기원하지."

"일단 나의 힘을 끌어다 쓰도록."

세 발 까마귀의 마음 씀이 참으로 고마웠다. 그런데 나를 위해 기원하겠다고? 도대체 뭘 어떻게 해달라고 누구에게 기원하겠다는 걸까? 세 발 까마귀는 추상적으로 '너를 위해 하늘에 기원하마' 정도로만 설명했었다. 창밖을 바라보았다. 이미 주위는 어둑어둑해져 있었다. 문득 배에서 꼬르륵거리는 소리가 났다. 그리고 나는 쓴웃음과 함께 손에 한 움큼 쥐어 입으로 가져가던 과자들을 다시 과자 봉지 안으로 넣고 하나만 집어서 입으로 가져갔다. 배가 고파서였는지 지금까지 나도 모르게 과자를 입으로 쓸어 넣다시피 하고 있었다. 하긴, 도착하자마자 드러누워서 지금까지 계속 밥도 굶고 잠만 잤으니 배가 고프지 않을 수가 없다. 나는 과자를 한 개 더 집어 입으로 가져가며 나도 모르게 중얼거렸다.

"요령이 저 녀석은 배도 안 고픈가?"

분명히 요령이는 나보다도 먼저 잠을 자고 있었는데. 혹시 저 녀석도 나처럼 점심도 굶고 자는 것이 아닐까? 아냐. 생각해 보니 요령이가 밥 때를 그냥 지나칠 위인인가? 아니지, 암. 아니고말고. 요령이의 끼니를 걱정하는 것만큼 어리석은 일도 없겠지. 나는 다시 과자를 집어 들었다. 입속에서 과자가 바스락거리며 부서졌다. 갑자기 품속에서 나직한 웅얼거림이 들려왔다. 세 발 까마귀가 나를 부르고 있는 것이다. 나는 의아해하며 품속으로 손을 넣어서 세 발 까마귀의 패에 손가락을 가져다 대었다.

"무슨 일이죠?"

『준비하라. 온다. 밖으로 나가라.』

"예?"

『어서!』

세 발 까마귀는 갑자기 왜 불렀는지, 뭘 준비하라는 건지, 뭐가 온다는 건지, 왜 나가라는 건지 등등의 이유를 전혀 설명하지 않은 채 나를 몰아붙였다. 아니, 도대체 왜 이러는 거야? 세 발 까마귀의 강압적인 태도가 조금 불만스러웠지만 일단 무슨 이유가 있어서 한 말이리라 생각하고 품속에 손을 넣은 채 몸을 일으켜 동아리방 밖으로 나갔다.

『잔디밭의 가운데까지 가자.』

세 발 까마귀는 나를 재촉하여 잔디밭의 가운데에 서게 했다.

『이제 하늘을 봐라.』

나는 세 발 까마귀의 말에 고개를 들어 하늘을 보았다. 그리고 머리 위에서 펼쳐지는 놀라운 광경에 숨 가쁜 탄성을 내뱉었다.

"맙소사……!"

눈에 띌 정도로 두껍고 커다란 기류가 하늘을 온통 뒤덮은 채 펼쳐져 내 머리 바로 위에 있는 하나의 점을 중심으로 소용돌이치고 있었다.

『내 기원이 치우제에게 닿았다.』

세 발 까마귀는 이렇게만 말하고는 입을 다물었다.

"이봐요! 세 발 까마귀님! 이렇게 갑작스럽게… 이게 도대체 무슨 일이죠? 예?"

그런데 세 발 까마귀는 내 질문에 대답하는 대신 자줏빛 기운을 바깥으로 내뿜었다. 아마도 세 발 까마귀가 힘을 쓰려는 것인가 보다. 세 발 까마귀의 자줏빛 기운이 퍼져 나가는 모습은 이제 나에겐 상당히 익숙해진 광경이지만, 또한 언제 봐도 환상적인 광경이다. 내 몸의 이곳저곳에서 붉게 스며 나오는 자줏빛 기운은 천천히 일렁이며 내 몸 주위를 휘감다가 갑작스레 하늘로 솟구쳐 올랐다.

파아앗!

나에게서 하늘에 펼쳐진 기류의 중심점까지 자줏빛 선이 그어졌다. 곧 이어 묵직한 떨림과 함께 갑자기 기류들이 하늘을 울리기 시작했다. 자줏빛 선이 뻗어 나갔던 것과 반대의 순서로 다시 내 품속으로 들어와 갈무리되었다.

『뒤로 물러서라.』

세 발 까마귀의 말에 난 재빨리 뒤로 물러섰다. 불현듯 파아앗! 하는 소리가 들리며 하늘에서 순백의 빛이 방금 내가 서 있던 장소로 떨어졌다. 난 눈부신 빛의 기둥에 눈살을 찌푸리며 손으로 차양을 만들었다.

"저게 도대체 뭐죠……?"

백색 기둥의 한가운데에서 무언가 쉬이이익! 하고 바람 가르는 소리를 내며 빠른 속도로 땅을 향해 쇄도했다.

휘리리릭!

공기를 감는 소리와 함께 떨어진 그것은 이윽고 무서운 기세로 잔디밭에 꽂혔다.

푸우욱!

흙을 파고드는 묵직한 소리가 귀에 들어왔다. 백색 기둥은 알 수 없는 무엇인가가 땅에 꽂히자마자 지금까지보다 몇 배의 빛을 뿜어내며 그대로 허공에서 부서져 버렸다.

파아아앗—!

수만 개의 빛 가루들이 하늘로 흩어졌다.

나는 고개를 들어 하늘을 보았다. 알 수 없이 일렁이던 기류는 어느새 사라져 있었다. 방금 전에 하늘에서 떨어진 그것은 무엇이었을까. 나는 '하늘에서 떨어진 무언가'를 보기 위해 천천히 다가갔다.

"뭐야, 그냥 막대기잖아?"

어느새 내 뒤에 서 있던 가람이가 묘한 실망감이 섞여 있는 목소리로 중얼거렸다. 나는 고개를 끄덕여 가람이의 막대기라는 말에 동의하며 그것을 뽑았다.

음, 막대기인 줄 알았던 그것은 뽑아놓고 보니 목검이었다. 칼자루가 하늘로 솟아 있어서 막대기인 줄 알았지 뭐. 내 손에 들린 목검은 일반 목검보다 조금 짧았으며 특이하게도 날이 양날이었고 상당히 가벼웠다. 나는 하늘에서 떨어진 그 목검을 두 손에 올려놓고 이리저리 훑어보았다. 칼자루의 끝에 무어라고 씌여 있었다. 이건 한글 같기는 한데 읽을 수가 없고… 문자가 아니라 그저 단순히 보기 좋으라고 새겨놓은 문양인가?

"치우한님의 칼… 이라고 씌여 있군."

가람이가 뒤에서 어깨 너머로 칼자루에 쓰여진 단어를 읽은 모양이었다. 그래? 치우한님의 칼이라고? 아니, 그것보다 너 이걸 읽을 수 있어?

"너 이걸 읽을 수 있는 거야? 이게 글자는 글자인가 보네?"

"그렇다. 이건 까마득한 옛날 이 땅에서 쓰던 글자이지. 내 옛 주인 상환이 고대의 책을 공부하느라 그 문자를 익힐 때 옆에서 어깨너머로 같이 익혔지.

"그래?"

한마디로 옛날의 글이란 말이지. 그렇다면 최소한 이 물건은 이 글이 쓰일 만큼 오래전에 만들어졌다는 말이 되는군.

『흠, 치우한님이 대단한 물건을 보냈군.』

목검과 겹쳐 잡은 세 발 까마귀의 패에서 중얼거리는 소리가 들려왔다. 흠, 그래? 이게 그렇게 대단한 물건이라고? 내 눈에는 그저 평범한 목검으로 보이는데. 나는 검을 다시 한 번 훑어보았다. 분명히 생김새는 그렇게 특별할 것이 없었다. 그렇다면 혹시 어마어마한 기가 담겨져 있나? 그래, 아마 그럴 거야! 나는 기대감에 부풀어 기감을 느끼기 위해 정신을 집중했다. 하지만 '치우한님의 칼' 이라는 이 목검에서 특별한 기운은 하나도 느껴지지 않았다. 나는 실망감을 느끼며 작게 한숨을 쉬었다. 뭐야, 기운조차 깃들어 있지 않다면 도대체 이게 여느 목검과 다른 점이 뭐야!

"이걸 누가 준 거죠, 아니, 당연한 걸 물어봤군요. 치우한님의 칼이라고 했으니 당연히 치우한님이라는 그 사람이 보내준 것이겠죠?"

『그래, 치우한님이 보냈다. 아무리 해도 하늘까지는 내 기원이 닿질 않더군. 내가 봉인이 되어서인지, 아니면 아무리 나의 부탁이라도 사사로운 기원은 듣지 않겠다는 건지… 그래서 세 발 까마귀의 패 속에 펼쳐진 차원의 일부를 꺾어 만든 '처음 삼사의 세상'으로 들어갔다. 그 안에서 너의 사정을 이야기하고 당신들의 후계자를 지켜달라고 부탁을 하니 삼사들이 치우를 설득해서 최대한 너를 돕게 만들겠다고 자신만만하게 대답하더군. 하지만 설마 치우한님이 자신의 칼을 직접 내줄 줄이야. 삼사의 언변이 대단한 건가, 아니면 치우한님에게 너를 지켜야겠다는 생각이 그렇게 큰 건가? 아니면 다른 이유가 있는 것일까?』

세 발 까마귀의 설명이었다. 세 발 까마귀의 말에 나는 고개를 끄덕였다. 이걸 얻느라 세 발 까마귀도 꽤나 고생하셨나 보군. 하지만 그럼에도 불구하고 이게 내게 큰 도움이 될 거라는 세 발 까마귀의 말에 쉽게 수긍하기는 힘들다. 이리 보고 저리 봐도 이건 그냥 평범한 목검일 뿐이라고! 나는 목검을 이리저리 휘둘러 보았다. 역시 여느 목검보다 가볍다는 것 말고는 특별한 점이 없었다.

『그건 그 자체로서 무기가 되지는 않는다. 오직 주인이 어떻게 그 칼을 이용하는가, 그리고 주인이 어느 정도의 능력을 가지고 있는가에 따라서 최강의 무기가 될 수도, 단지 막대기가 될 수도 있지. 사실 그건 칼이라고 할 수도 없다. 단지 이름이 그렇게 붙은 것일 뿐. 사용법을 알려주지. 칼에 힘을 가해라.』

"예?"

『칼에 힘을 가하라고.』

나는 고개를 끄덕이며 칼에 힘을 가했다.

부우욱―

귀를 자극하는 소리와 함께 '치우한님의 칼'로 힘이 스며 들어갔다. 다음 순간 칼이 빛을 뿜었다. 가람이가 작은 감탄사를 냈다.

"음?"

『그 칼은 칼이라기보다는 기를 담는 그릇에 가깝지. 그 칼에 담은 힘은 그대로 상대방을 치는 무기가 될 수 있다. 따라서, 무한대의 힘을 담을 수 있다면 무한대의 위력으로 상대방을 칠 수 있는 거지.』

"예?"

세 발 까마귀의 설명을 들으며 점점 내 손에 들린 목검을 바라보는 나의 눈빛이 실망에서 감탄으로 바뀌어갔다. 만약 세 발 까마귀의 말이 사실이라면 이건 정말 대단하다! 세 발 까마귀의 힘을 모조리 칼에 담는다면? 그 위력은 정말 대단할 것 아닌가! 나는 '화~' 하는 탄성과 함께 그 칼을 정신없이 바라보았다. 칼은 계속해서 영롱한 빛을 내뿜고 있었다.

『너무 좋아하지 마라. 네가 지금 무슨 생각을 하고 있는지는 알고 있다. 아마도 나의 힘을 그대로 끌어다가 칼에 담으면 되겠다고 생각하고 있겠지. 하지만 나의 힘은 전적으로 너의 몸을 통해서만 저 칼에 담길 수 있고, 따라서 실제로 칼에 빠르게 담을 수 있는 힘의 양은 너가 평소에 내는 힘 정도밖에 되지 않는다. 전에도 말했지만, 아무리 바다로 수도관이 연결되어 있고 물그릇이 어마어마하게 크면 뭘 하는가.

수도관이 가늘다면 아무런 쓸모가 없는 거지. 아마 네가 저 칼로 큰 위력을 가진 공격을 하려면 한참은 힘을 모아야 할 것이다.』

붕 뜨는 나의 기분에 찬물을 끼얹은 세 발 까마귀의 말에 나는 다시 어깨를 축 늘어뜨리며 실망해 버렸다. 어휴, 뭐든지 쉬운 것이 없군. 세 발 까마귀의 말은 계속해서 이어졌다.

『이제 그 칼에 다시 기를 가한 뒤 칼을 양쪽으로 잡아당기면서 네가 사용하고 싶은 무기를 상상해 보아라. 창이면 창, 봉이면 봉, 활이면 활…….』

나는 세 발 까마귀의 패를 잡은 손으로 칼끝을 겹쳐 잡고 기를 가해 쭉 잡아당기며 세 발 까마귀가 말하는 대로 마음속에서 창의 모습을 그렸다.

'창이 되어라!'

그러자 갑자기 칼이 둥근 빛덩어리로 변하더니 쭉 늘어났다. 옥? 나는 놀란 눈으로 내 손에서 일어나는 치우한님의 칼의 변화를 지켜보았다. 긴 빛덩어리에서 천천히 빛이 옅어져 갔다. 그리고 나는 헛숨을 삼켰다. 방금 전까지 분명히 목검이었던 치우한님의 칼이 어느새 긴 목창으로 변해 있었다. 나는 나직하게 중얼거렸다.

"맙소사……."

"정말 대단하군……."

이건 가람이의 중얼거림이었다.

『아까도 말했듯이 치우한님의 칼은 무기가 아니라 기를 담는 그릇이다. 그 그릇에 담긴 기운의 효율적인 사용을 위해 치우한님의 칼은 자신의 모양과 쓰임새를 얼마든지 바꿀 수 있지. 어때, 이 정도면 좋은 무기인가? 이제 이것을 얼마나 잘 사용할 수 있는지는 네가 알아서 할 일이다. 내가 해줄 수 있는 조력은 여기까지이다. 무기를 얻어주었고 무기를 사용할 수 있는 힘을 줄 테니 앞으로는 너 자신을 알아서 보호하도록.』

나는 고개를 끄덕이며 치우한님의 칼, 아니, 창을 정신없이 훑어보았다. 무엇으로든 변할 수 있다고? 그럼 이건 어때? 나는 기를 가해 잡아당기면서 외쳤다.

"총!"

내 손 안에서 뭉친 치우한님의 칼은 내 말이 떨어지기가 무섭게 길쭉한 빛덩이로 변하더니 점차 줄어들어서 이윽고 미끈한 총의 형상을 갖췄다… 라고 할 수 있었다면 얼마나 좋았으랴마는 참으로 빌어먹게도 이 칼은 총같이 복잡한 물건으로는 변할 수 없는 모양이다. 에이, 좋다 말았네. 그렇다면 이건 나한테 그렇게 큰 쓸모가 있을 것 같지는 않다. 나는 어떤 병장기의 사용법도 모르기 때문이다. 그때 갑자기 내 머리 속에 떠오른 어떤 생각이 있었다. 이건 기를 담는 그릇이랬지? 그리고 분명히 어떤 무기로도 변할 수 있댔지? 그럼 이건 어때? 나는 두근대는 가슴에 마음속으로 어떤 것을 그리며 외쳤다.

"기를 쏘아낼 수 있는 봉!"

치우한님의 칼, 아니, 창은 빛을 뿜더니 잠시 후 봉의 모습으로 바뀌었다. 나는 반신반의하는 마음으로 봉을 들어 올려 힘을 가했다. 그러자 놀랍게도 봉의 끝에서 기의 덩어리가 엉기더니 앞으로 쏘아져 나갔다.

피융— 텅!

기의 덩어리는 저 멀리 나무에 부딪쳐서 나무를 부르르 떨게 하며 사라졌다. 우와! 이런 건 되는구나! 문득 제임스의 봉이 떠올라 그냥 밑져야 본전이라는 생각으로 해본 것인데, 예상외의 수확을 거둔 것이다. 나는 벅찬 가슴을 간신히 진정시키며 다시 한 번 무언가를 상상했다.

"힘을 가하면 방어막이 쳐지는, 반짝반짝이라고 말하면 빛을 내는 단단한 목검!"

입까지 작게 벌리며 내 무기를 멍하니 보고 있던 가람이가 내 말에 피식 웃었다. 난 가람이와 요령이가 개조해 준 청도의 목검과 똑같은 것을 만들어보려 한 것이다. 곧 봉이 빛을 내뿜으며 줄어들어 치우한님의 칼의 본 모습보다 조금 긴, 보통의 목검의 형태로 변했다. 나는 천천히 입을 떼었다.

"반짝반짝······."

파이앗!

검에서 은은한 빛이 뿜어져 나오는 것을 보며 나는 쾌재를 불렀다. 이거, 정말로 생각보다 훨씬 대단한 물건이구나! 쓰임새가 정말 무궁무진하겠어! 가람이가 내 어깨를 짚으며 말했다.

"정말 놀라운데. 그런 강한 무기를 갖게 된 걸 축하해, 주인."

"응, 고마워. 이거 정말 대단하지? 너도 한번 해볼래?"

나는 기쁨을 감추지 않고 활짝 웃으며 가람이에게 칼을 건네었다. 하지만 가람이는 손을 흔들며 사양했다.

"아, 아니다. 주인의 물건에 어떻게 감히······."

"아냐, 해봐."

나는 목검을 가람이에게 억지로 떠넘겼다. 아까 가람이가 치우한님의 검을 호기심 어린 눈으로 바라보는 것을 본 까닭이었다. 가람이는 두 번 세 번 사양했지만 결국 어쩔 수 없다는 듯 내게서 칼을 받아 들었다. 자식, 관심을 보인 것 뻔히 아는데 빼기는. 가람이는 방금 전까지 짓던 난처한 표정은 다 어디다 팔아먹었는지 어느새 호기심 어린 눈으로 칼을 바라보고 있었다.

"힘을 가하면서 네가 원하는 무기를 마음속으로 상상하고 말해 봐."

"…환두대도!"

검은 아무런 변화도 보이지 않았다. 가람이는 쓰게 웃으며 내게 칼을 넘겼다. 나는 가람이에게서 칼을 받아 들며 의아한 목소리로 물었다.

"환두대도? 그게 뭐야? 너무 어려워서 못 변하는 거 아냐?"

"아냐. 환두대도는 옛날 이 땅에서 보편적으로 쓰던 검이야. 치우한님의 칼 맨처음 모습 있지? 약간 짧은 양날검 말야. 그게 환두대도의 모습이지. 내가 하니까 본모습으로조차 변하지 않는 걸 보니 이건 아마도 주인에게만 반응하는 모양이다."

가람이는 아쉽다는 듯 대답했다. 그런가… 그러니까 한마디로 이건 내 칼이란 말이지? 그렇게 생각하니까 갑자기 기분이 마구 좋아졌다. 이런 멋진 칼이 내 거라니! 세 발 까마귀님, 이런 걸 얻어다 줘서 고마워요! 치우한님이라고 해야 할지 치우님이라고 해야 할지 헷갈리지만 어쨌든 이런 걸 내게 선뜻 넘겨준 그분도 고마워요! 아하하! 기분 끝내준다!

어두컴컴한 벌판. 주위에는 자욱한 안개가 껴 있었다. 안개는 마치 질감을 가진 듯 뭉클대면서 천천히 이리저리 흐르고 있었다. 눈앞으로 아무것도 보이지 않았다. 어둡지도 않고 밝지도 않은 이상한 세상. 끈적끈적한 안개의 느낌에 왠지 숨을 쉬는 것이 답답하고 불편하게 느껴졌다. 나는 주위를 두리번거렸다.

불현듯 안개 너머로 흐릿한 그림자가 나타났다.

『대비하라······.』

"예?"

나는 나도 모르게 목소리를 높였다. 어디선가 목소리가 들려오고 있었다. 그 목소리는 안개에 이리저리 흡수되고 굴절되어서인지 탁하고 억눌린 듯 변해서 내 귀로 스며들었다.

『대비하라······.』

"아니, 그게 무슨······?"

나는 고개를 갸웃하며 다시 물었다. 대비하라니? 도대체 무엇을, 어떻게, 언제, 왜 대비하라는 것인가? 그림자의 말은 끊어질 듯 끊어질 듯 끊어지지 않고 아련하게 이어졌다.

『내가 너에게 나의 칼을 준 것은 너를 어여삐 여겨서도 아니오, 이미 망해 버린 나라의 정통성 따위를 지키기 위해서도 아님이니··· 내가 너에게 나의 칼을 준 것은 오직 너의 앞길에 펼쳐질 길··· 그 길을 헤쳐 나가는 데 조금이라도 도움을 주기 위함이다··· 대비하라.』

"예?"

『대비하라. 항상 마음을 곧게 먹어라.』

"그게 무슨······."

잠깐, 나는 방금 전 그림자가 길고 느릿하게, 하지만 위엄있게 내게 했던 말들을 떠올렸다. 그림자는 분명히 '내가 너에게 나의 칼을 준 것은···' 이라고 했다. 그렇다면 이 그림자의 정체는 혹시···

"당신은 치우한님이십니까?"

그림자는 나의 말에는 대답하지 않고 자기가 하고 싶어하는 말만 늘어놓았다.

『대비하라. 항상 마음을 곧게 먹어라. 무엇이든 헤쳐 나갈 수 있다는 믿음을 가져라. 너는 강하다는 신념을 품어라. 이제 곧 너는 세상의 운명이 걸린 소용돌이의 한가운데 팽개쳐질 것이다. 하지만 걱정 마라. 옳다면 이긴다. 이것은 이 세상에 존재하는 유일한 진리이다. 이 진리를 믿어라. 아무리 힘들더라도 세상에 정해진 운명이라는 것은 없다는 것을 믿어라. 그리고 네게 펼쳐질 고통을 견뎌라.』

도대체 무슨 소리야! 나는 안타까워하며 치우한님을 향해 소리쳤다.

"무슨 말씀인지 설명을 해주세요! 답답해 죽겠네요, 정말!"

『견뎌라. 견디고 헤쳐 나가라…….』

이 말을 끝으로 벌판도, 안개도, 그리고 안개 뒤의 그 그림자도 천천히 스러져 갔다.

"이, 이봐요! 이봐요! 잠깐만요! 도대체 저보고 뭘 어떻게 하라는 말씀이세요? 작은 실마리라도……."

『세상의 운명… 열쇠를 보호하라……. 세상이 파멸로 흐르는 것을 막아야 한다… 무슨 일이 있더라도…….』

그림자는 완전히 사라지고 단지 목소리가 아스라이 남아 나의 귀를 맴돌았다. 세상의 운명… 열쇠라… 파멸로 흐르는 것을 막아야 한다고……?

나는 몸을 벌떡 일으켰다. 반사적으로 시계를 보았다. 5시. 아직 시간은 신새벽이다. 나는 숨을 몰아쉬며 무의식적으로 이마를 훔쳤다. 손등에 땀이 묻어났다. 땀으로 흠뻑 젖은 등이 기분 나쁠 정도로 축축했다.

나는 꿈을 떠올렸다. 현실처럼 너무나 생생했던 그 꿈. 내 머리맡에는 치우한님의 칼이 놓여 있었다. 그것은 단순한 꿈에 불과한 것이었을까? 아니면 치우한님이 꿈을 통해서 내게 무언가를 말하고 싶어했던 것일까?

도대체 뭘 대비하라는 걸까. 머리 속이 복잡해졌다. 내 앞에 펼쳐질 길? 소용돌이의 한가운데에 던져진다고? 그림자의 말에 따르면 분명히 그 그림자는 치우한님이 맞는데… 나는 관자놀이를 꾹꾹 누르며 꿈을 다시 한 번 떠올렸다.

『세상의 운명… 열쇠를 보호하라… 세상이 파멸로 흐르는 것을 막아야 한다… 무슨 일이 있더라도…….』

세상의 운명? 열쇠를 보호하라? 세상이 파멸로 흐르는 것을 막아야 한다고? 누가? 내가? 나는 어둠에 가리워져 흐릿하게 윤곽만이 보이는 손바닥을 멍하니 바라보았다.

손바닥에서 한줄기 땀이 흐르는 것이 느껴졌다.

왜인지 모르겠지만 문득 청도의 아버지가 청도에게 했다던 말이 꿈에서 그림자가 내게 한 말과 함께 뒤죽박죽으로 뒤섞여 머리 속을 맴돌았다.

"난 네가 다섯 살 때 너의 미래를 보았다. 아니, 정확히 말하자면 보지는 못했다. 왜인지는 도저히 모르겠지만, 너의 미래는 전혀 보이지 않았다. 하지만 내 머리 속을 스치고 지나간 그 많은 '소리' 들……."

"너는 검을 배워야 한다. 미래를 대비해야 한다. 대비해야 해. 누군가 대비하지 않으면 모두가 비참해질 것이야. 그래서 나는 너로 하여금 미래를 대비하려 한다. 나는 소리를 들었다… 보지는 못했지만 너의 미래를 통해 세상의 미래를 들었다. 미래를 들은 이는 어쩌면 나 하나일지도 모른다. 그러므로 나라도 대비를 해야만 하겠다. 만약, 아무도 대비하지 않는다면 결국 모두 비참해질 것이다. 너를 포함한 모두가."

제17장

남매

　오늘도 땅에 굳게 붙박여 있으려고 하는 발걸음을 억지로 돌려 강의
실로 향하는 지리한 일상이 반복되고 있다. 점심 시간을 겸한 공강 시
간 동안 따뜻한 4월의 햇살을 잔뜩 받으며 잔디밭에 드러누워 늘어지
게 낮잠을 잔 나와 청도는 수업 시간이 되자 하는 수 없이 연체동물처
럼 흐느적흐느적거리는 팔다리를 간신히 추슬러 가며 강의실 안으로
들어섰다.

　잠시 후 강의실 안의 커다란 바늘 시계의 분침이 정확히 숫자 12를
가리켰고, 그와 동시에 예의 그 날카로운 이미지의 교수님이 안경을 고
쳐 쓰며 들어와 교탁에 자리를 잡고 섰다. 이윽고 딱딱하고 절도있게
출석을 부르는 소리가 강의실에 울려 퍼졌다. 나는 지겨운 한숨을 내
쉬며 가방에서 책을 꺼냈다.

　도대체 수업이 어떻게 끝난 걸까? 왜 내 머리 속에는 수업에 대한 내

용이 전혀 남아 있지 않은 걸까. 설마 내가 존 걸까? 그건 아닌데. 강의실 안에서 얼어버린 듯한 시간도 결국은 흐를 수밖에 없었는지 교수님은 마침내 손목시계를 힐끔 들여다보고는 책을 덮었다. 내 옆에서 청도가 힘없이 늘어진 채 중얼거리는 소리가 들렸다.

"앗싸."

정말이지 청도의 말에 이토록 동감을 느낀 적은 한 번도 없었다.

다음 강의실로, 혹은 공강 시간 동안 휴식을 취할 곳으로 이동하기 위해서 부산하게 다시 책과 필기도구를 가방에 넣는 학생들 사이로 강의실을 빠져나가려던 교수님은 문득 무엇인가 생각났는지 발걸음을 멈추고 우리를 향해 한마디를 던졌다.

"다음 시간 퀴즈 준비는 잘하고 있겠죠?"

바쁘게 책과 노트를 가방 속에 아무렇게나 쑤셔 넣던 나의 손은 교수님의 말과 함께 얼어버렸다. 아니, 퀴즈라니? 그게 도대체 무슨 소리야?

"네—"

아니, '네' 라니? 무슨 반응이 이래? 당연히 '교수님, 그게 무슨 말씀이십니까?' 라는 대답이 나와야 되는 것 아니야? 그런데 '네' 라니? 나는 눈을 휘둥그레 뜨며 주위를 둘러보았다. 나를 제외한 모든 학생들이 '그런 당연한 소리를 왜 하느냐'는 듯 무성의하게 대답하며 고개를 끄덕이고 있었다. 이, 이게 뭐야! 나는 재빨리 내 옆을 무심히 지나가던 사람을 붙잡은 뒤 다급한 목소리로 물었다.

"저, 죄송하지만, 교수님이 언제 저희한테 퀴즈를 보겠노라 말씀하셨던 적이 있었나요?"

"바로 저번 주에 그러셨잖아요?"

그 사람은 별 이상한 놈 다 보겠다는 듯 대답과 함께 나를 남겨두고 총총히 발걸음을 옮겼다. 나는 당황해서 청도를 찾았다. 청도, 이 자식 어딨어! 어떻게 나한테 이런 중요한 사실을 한마디도 말하지 않을 수가 있는 거야? 이 자식, 잡히기만 해봐라! 다리몽둥이를 그대로 콱……!

이리저리 고개를 돌린 끝에 마침내 강의실 문 쪽에 서 있는 청도를 찾을 수 있었다. 그리고 청도를 본 후 나의 머리 속에서 나를 부추기던 '다리몽둥이를 그냥 콱…' 이 눈 녹듯 사라져 버림과 동시에 다른 말이 내 머리 속에 들어앉아서 나를 한숨짓게 만들었다.

"나나~ 나나~"

청도 역시 지나가는 누군가를 잡고 당황한 표정으로 '퀴즈라니요? 아니, 그게 무슨 소리죠?' 라고 묻고 있었던 것이다.

나는 심각한 눈빛으로 청도를 바라보았다. 청도의 눈빛은 나 못지 않게 심각했다. 굳게 다문 청도의 입술이 청도가 지금 얼마나 결연한 의지를 불태우고 있는지를 잘 보여주고 있었다. 이윽고 청도는 자신이 애지중지하는 목검을 천천히 들어 올리더니 그대로 칼걸이에 내려놓고는 뒤도 돌아보지 않은 채 책상 앞으로 돌아와 앉았다. 나도 그 뒤를 따라 치우한님의 칼을 작은 막대기로 변화시켜 세 발 까마귀의 패와 함께 동아리방 구석의 서랍 속에 넣은 뒤 아예 열쇠로 잠가 버렸다. 이윽고 나는 자리로 돌아와 앉았고 일련의 과정을 지켜본 청도는 장하다는 듯 고개를 묵직하게 끄덕이며 엄숙하게 입을 열었다.

"잠시 칼은 내려놓고."

나 역시 엄숙하게 말했다.

"바람을 다루는 기술이든 치우한님의 칼을 다스리는 기술이든 일단 접어두고."

청도가 화답했다.

"밥도 먹지 말고."

다시 내가 대꾸했다.

"잠도 자지 말고."

그리고 우리 둘은 약속이나 한 듯 눈빛을 교환한 뒤 주먹을 불끈 쥐어 하늘로 뻗으며 동시에 외쳤다.

"공부하자!"

청도는 급하게 책상 위에 두꺼운 파일 뭉치를 집어 던지듯 놓았다.

탕!

무거운 서류 더미가 책상과 부딪치며 요란한 소리를 내었다.

"소스야?"

소스란 고등학교로 치자면 일종의 '시험 족보' 같은 것이다. 덧붙여 퀴즈는 '쪽지 시험'이나 마찬가지고. 단지 차이점이 있다면 퀴즈는 성적에 반영이 된다는 점일까.

"그래."

청도는 고개를 끄덕였다.

"구하느라 죽는 줄 알았다."

이윽고 청도는 파일 속에서 A4 용지 뭉치들을 꺼냈다. 그 양은 가히 어마어마하다고 할 만했다. 나는 사색이 되어서 소리쳤다.

"맙소사!"

"왜 그래?"

청도의 의아한 눈빛에 나는 떨리는 목소리로 물었다.

"이, 이걸 다 보란 말이야?"

"아냐! 젠장, 우리가 이번에 퀴즈를 보는 과목과는 별로 관련이 없는 것들까지 몽땅 구해왔으니까. 이제부터 우리가 봐야 할 소스를 골라내기 시작해야 해."

아니! 이제부터 소스를 골라내야 한다고?

"뭐? 으악! 이걸 언제 다 골라내? 앞으로 이틀도 채 안 남았는데. 우리는 아직 책 한 페이지도 안 읽었단 말야!"

"그렇다고 소스를 보는 걸 포기할 수도 없는 노릇 아냐? 전통적으로 소스에서 퀴즈 문제들이 거의 다 나온다는 것은 상식 중의 상식이라고!"

청도는 신경질적으로 소리치며 A4 용지를 '우리가 지금 당장 무슨 일이 있어도 봐야 할 것'과 '우리가 보면 혹시 이다음에 도움이 될지도 모르는 것' 두 종류로 분류해 나갔다. 그리고 나는 처참한 기분으로 청도 앞에 수북이 쌓여 있는, 청도가 아직 손도 대지 않은 A4 용지를 한 뭉치 가져와서 대강 훑어본 뒤 둘로 분류해 나갔다. 나는 스스로를 위로하기 위해 중얼거렸다.

"난 괜찮다. 어차피 이 소스들 중간고사 때 되면 고스란히 다시 본다. 미리 정리하는 셈치자. 난 괜찮다. 어차피 이 소스들 중간고사 때 되면 고스란히 다시 본다. 미리 정리하는 셈치자. 난 괜찮다. 어차피 이 소스들 중간고사 때 되면 고스란히 다시 본다. 미리 정리하는 셈치자. 난 괜찮다……."

으악! 괜찮긴 개뿔이 괜찮아! 마음은 전혀 위로되지 않았다. 청도의 자책이 한숨처럼 내 귀를 훑었다.

"젠장! 왜 내일 모레가 퀴즈를 보는 날이라는 걸 우리만 몰랐던

거지?'

그리고 나는 고개를 떨구며 속으로 중얼거렸다.

'맨날 자빠져 잤는데 알 리가 있나……'

오, 주여! 이럴 수가 있나이까! 이건 더 이상 수업 시간에 졸지 말라는 무언의 경고입니까, 아니면 다음부터는 정신 똑바로 차리고 수업에 임하라는 신의 계시입니까!

"중얼거리지 말고 공부하자."

청도는 심각한 표정을 지으며 애써 엄숙한 목소리로 타박하듯 말했다. 허참, 중얼거리지 말고 공부하자고오? 웃기네. 먼저 자기 자신이나 똑바로 하시지. '어이고, 어이고! 아들 대학 한번 보내서 사람 한번 만들어보겠다고 아버지가 몇 푼 벌리지도 않는 도사 일 뼈가 빠져라 해서 돈 모아 가지고 대학 보내놨더니, 아들놈은 하라는 공부는 안 하고 하루 종일 칼질에, 술질에, 아주 난봉꾼 짓만 골라서 해대면서 싸돌아다니는구나! 어이구… 퀴즈 날짜도 모르니 이번 학기 성적은 보나마나로구나… 1학년 1학기부터 벌써 때려 망쳐 버렸으니 앞으로 4년 8학기를 어쩌하면 좋을꼬… 어머님, 죄송합니다. 어머니 자식 이청도는 사실 이번에 퀴즈 날짜도 모르는 불효 막심한 망나니입니다! 어이고… 어이고…' 하고 혼자 손짓 발짓 다 해가면서 30분이 넘도록 아예 삼류 신파극을 찍어대던 놈이 누군데 지금 나한테 조용히 하라고 하는 거야? 참나, 기가 막혀서.

나는 코웃음을 치며 핸드폰의 폴더를 열었다. 액정에 뜬 시계의 숫자는 우연찮게도 정확히 04:00을 가리키고 있었다.

결국 오늘 밤은 이렇게 새고 마는구나!

나는 눈을 부비며 청도에게 물었다.

"안 졸리냐?"

"전혀."

청도는 날이 선 목소리로 딱딱하게 대답하며 절도있는 동작으로 귀 밑머리를 쓸어넘겼다. 얼씨구, 가지가지 한다. 뭐, 안 졸린다고? 아까 꾸벅꾸벅 졸다가 책상에 정면으로 머리를 찧고 펄쩍 뛴 게 누구더라? 나는 그때 청도의 우스웠던 꼴을 생각하며 히죽히죽 웃었다.

"웃지 말자."

청도가 다시 감정이 철저히 배제된 무색의 음성으로 말했다. 저 녀석이 저렇게 태도를 바꾼 것도 사실은 책상에 머리를 박은 뒤부터이다. 청도는 지금 괜히 무안해서 저런 태도를 취하고 있는 것이다. 나는 마음속으로만 배를 잡고 뒤집어지는 듯 웃으며 짐짓 목소리를 착 내리깔고 말했다.

"그래, 네 말이 맞다. 공부하자."

아아, 밤을 새고 보는 일출은 얼마나 아름다운가! 밤을 샌 다음날 아침에 어깨 위로 뿌려지는 햇살은 또 얼마나 따사로운가! 그리고 밤을 샌 다음날에 들이마시는 공기는 또 얼마나 상쾌한가! 나는 심호흡을 크게 하며 잔디밭을 가로질러 수업이 있는 승학관을 향해 걸었다. 청량한 아침 공기가 나의 가슴을 가득 채웠다. 청도가 옆에서 톡톡 튀듯 유쾌하게 말했다.

"너~ 눈~ 밑이~ 새까맣다. 그렇게~ 억지로~ 안~ 괴로운~ 척하면~ 오히려~ 괴로운~ 티~ 확~ 나니까~ 차라리~ 그냥~ 마음~속으로~ 하고~ 싶은 대로~ 해~"

"그… 래?"

청도의 말이 끝나기가 무섭게 난 '내일 세상이 끝나는 것을 알아버린 사람' 마냥 퀭한 눈으로 축 늘어졌다. 갑자기 내 어깨 위에 공기와 함께 밤을 샌 피로의 무게와 아직 하루가 더 남았다는 고민의 무게, 그리고 왜 얹어졌는지 도저히 모를 인생의 무게가 한꺼번에 올라앉아 나를 짓눌러 대었다. 사실을 말하자면, 청도도 양 발에 천근짜리 납 주머니를 단 양 흐느적거리며 떨어지지 않는 발을 억지로 떼며 간신히 앞을 향해 걸어나가고 있었다. 아마 누군가 청도와 나를 본다면 웬 좀비가 교내에 있느냐며 의아해할런지도 모르겠다.

"이렇게 피곤해서야 사람이 견딜 수가 있나… 이거 이러다 우리 수업 시간에 꾸벅꾸벅 졸아버리면 어쩌지?"

청도는 그 쉬운 걸 왜 굳이 묻느냐는 듯 나를 한심하게 바라보며 중얼거렸다.

"마치 언제는 안 졸았던 것처럼 새삼스럽게 왜 그러냐."

담소(?)를 나누는 동안 어느새 강의실 바로 앞까지 도착해 있었다. 누가 먼저랄 것도 없이 맨 뒷자리를 향해 흐느적흐느적 걸어가 앉은 우리는 서로를 향해 손을 흔들며 나지막하게 인사했다.

"잘 자라."

"너도 좋은 꿈 꿔라."

곧 출석을 부르는 소리가 들렸다.

"이청도."

"네."

털썩.

청도는 대답과 동시에 기절하듯 자리에 쓰러져 버렸고 나는 속으로 나지막하게 중얼거렸다. 한 명 사망.

"박영준."

"예."

털썩.

사망자 한 명 추가.

…….

천천히 눈을 떴다. 흐릿하게 주위의 사물들이 눈에 들어왔다. 머리 속이 너무나도 맑고 개운했다. 이렇게 푹 자본 것도 정말이지 오래간만인 것 같군. 나는 허리를 일으키며 기지개를 쭉 켰다. 그리고 곧바로 비명을 질렀다.

"으아아악!"

조금 움직였을 뿐인데도 허리에서 우두둑 하며 뼈마디가 갈려 버리는 듯한 소리가 들렸다. 동시에 온몸의 근육들이 일제이 아우성을 질러대며 몸을 이곳저곳에서 꼬집었다. 나는 몸을 펴던 자세에서 그대로 굳어버렸다. 으으윽! 이를 어쩐다.

잠시 굳어 있다가 이윽고 천천히 손에 힘을 주며 조금씩 몸을 펴 나갔다. 온몸이 서서히 원래대로 곧게 펴지고 있었다. 난 조금 더 힘을 주기 위해 다리를 땅에 디뎠다.

지이이이잉—

"우우우욱!"

땅에 닿은 다리가 빌어먹을 정도로 저려왔다. 하긴, 몇 시간 동안이나 앉아서 잠을 잤는데 저리지 않은 것이 오히려 더 이상하겠지. 나는 다리를 감싸며 그대로 펄쩍 뛰었다가 다시 손을 짚는 바람에 갑작스레 다리에서 쏟아진 자극에 화들짝 놀라 급히 다리에서 손을 떼며 반사적으로 몸을 뒤틀었다.

우두두두둑!

몇 시간 동안이나 굳어 있던 몸이 갑자기 한꺼번에 펴지면서 사람의 몸에서 나는 소리라고는 도저히 믿을 수 없는 커다란 소리가 귀를 때렸다.

"어어어억!"

몸이 시원해지는 동시에 무지막지하게 아프고 결려왔다. 어쨌든 의도하지는 않았지만 이로써 몸은 대강 푼 셈이다. 나는 의자에 주저앉아 천천히 발을 꼼지락거렸다. 발을 움직임에 따라 다리에서 저릿저릿한 느낌이 척추를 타고 올라와 계속 내 대뇌를 때렸다. 자극은 내게 이렇게 말하는 듯했다.

'하지 마, 이 자식아! 하지 마! 하지 말라면 좀 하지 마!'

다리의 저림은 한참이 지나서야 서서히 풀렸다. 휴~ 간신히 한숨 돌렸군. 나는 식은땀을 닦으며 주위를 둘러보았다. 강의실 안은 캄캄했으며 안에 사람이라고는 아무도 없었다. 그리고 나는 어금니를 깨물었다.

"아니, 청도, 이 자식! 어떻게 나만 쏙 빼놓고 혼자 사라질 수가 있는 거지? 네 녀석이 어떻게 나에게 이럴 수가!"

하지만 나의 분노는 곧 바닷물에 모래성 무너지듯 순식간에 사라졌다. 어디선가 아주 평화로운, 듣기만 해도 마음이 편안해지는 숨소리가 규칙적으로 들려온 까닭이었다. 나는 숨소리가 나는 곳으로 고개를 돌렸다. 등잔 밑이 어둡다던가. 청도는 바로 내 옆에서 새근거리며 고이 잠자고 있었다. 하긴, 그리고 보니 분명히 아까 우리가 잠들기 직전에 들었던 수업에서 청도는 내 옆에 앉아 있었지. 나는 괜히 청도를 의심한 데 대해 약간의 미안한 마음이 들었다. 하지만 동시에 내 마음을 뒤덮는 또 다른 마음이 있었다. 그것은 한심함이었다. 이런… 나보다도 더 한심한 놈 같으니라고. 나는 목소리를 가다듬고 말했다.

"청도야, 일어나."

물론 청도가 이 정도로 일어날 놈은 절대 아니다. 나는 청도의 귀에 대고 온 힘을 다해 빽 소리쳤다.

"야, 일어나!"

"쿨……."

"청도야, 아비다. 해가 중천에 떴으니 일어나거라."

"쿨……."

"이놈아, 니 어미다. 이놈이 뼈 빠져라 일해서 대학 보내줬더니 하라는 공부는 안 하고 자빠져 자고 있네? 얼른 일어나, 이눔아!"

"쿨……."

"자기, 나야. 일어나. 나 책임져야지!"

"쿨……."

안 되겠다. 도저히 이놈은 말로 깨울 수 있는 놈이 아니다. 나는 체념하며 몸을 일으켰다. 물론 이 녀석을 깨우는 것을 완전히 포기한 것은 아니다. 사람이 가지고 있는 것이 입이 전부는 아니지 않는가. 난 문득 고등학교 체육 시절 함께 축구를 즐기던 체육 선생님이 우리에게 해주신 말씀을 떠올렸다.

"손은 사람 때리라고 있는 거야! 앞에 드리블하는 놈 있으면 그냥 후려쳐

버려!'

　예, 선생님. 선생님의 말씀은 틀림이 없었습니다. 앞에 조는 놈이 하
나 있습니다. 그냥 후려쳐 버리겠습니다. 나는 손을 어깨 뒤로 넘겼다
가 그대로 청도의 등에 대고 후려쳤다.

　철썩!

　으, 끔찍해!

　"끄아아아악—!"

　청도의 비명이 길게 꼬리를 끌며 텅 빈 강의실을 쩌렁쩌렁 울렸다.
청도는 벌떡 일어나 주위를 둘러보았다. 그리고 나는 이후에 청도의
몸에서 일어날 끔찍한 결과를 예측하며 고개를 돌려 버렸다.

　우드드드드득!

　"커허헉!"

　청도도 나와 같이 엎드려서 몇 시간 동안이나 잠을 잤는데 나만 몸
이 굳어 있고 청도의 몸은 흐늘흐늘 풀려 있을 리는 없고, 따라서 청도
의 몸은 일순간에 시원하게 똑바로 펴진 대신 그 주인에게 극악의 고
통을 가져다 주었다. 뿐만 아니라 청도는 지금 고통을 참지 못하고 벌
떡 일어나면서 아예 발로 땅을 굴러 버렸다. 따라서,

　"으크으윽! 다리야!"

　다리가 사람 환장하게 만들 정도로 저릴 것 역시 정해진 이치였다.
어이구, 불쌍한 자식. 순리에서 전혀 벗어나지 못하는구나. 어쩌면 나
의 전철을 그렇게 똑같이 밟을 수가 있냐! 나는 청도가 듣지 못할 정도
로 작게 키득거렸고 청도는 다리의 저릿거림을 도저히 주체하기 힘든
지 어쩔 줄 몰라 하며 앉았다 일어났다, 다리를 주물렀다가를 한참 동

안이나 반복했다. 우하하!

"헉, 헉, 그런데 여기는 도대체……?"

한참 동안 난리법석을 떨던 청도는 이제야 다리의 저릿거림이 좀 수그러드는지 의자에 털썩 주저앉으며 가쁜 숨을 몰아쉬었다. 청도의 표정은… 말로 형언하기가 힘들었다. 지옥의 입구를 보고 온 사람의 표정이 저럴까? 나는 웃음을 억지로 참느라 얼굴을 잔뜩 일그러뜨리며 대답했다.

"설마 바보같이 어디냐고 묻는 것은 아니겠지? 보다시피 강의실이야."

청도는 내 말에 당황하며 말했다.

"아니, 내 말은, 도대체 내가……."

"설마 바보같이 왜 지금까지 여기 있느냐고 묻지는 않겠지? 보다시피 엎어져 자느라 바빠서 못 나갔지."

"아니, 그러니까 내 말은, 지금이 도대체……."

"설마 바보같이 몇 시냐고 묻지는 않겠지? 휴대폰을 보면 알겠지만 지금은 정확히 열시야."

이런 말장난도 꽤 재밌네.

"아니, 그러니까 내가 진짜로 하고 싶은 말은, 그런데 왜……."

"설마 바보같이 왜 아직까지 안 나가고 이런 곳에 있느냐고 묻는 건 아니겠지? 당연히 이제야 일어났으니……."

턱!

더 이상 참기 힘들었는지 청도가 내 입을 틀어막으며 말했다.

"그만 하시지."

"어, 우어(어, 그래)."

청도는 내 입에서 손을 떼며 창밖을 바라보았다. 청도의 한숨으로 인해 잠시 하얗게 김이 서렸던 창문의 바깥쪽에는 별 하나없는 어두운 밤하늘이 펼쳐져 있었다. 밤하늘 저편에 기우뚱하게 한쪽으로 기운 달이 처량하게 홀로 주위의 어둠을 밝히려 안간힘을 쓰며 떠 있었다. 청도는 다시 한 번 한숨을 푹 내쉬었다.

"도대체 내가 얼마나 자버린 거지… 휴우……."

"설마 바보같이……."

"그만 하라니깐!"

청도는 쏘아붙이듯 말하며 일어서더니 이윽고 문을 향해 몸을 돌렸다.

"아, 젠장. 얼른 나가기나 하자. 할 일은 많고 바쁜데 시간은 별로 없다."

"그래."

"휴~ 결국 오늘 하루를 몽땅 잃어버린 것인가? 젠장! 결국 오늘 둘째 강의부터는 수업은 커녕 출석 체크도 못해 버렸잖아!"

청도는 씹어뱉듯 말하고는 교실 문고리를 잡아당겼다.

덜컥, 덜컥!

문에서는 기대했던 '삐걱—' 하는 소리 대신 흔들리는 소리만이 들려왔다. 청도의 얼굴이 당황으로 일그러졌다. 청도는 문고리를 세게 비틀며 문을 마구 흔들었다.

덜컹, 덜컹, 덜컹!

문은 이리저리로 흔들리기만 할 뿐 꿈쩍을 하지 않았다. 나와 청도는 사색이 되어 서로를 마주 본 뒤 뒷문을 향해 뛰었다. 설마… 설마 뒷문은 열려 있겠지? 그래, 뒷문은 열려 있을 거야! 뒷문까지 잠겨 있을 리가 없어……!

덜컹!

문고리를 거칠게 잡아당기며 문을 흔들었지만 뒷문 역시 시끄러운 비명을 지르며 흔들릴 뿐 절대 열릴 기색을 보이지 않았다.

으악—! 이젠 어쩌면 좋아!

청도는 절망적인 얼굴로 소리쳤다.

"문이 몽땅 잠겨 버렸잖아! 아무래도 바깥쪽 자물쇠로 문을 잠가 버렸는가 본데?"

나 역시 허둥지둥하며 외쳤다.

"어쩌지? 이제 어쩌면 좋지?"

청도가 황급히 소리쳤다.

"걷어차! 얼른!"

쾅! 쾅!

나와 청도는 지체없이 문을 세게 걷어찼다. 문이 저르릉거리며 울었다. 하지만 그뿐, 문은 열릴 기색을 보이지 않았다. 나와 청도는 다시 호흡을 맞추어 동시에 문을 걷어찼다. 하지만 결과는 마찬가지였다.

"이런 젠장! 문에 몸을 들이받아!"

"온 힘을 다해서 부딪쳐!"

"어깨가 부서져라 갖다 박아!"

"아예 문을 밀어버리자!"

나와 청도는 악다구니를 지르며 문을 향해 온몸을 던졌다.

쾅! 콰앙!

문은 더욱더 격렬히 요동 쳤다. 하지만 몸이 문에 부딪치는 횟수가 늘어날수록 내 마음속에서는 절망감만이 확고하게 자리 잡았다.

'이렇게 해서는 절대 문을 못 열겠군.'

청도도 역시 같은 생각을 했나 보다. 청도는 허망한 얼굴로 문에 몸을 던지는 것을 멈추고 내 어깨를 잡았다.

"야, 됐어, 됐어! 글렀어! 이런 식으로 해서는 천만 년이 걸려도 이 문을 열 수가 없어!"

"하지만 그럼 어떻게 하냐?"

"몰라! 너, 풍산가 뭐시긴가 그거라며! 바람으로 저런 문 하나 못 밀어붙여?"

청도가 억지를 쓰기 시작했다.

"내가 무슨 태풍 제조기냐! 그러는 너야말로 칼을 그렇게 잘 쓴다는 놈이 문 하나 못 잘라내고 이렇게 쩔쩔매고 있어?"

"젠장! 칼 있으면 가져다 줘봐라! 지금 당장이라도 잘라 보일 테니!"

"그러는 나야말로 세 발 까마귀의 패랑 치우한님의 칼만 가져다 주면 이까짓 문쯤 아예 날려 버릴 수 있다고!"

…그래, 사실 이까짓 문이 아니지만 허풍 한번 쳐봤다.

어쨌든 청도는 말싸움에 지쳤는지 그대로 주저앉으며 소리쳤다.

"제기랄!"

젠장, 정말이지 제기랄이다! 내일이 퀴즈인데! 공부할 게 아직 산더미처럼 쌓여 있는데! 어젯밤에는 소스들을 일일이 골라내느라 실제 공부에는 시간을 많이 쓰지 못했다. 어젯밤에 골라낸 소스로 오늘 밤에 본격적으로 공부를 시작해 보려고 했는데……! 뿐만 아니다. 밥도 못 먹게 되어버렸다! 나는 허기진 배를 움켜쥐었다. 젠장! 어젯밤부터 무려 네 끼를 걸렀는데……!

밥을 굶었다고 생각하자 갑자기 입 안에서 신 침이 줄줄 흐르며 위장이 '밥 넣어, 이 자식아!' 하고 소리를 버럭버럭 지르며 나를 재촉해 댔다. 젠장! 나는 눈을 질끈 감았다가 그대로 떴다. 사람 심리라는 게 참 이상해서 어떤 일을 그렇다고 생각하면 정말 그렇다고 느끼게 되어 버린다. 지금 같은 경우를 봐도 그것은 확실했다. 네 끼를 굶었다는 것을 앎과 동시에 네 끼를 굶으면 몸이 힘들지라고 생각하니까 갑자기 눈앞에 별이 오락가락하면서 천장이 빙글빙글 돌아가기 시작한 것이다.

"아, 배고파!"

나는 탄식하듯 중얼거렸다. 나의 중얼거림을 들은 청도는 그제야 지금까지 밥을 굶었다는 것이 떠올랐는지 내 옆에 털썩 주저앉아서 두 손으로 얼굴을 감쌌다.

"야, 벌써 몇 끼나 굶었냐?"

"설마 바보같이 몇 끼를 굶었냐고 물어보는 거라면 아직 네 끼밖에 안 굶었다고 대답해 주겠어."

"…그거 하지 말라니까."

"내 맘이지."

청도의 힘없는 중얼거림에 나는 혀를 날름거리며 대답했다. 청도는 관두자는 듯 고개를 도리며 얼굴을 벽에 기댔다.

"설마 밤새도록 이 안에 갇혀 있어야 하는 것은 아니겠지?"

청도가 중얼거렸다.

"그럼 어쩌겠어. 문이란 문은 몽땅 잠겨 버렸는데."

나는 왜 당연한 걸 묻느냐고 타박하며 청도의 말에 대답해 주었다.

"우리 휴대폰 있잖아. 혹시 전화로 어떻게 안 될까?"

"비록 우리한테 휴대폰이 있긴 하지만 누구한테 전화를 하지? 요령이나 가람이는 휴대폰이 없고, 그렇다고 119에 전화하자니 자다가 갇혔다는 말 하기가 좀 그렇지 않나?"

청도는 나의 말에 무겁게 고개를 끄덕였다. 그리고 갑자기 뭔가 결심한 듯 두 눈을 빛내며 벌떡 일어섰다.

"안 되겠다!"

"안 되긴 뭐가 안 되는데."

내가 힘없이 한 대답이 자신의 말을 비꼬았다는 것을 뻔히 알면서도 청도는 신경조차 쓰지 않았다. 청도는 나를 바라보며 심각하게 말했다.

"뛰어내리자."

"…뭐?"

어이구, 이놈이 굶주림과 좁은 곳에 갇혀 버렸다는 강박증을 이기지 못하고 결국은 미쳤구나. 나는 머리를 감싸며 외쳤다.

"이놈아, 여기는 4층이야, 4층!"

"상관없어."

청도는 미간에 힘을 꾹 주며 말을 이었다.

"어차피 이대로 갇혀 있다간 밤새도록 배가 고파서 괴로움에 몸부림칠 건 뻔해. 거기에다가 오늘 아침부터 밤까지 계속 잤으니 잠도 안 올 게 뻔하지. 이건 뭐 불을 켜는 스위치도 몽땅 바깥에 있으니 불을 켤수가 있나, 그렇다고 공부할 게 여기 있어서 퀴즈 준비를 할 수가 있나. 에라! 남자라면 나가자!"

그리고 나는 기가 막혀서 목소리를 비비 꼬며 대답했다.

"남자고 나발이고 난 살고 싶거든?"

"살고 싶다니? 설마 겨우 4층에서 떨어져서 죽을까 봐 그러는 거냐?"

"물론 4층에서 떨어져서 죽을까 봐 그러는 건 아냐. 단지 팔다리 중 어느 것 하나가 부러져 버릴까 봐 불안해서 그러는 거지."

그리고 청도는 괜한 걱정을 한다는 듯 나를 바라보며 웃었다.

"하하하! 야, 그런 걱정은 하지 마. 너 풍사라며?"

그리고 난 머리 속이 환해지는 느낌에 벌떡 일어났다.

"맞다! 난 풍사지! 근데 뭐 어쩌라고?"

"하……."

청도는 기가 막힌지 한숨을 내뱉으며 말을 이었다.

"야, 생각을 해봐라. 넌 풍사잖아!"

"그런데?"

"그런데는 뭐가 그런데야! 바람을 끌어와서 뭐, 바람 쿠션이나 그런 비슷한 거 못 만들어?"

그리고 나는 이번엔 정말로 머리 속에 환해지는 느낌과 함께 창문으로 뛰어갔다.

드르륵!

창문을 열자 시원한 밤바람이 강의실 내로 가득 쏟아져 들어왔다. 높아서 그런지, 아니면 오늘 밤의 날씨가 이런 건지 주위를 뒤덮은 공기의 흐름이 꽤 많이 느껴졌다. 이것들을 모조리 틀어서 한곳에 모은다면……? 좋았어! 나는 쾌재를 지르며 외쳤다.

"좋아! 이 정도면 충분해! 으하하! 너, 어떻게 그런 생각을 해냈냐? 청도, 넌 천재야, 임마!"

"그래? 으하하! 자식, 맞아! 난 천재야!"

청도는 조금 띄워주자 좋아서 벙긋거리며 웃었다. 저런 단순한 놈 같으니라고. 어쨌든 이제 시작하자!

나는 창문 밖으로 상반신을 내밀고 양손을 쭉 뻗었다. 이리저리 오가는 바람의 흐름이 손에 잡히는 것처럼 느껴졌다. 단전에 천천히 힘을 모았다. 점점 단전이 뜨거워지는 것이 느껴진다. 이윽고 힘이 꽤 많이 갈무리되었음을 느낀 나는 손끝으로 힘을 분산시키며 팔을 이리저리 휘저었다.

휘이잉!

바람의 기운들이 이리저리 휩쓸려 내게 모이는 것이 느껴졌다. 나는 손을 계속 휘저으며 팔을 아래쪽으로 뻗었다. 그리고 바람이 모여야 할 곳에 정신을 집중했다. 이윽고 나와 비슷한 높이에서 날고 있던 바람들과 그 아래쪽에서 날고 있던 바람, 그리고 땅을 휘저으며 불고 있던 바람들이 점차 한 점을 중심으로 모여서 소용돌이치기 시작했다. 대충 바람이 모였다고 생각한 내가 손을 마구잡이로 휘젓자 바람들이 이리저리 뒤섞이며 둥근 구 모양의 기류를 형성해 갔다. 이 정도면 사람을 충분히 받아낼 수 있겠지? 나는 미소를 띠며 청도를 불렀다.

"청도야!"

"왜?"

"뛰어내려."

내 밝은 얼굴을 보며 즐거워하는 청도. 청도는 기쁜 듯 말했다.

"네 녀석이 먼저 뛰어내렸으면 하는 소망이 있다."

"…내가 바람의 쿠션을 만들었으니까 네가 먼저 뛰어내려야 하는 게 맞는 거 아냐?"

내 말에 청도는 대답할 말이 없는지 입을 다물었다. 한참을 생각하던 청도는 이윽고 책상의자—이 강의실의 의자들은 모두 책상과 붙어 있다—를 하나 가져오더니 창밖으로 내밀었다.

"좋아, 네가 만든 쿠션이 이 책상의 무게를 버티면 뛰어내릴게."

"그래, 난 자신있으니까 어디 마음대로 해봐."

나는 자신감 넘치는 얼굴로 고개를 끄덕였지만 청도는 미덥지 않다는 듯 고개를 갸웃거리며 책상의자를 놓았다.

슈우욱―

이제 곧 책상의자가 바람덩이에 묻히며 푹신하게 멈추어 서겠지?

텅― 빠작!

"맙소사!"

…참으로 안타깝게도, 책상의자는 내가 만든 바람덩이를 그대로 짓눌러 버리며 바닥에 부딪쳤다. 청도는 나를 험악하게 바라보며 말했다.

"뭐? 믿을 만하다고? 자신있다고? 먼저 뛰어내리라고? 아니, 진짜로 먼저 뛰어내렸으면 어쩌려고 그랬어 그래?"

청도는 뒤로 돌아서며 고개를 마구 도리질 쳤다.

"아, 안 해, 안 해, 안 해, 안 해."

"처, 청도야, 아하하, 방금 것은 장난, 그저 장난이었어."

내가 말하면서도 스스로도 한숨을 쉴 만큼 참으로 허술한 핑계였다. 청도가 나를 아무 말 없이 물끄러미 바라보자 나는 쥐구멍에라도 숨고 싶은 심정이 되어 고개를 숙였다.

"……."

"아, 미안하대두."

"……."

"아 미안하다니까?"

아, 슬슬 짜증이 나려고 하네. 에라, 이왕 엎어진 물. 배짱 한번 부려봐?

"……."

에라, 모르겠다! 나는 눈을 부릅뜨며 소리쳤다.

"그래! 좋아! 내 잘못이다! 어쩔래! 다시 만들면 될 거 아냐, 다시 만들면! 이거 왜 이래? 자꾸 이런 식으로 나오면 곤란하지!"

사실 청도가 곤란할 게 뭐 있겠냐. 그냥 TV 뉴스에서 사람들이 싸우는 모습 보고 배운 거 써먹어본 거지. 청도는 이전보다 더욱 싸늘한 눈으로 나를 바라보았고 나는 잠시 당당하게 청도를 맞노려보다가 결국 고개를 더욱 숙이고 말았다.

"…아, 미안하다니깐 자꾸 그러네……."

이윽고 청도는 긴 한숨을 쉬며 자리에서 일어났다.

"뭐, 이왕 실수한 거니까 어쩔 수 없지. 다시 만들어봐라. 뭐, '죽을 수도 있었지만' 친구 사이에 그런 것 한 번쯤이야."

"그래! 그래! 맞어! 네 말이 다 맞어! 친구 사이에 한 번 죽일 뻔할 수도 있는 거고 한 번쯤 죽을 뻔해줄 수도 있는……."

나는 말을 잇다가 순간 내가 무슨 말을 주워 담고 있는 것인지 깨닫고 입을 콱 다물었다. 청도가 기가 막히다는 얼굴로 나를 바라보고 있었다.

"영준아?"

"…응?"

"똑바로 하자."

"…그래."

젠장! 나 때문에 이곳에서 나갈 수 있는 거니까 원래대로라면 내가 떵떵거리고 청도가 나한테 굽실거려야 하는데 왜 이런 구도가 되어버린 거지? 방금 전에 실수만 안 했어도! 나는 마음을 단단히 먹으며 정신을 집중했다. 얼마나 신경이 날카로워졌는지 학교 건물 근처의 땅부터 상공까지의 모든 바람의 움직임이 손끝에 잡힐 듯이 느껴졌다. 나는 손에 기운을 실은 뒤 들어 올려 신중하게 휘감았다. 느릿하게 학교 주위의 공기들이 천천히 모이는 것이 느껴졌다. 힘을 몽땅 써버리더라도 그까짓 사람쯤이야 열 명이라도 받을 수 있는 바람의 벽을 만들어주지! 나는 이를 악물었다. 이마에서 비지땀이 흐르고 있었다.

후우우웅…….

공기의 흐름이 들려왔다. 점차 공기를 모으는 것이 힘들어지고 있었다. 그것은 곧 내가 바람을 모으고 있는 곳이 공기의 포화 상태에 점점 가까이 다가가고 있다는 뜻이 된다. 나는 아래를 바라보았다. 공기가 커다랗게 한 덩어리로 뭉쳐 있고 그 바깥쪽을 두꺼운 바람층이 느릿느릿 돌고 있었다. 이번에는 정말로, 진짜로, 확실히 성공이다! 나는 기세등등하게 청도를 불렀다.

"아! 이청도! 책상의자 가져와!"

"오? 자신만만한걸? 이번에는 제대로 만들었나 보지?"

"물론이지!"

나는 자신있게 대답했고 청도는 그런 나를 믿음직스럽게 바라보며 책상의자를 내가 가리키는 곳, 즉 공기 주머니가 있는 곳을 향해 떨어뜨렸다.

터엉!

…너무 둥근 모양새 때문이었을까. 책상의자는 공기 주머니에 부드럽게 튕겨서 위로 다시 떠오르더니 한참을 날아서 멀찍이 처박혔다.

콰당!

그리고 청도는 조금 전보다 더욱더 못 믿겠다는 얼굴로 나를 바라보았다.

"잠깐, 잠깐! 그런 눈으로 보지 마. 최소한 이제 뚫리지는 않잖아! 모양만 조금 바꾸면 돼! 모양만!"

나는 힘을 주어 공기 주머니를 넓게 폈다. 쿠션의 모양처럼 만들기 위함이었다. 바람으로 감싸인 공기 주머니는 둥실거리며 천천히 펴졌다. 나는 목청껏 외쳤다.

"청도야! 다시 던져 봐, 다시!"

청도는 고개를 끄덕이며 다시 책상의자를 가져와서 내가 만든 바람의 쿠션 위로 떨구었다. 책상의자는 빠른 속도로 쿠션 위로 떨어졌다. 과연? 과연?

"앗싸!"

나는 환성을 지르며 두 주먹을 하늘로 뻗었다. 책상의자가 푹신하게 바람의 쿠션에 파묻혀서 공중에 멈춘 것이다. 나는 의기양양해져서 소리쳤다.

"어때! 청도야, 이제 됐지?"

"흠… 정말 대단한데? 진짜 해냈잖아?"

청도는 놀랐다는 듯 눈을 동그랗게 뜨며 새삼스럽게 나를 바라보았다. 암, 나를 다시 봐야지! 다시 봐야 하고말고! 내가 얼마나 잘났는지를 깨닫도록! 으하하!

"정말 잘 만들었네. 그럼 이제 안심하고 뛰어도 되겠다, 야."

"뭐?"

이게 무슨 마른하늘에 날벼락 같은 소리냐! 안심하고 뛰어도 되겠다고? 아차차, 나는 내 머리를 톡톡 쳤다. 내가 너무 성급했군. 방금 청도가 말한 말은 비록 나에게 한 말이기는 했지만 주어가 없었다. 그래, 네가 안심하고 뛰어도 된다는 말이지? 나는 고개를 끄덕이며 대답했다.

"암, 안심하고 뛰어내려도 되지. 암."

"그럼 어서 뛰어내려야지?"

청도는 나를 향해 말했다. 그리고 나는 잠시 어안이 벙벙해져 멍하니 청도를 바라보았다. 얘가 지금 뭐라고 하는 거야?

"뭐?"

"뭐는 뭐가 뭐야. 뛰어내리라는 거지."

"도대체 무슨 소리야! 내가 왜 뛰어내려! 야! 내가 애써서 만들었으면 당연히 네가 먼저 뛰어내려야 하는 거 아냐?"

나의 말에 청도는 손가락을 까닥거리며 고개를 저었다.

"아니지, 아니지. 너랑 나랑은 근본적인 차이가 있고 네가 먼저 뛰어내려야 할 명백한 이유 역시 있어."

"그래? 그게 뭔데! 말해 봐!"

청도는 손가락을 꼽으며 말했다.

"일단 너와 나와의 근본적인 차이는? 물론 당연히 너는 바람을 다룰 줄 알고 나는 다룰 줄 모른다는 거지. 그리고 네가 먼저 뛰어내려야만 하는 명백한 이유는? 그것 역시 너는 바람을 다룰 줄 알고 나는 바람을 다룰 줄 모른다는 거야. 막말로 떨어졌다. 떨어졌는데 저 쿠션이 펑 터졌다! 그러면 넌 어떻게 할래?"

"어떻게 하긴 뭘 어떻게 해. 젖먹던 힘까지 다 끌어내 바람을 뿜어서 일단 도로 떠올라야지."

청도는 바로 그거라는 듯 손가락으로 나를 가리키며 말했다.

"그래! 네가 아주 간단하게 말하는 것. 난 그걸 못해! 뿐만 아니야. 네가 먼저 아래쪽에서 날 기다리고 있으면 내가 떨어지다가 무슨 돌발 상황이 생기더라도 네가 바람을 뿜어서 나를 받아줄 수 있잖아? 안 그래? 자, 알았으면 어서 뛰어내려!"

청도의 말은 분명히 일리가 있었다. 그래, 사실 바람을 다룬다는 것, 이제 나는 별것도 아닌 것처럼 생각해 버리게 된 그것을 청도는 할 수 없다는 사실을 잊고 있었다. 물론 마음 한구석에서는 '청도 저 자식, 단순히 먼저 뛰기 싫어서 되지도 않는 핑계 끌어다 대며 생떼 쓰고 있는 것은 아닐까?' 하는 의문이 피어 올랐음을 부인하지는 않겠다. 하지만 나는 내 친구 청도를 믿는다. 내 친구 청도는 겁쟁이가 아닌 것이다. 그래, 청도는 내가 먼저 뛰어야 할 합리적인 이유를 말해 주었다. 거기에 따르자! 나는 청도보다 먼저 뛰기로 마음을 굳혔다.

"그래, 좋아. 내가 먼저 뛸게."

"정말? 잘 생각했어, 임마!"

청도는 얼굴을 환하게 빛내며 내 등을 철썩 쳤다.

우욱! 아프다! 그래, 비록 몸은 아프지만 이 얼마나 멋진 우정의 표현이냐. 내 등이 아픈 만큼 청도의 우정은 크다! 물론 마음 한구석에서 '청도 저 자식, 단순히 내가 아까 자길 깨우느라 등을 세게 후려친 것에 대한 복수로 은근슬쩍 내 등을 후려친 거야.' 라는 생각이 조금, 아주 조금 들었음을 부인하지는 않겠다. 하지만 나는 내 친구 청도를 믿는다. 내 친구 청도는 그 정도로 속이 좁은 놈이 아니다!

나는 창가를 향해 다가갔다. 깊은 밤의 차가운 바람이 내 볼을 스치고 있었다. 나는 아래를 내려보았다. 4층이란, 분명히 낮다고 생각하면 낮지만 뛰어내리려고 생각하고 보면 결코 만만치 않은 높이다. 나는 심호흡을 했다.

"나 먼저 갈게."

"그래, 파이팅!"

청도의 응원을 뒤로하며 나는 눈을 똑바로 뜨고 몸을 기울였다. 찰나의 시간 동안 몸이 무중력의 세계로 빠져드는 것을 느낄 수 있었다. 아주 잠시 동안 나는 하늘을 나는 듯한 착각이 들었다. 그리고 그 착각은 곧 끝났다. 지상이 빠르게 커져 가며 눈 속으로 들어오고 있었던 것이다. 어억, 설마 부딪치나?

털썩!

성공이다! 나는 쿠션 위에 안전하게 착지하며 환호성을 질렀다. 됐어! 뛰어내렸다고! 위에서 청도가 감탄의 눈빛으로 나를 바라보고 있었다. 나는 쿠션 위에서 몸을 데굴데굴 굴려 땅으로 내려온 뒤 청도에게 손짓했다.

"야! 괜찮아. 안전해! 내려와!"

그런데 청도는 어색하게 웃으며 말했다.

"야— 이왕 내려간 김에 그냥 수위 아저씨한테 열쇠 받아서 문 좀 따주라—"

"뭐?"

"에이, 좋은 게 좋은 거지 뭐. 문 좀 따줘— 난 걸어나가고 싶어."

"우아악!"

내 머리 속으로 주마등처럼 아까의 일이 스쳐 지나갔다.

'청도 저 자식, 단순히 먼저 뛰기 싫어서 되지도 않는 핑계 끌어다 대며 생떼 쓰고 있는 것은 아닐까?'

'청도 저 자식, 단순히 내가 아까 자길 깨우느라 등을 세게 후려친

것에 대한 복수로 은근슬쩍 내 등을 후려친 거야.'

결국 나는 폭발해 버렸다.

"으아아악! 이, 이 싸가지없는 놈! 몰라! 내려오든 말든 네 멋대로 해! 바람 흩어버릴 테니까 네 녀석이 알아서 뛰어내리든 바닥으로 구르든 네 멋대로 해!"

"어, 어어어? 야, 야, 잠깐, 잠깐만! 지금 뛰어내릴 거야, 뛰어내릴 거라고! 잠깐만 기다려!"

결국 한바탕의 소동 끝에 청도는 뛰어내렸다. 나는 청도가 내려오자마자 청도를 타박했다.

"인간이 어쩌면 그러냐? 애초에 먼저 뛰자고 한 것도 너 아니었냐?"

"그게 말이지, 내가 약간, 아주 약간의 고소공포증이 있어서 말야……."

청도는 멋쩍은 듯 씩 웃더니 내 표정을 살피고 한숨을 쉬며 말을 이었다.

"아, 젠장. 그래, 내가 밥 사면 될 거 아냐, 밥! 됐냐?"

"진작 그럴 일이지."

나는 회심의 미소를 지었다.

"가자, 밥 먹으러!"

청도가 기분 전환이라도 하고 싶었는지 괜히 크게 소리쳤다.

청도가 나와 요령이, 그리고 가람이를 데리고 간 곳은 닭갈비집이었다. 요령이는 반가운 기색을 감추지 않았지만 가람이는 걱정된다는 듯 나를 바라보며 물었다.

"주인, 공부해야지."

"공부는 무슨 공부야! 학생이 놀아야지!"

요령이는 가람이의 말에 배포있게 대꾸했다. 하지만 사실 학생은 공부를 해야 한다. 어쨌든 요령이의 말에 청도도 고개를 끄덕였다.

"하루 종일을 굶고 한 끼를 더 굶었어. 배고파 죽어버릴 것 같은데 지금 공부가 문제냐? 자, 자, 괜찮아, 괜찮아! 일단 먹고 보자! 아줌마, 여기 닭갈비 4인분이요!"

11시가 다 되어가는 시간이라 그런지 식당에는 손님이 거의 없다시피 했다. 그래서인지 닭갈비는 주문한 지 얼마 되지도 않아서 나왔다.

치이이ㅡ

기름이 끓는 소리가 지글지글 나며 닭갈비가 맛있게 익어가기 시작했다. 그런데 문득 청도가 깜박 잊었다는 듯 말했다.

"야, 영준아. 오늘 하루 종일 꼬인 것도 짜증나 죽겠는데 우리 술이나 한잔하자!"

"뭐? 야! 너, 지금 무슨 소리를 하는 거야? 내일이 퀴즈인데 우린 공부 하나도 안 했어! 알아?"

"아니까 딱 한 잔만 하자는 거지. 아줌마, 여기 소주 한 병이랑 잔 두 개 가져다 주세요!"

청도는 막무가내였고 결국 나와 청도의 앞에서는 술잔이 하나씩 놓여졌다. 청도가 잔을 두 개만 달라고 한 까닭은 요령이와 가람이는 술을 먹지 않기 때문이다. 청도는 내 잔에 술을 가득 부어주었다. 하는 수 없이 나도 청도의 잔에 술을 따라주었다.

"일단 마시고 보자. 건배."

술을 한 잔 쭈욱 들이켰다. 벌써 24시간 이상 비어 있던 속이라서 그런지 술은 배를 화끈하게 덥히며 뱃속으로 스며들었다. 휴, 이거 나쁘지 않은데?

"하아— 시원하다. 어어, 닭고기 타겠다. 얼른……."

"뭐, 타?"

요령이는 청도가 말을 끝마치기도 전에 황급히 주걱을 집어 들고 거세게 휘젓기 시작했다. 그리고 청도는 그런 요령이의 모습이 재미있는지 피식 웃다가 다시 나를 보며 술병을 디밀었다.

"자, 한잔 더 받아."

"어, 그래."

일단 한 잔을 받고 나니 두 번째 잔 부터는 별로 거절하고 싶은 생각이 들지 않았다. 나는 청도에게서 다시 한 잔을 가득 받고 청도에게 술병을 기울여 주었다.

"쭉 마셔, 쭉. 에이 씨, 술 조금 먹는다고 공부 못하겠냐."

그렇게 주거니 받거니 서너 잔이 돌았을 때 요령이가 말했다.

"고기 다 익었다, 먹자!"

"그러자!"

머리 속으로 술기운이 퍼지면서 조금씩 퀴즈에 대한 생각이 사라져 가고 있었다.

"으하아암……."

나는 기지개를 쭈욱 켜며 천천히 몸을 일으켰다. 솜처럼 폭신하고 포근한 4월의 햇살이 창문을 타고 들어와 내 코를 간질였다. 나는 햇살로 부신 눈살을 찌푸리며 주위를 둘러보았다. 내 옆에는 요령이와 청도가 아무렇게나 엎드려서 세상 좋게 잠자고 있었다. 가람이는 아침부터 수련에 열중인지 동아리방 바깥의 잔디밭 쪽에서 상쾌한 기합 소리가 들려왔다. 흠, 별로 특이할 것도 없는 동아리방의 풍경이군. 또 이렇게 쳇바퀴 같은 하루가 시작되는구나.

나는 자리에서 일어났다. 갑자기 온몸의 피가 머리로 쏠리는 듯한 느낌이 나며 고개가 떨구어졌다. 입에서 절로 신음이 흘러나왔다.

"우우욱……."

나는 뻣뻣하게 굳은 목을 두드리며 천천히 내가 깔고 잤던 담요를 접었다. 숙취가 온몸을 끈적하니 감싸고 있었다. 젠장, 청도 저 자식. 괜히 술 마시자는 이야기는 꺼내 가지고 사람 취하게 만들고 있어. 나는 청도를 힐끔 바라보았다. 청도는 입을 헤벌린 채 업어가도 모를 정도로 곤히 잠들어 있었다.

나는 시계를 바라보았다. 11시 20분. 젠장, 아침 수업은 공쳐 버렸군. 점심 먹고 1시 수업이나 제대로 들어야겠다. 나는 졸음이 잔뜩 묻은 눈을 비벼대며 침실 밖으로 나갔다.

볼일을 보고 세수를 하고 머리를 감은 뒤 얼굴을 닦으며 화장실에서 나왔다. 찬물로 한 세수는 내 몸에 덕지덕지 묻어 있던 술기운을 개운하게 씻어 내려주었다. 수건으로 머리를 털어내는 도중 문득 나의 눈에 어질러진 책상이 들어왔다. 책상 위는 필기도구와 A4 용지 유인물과 교재가 아무렇게나 흩어져서 상당히 지저분해 보였다. 나는 손가락을 꺾으며 책상으로 다가가 이곳저곳에 흐트러진 유인물부터 천천히 모으며 흥얼거리듯 음조를 넣어 중얼거렸다.

"어디~ 보자~ 이것이~ 무슨~ 유인물이냐~ 웬 놈의~ 유인~ 무우우울이 왜~ 이다지도 많~을까. 왜 많을~까, 왜애 많을~까아아 아아, 당연히 오늘이 퀴즈 날이~니이이이까아……."

…잠깐, 방금 내가 뭐라고 지껄인 거지?

"당연히 오늘이 퀴즈 날이~니까아아아아……."

으, 으, 으악! 나는 모으던 유인물을 책상으로 던지며 청도를 깨웠다.

"야, 야, 일어나!"

"우웅… 왜 그래… 귀찮게……."

"오늘 퀴즈, 오늘 퀴즈!"

"뭐?"

청도는 눈을 번쩍 뜨며 벌떡 일어났다. 그리고 주위를 두리번거리더니 이윽고 동아리방이 떠나가라 소리쳤다.

"맞다!"

청도는 등에 불이라도 붙은 사람처럼 몸을 데굴데굴 굴리며 벌떡 일어서더니 책상을 향해 뛰어갔다. 책상 위에 펼쳐진 유인물을 붙잡은 청도는 절망 섞인 목소리로 외쳤다.

"으아악! 누, 누가 도로 섞어놨어! 휴, 다, 다행이다! 아직 두세 개밖에 섞이지 않았구나!"

청도는 미친 사람처럼 중얼거려 가며 소스를 도로 나누어서 각자의 자리로 집어 던지고 세수도 하지 않은 채 자리에 앉아서 소스 중 하나를 집어 들었다. 청도의 눈빛은 극도의 불안감으로 초조해하고 있었다. 아마 나의 표정도 청도와 크게 다르지 않으리라. 나 역시 청도의 앞에 앉아서 소스를 집어 들며 말했다.

"어휴, 너 때문에 이게 무슨 꼴이냐! 네가 어제 술만 안 권했어도……."

"준다고 넙죽넙죽 받아 마실 때는 언제고… 그런데 영준아, 지금 몇 시냐?"

"11시 반이 다 되어간다 임마. 왜?"

"뭐?"

청도는 토끼눈을 뜨며 소리쳤다. 아, 깜짝이야!

"왜 아까부터 소리는 자꾸 지르고 그래? 간 떨어지는 줄 알았잖아!"

"아, 미안. 그런데 지금이 뭐, 몇 시라고? 11시 반?"

"그래! 너도 시계 있고 동아리방에도 시계 있으니까 내 말을 못 믿겠으면 그냥 시계 보면 될 거 아냐."

청도는 도저히 믿을 수가 없다는 듯 고개를 돌려 청도가 앉아 있는 곳의 뒤쪽에 걸려 있는 작은 벽시계를 바라보았다. 일부러 5분 빨리 가도록 맞추어놓은 그 시계의 바늘은 째깍거리며 11시 33분을 지나가고 있었다. 그리고 청도는 천천히 고개를 돌렸다. 청도의 얼굴은 절망에 휩싸인 채 일그러져 있었다. 청도는 잠시 그대로 굳어 있었다. 아마도 무언가를 생각하는 듯했다. 이윽고 청도는 무언가 결심한 듯 입술을 깨물며 소스들을 책상에 탁! 소리나게 집어 던지며 말했다.

"안 해!"

"뭐?"

"안 해, 안 해, 안 해, 안 해~ 안 해, 안 해, 안 해, 안 해~"

청도는 도리질 치며 '안 해'만을 반복해서 말했다. 나는 기가 막혀서 말했다.

"야, 임마, 퀴즈가 이제 채 1시간도 안 남았는데 안 하겠다니, 그게 무슨 소리야?"

"안 해. 해봤자 소용없어. 이미 글러 버렸어. 어차피 망친 퀴즈. 억울하게 한 글자라도 더 보고 망하느니, 차라리 그냥 맘 편하게 1분이라도 더 놀다가 망칠래."

청도는 너무나도 태연하게 '퀴즈 때려 망쳤어. 난 포기!' 라고 말했다. 아니, 도대체 어쩌면 저렇게 속 편할 수가 있지? 하지만 청도의 말은 내게 꽤 설득력있게 들렸다. 젠장! 안 돼! 나까지 퀴즈를 망칠 수는 없다고! 한 글자라도 더 봐야 1점이라도 더 딸 수 있단 말야! 나는 애써 청도의 말을 외면하려 고개를 돌렸지만 청도가 내뱉은 완벽한 논리의 말들은 계속해서 허공을 맴돌며 나의 귓가로 스며들고 있었다.

"해봤자 소용없어⋯⋯."
"어차피 글러 버렸어⋯⋯."
"어차피 망친 퀴즈⋯⋯."
"억울하게 한 글자라도⋯⋯."
"맘 편하게 1분이라도 더 놀다가⋯⋯."

나는 어느새 최면에 걸린 듯 느릿느릿 소스를 들고 있던 손을 들어올리고 있었다. 나는 조금의 머뭇거림도 없이 소스를 책상에 집어 던졌다.
탁!
나는 청도를 바라보며 빙긋 웃었다.
"나도 안 해."
"동행을 환영한다."
청도는 감격이라는 듯 내 손을 덥석 잡았다.

끼이익—
서글픈 얼굴로 강의실의 문을 열었다. 수업이 끝나면서 사람들이 일제이 몸을 일으키는 요란한 소리가 아련히 귓가를 맴돌았다. 세상이 휘청거리는 것일까, 아니면 내가 휘청거리는 것일까. 나는 애써 웃으며 허리를 폈다. 하지만 입가의 미소는 어느새 희미해졌고 힘주어 편 허리는 다시 축 늘어졌다. 어깨가 낮아지자 옆으로 메고 있던 가방이 흘러내렸다. 나는 짜증스럽게 가방을 고쳐 메며 비틀비틀 걸음을 옮겼다. 옆에서 청도가 땅이 무너져라 한숨을 쉬며 말했다.

"…많이… 풀었냐?"

"…많이 풀었게, 조금 풀었… 게?"

"…하나도 못 풀었을 것 같은~데……."

"맞았~다… 아하하하하… 아하하… 아하……."

나는 전혀 아무런 감흥도 없이 무표정인 채로 한쪽 입술만 치켜 올려 '아하하…' 하고 억지로 웃었다. 청도도 나와 똑같은 표정을 짓고 있었다. 잠시 동안 그렇게 눈물이라도 흐를 것처럼 서글프게 억지웃음을 짓던 우리는 약속이라도 한 듯 곧 동시에 그쳤다. 나는 세상에 대한 비애가 잔뜩 묻어나는 목소리로 물었다.

"…너는… 많이… 풀었냐?"

"…나나… 나나……."

청도는 슬쩍 웃었다. 그래, 같이 수업 들어가서 같이 자빠져 잤는데 누군 문제를 풀고 누군 못 푸는 그런 일이 있을 리가 없지. 아니, 있어서는 안 되지. 있으면 억울하지.

"시험지가… 백지로 보였어……."

나는 한숨을 쉬며 말했다.

"나는… 새까맣게 보였어. 휴……."

어느새 승학관 현관까지 나와 있었다. 밖으로 발을 내딛자 시리도록 밝은 햇살이 우리를 맞았다.

"햇살 쏟아지고… 날은 좋은데… 내 청춘은 왜 이리 꼬이나……."

청도는 다시금 한숨을 쉬더니 내게 물었다.

"기분도 꿀꿀한데 술이나 한잔할래?"

"아니… 오늘은 그냥 자취방에 들어가서 잠이나 잘래."

"그래? 그래도 동아리방에 잠깐 들렀다가 가는 게……."

나는 고개를 가로저었다.

"아냐, 오늘은 그냥 조용히 쉬고 싶다. 그냥 가서 잠이나 잘래."

"그래. 그럼 힘내고 내일 보자."

힘내라고? 나는 청도의 모습을 다시 바라보았다. 청도는 쓰러질 듯 쓰러질 듯 용케 쓰러지지 않으며 비틀비틀 동아리방으로 향하고 있었다. 그 모습이 마치 술에 잔뜩 취한 망나니 같았다. 나는 청도의 등 뒤에다 대고 소리쳤다.

"혹시 요령이나 가람이가 나 찾으면 집에 갔다고 전해줘!"

"어, 그래."

청도는 뒤쪽을 향해 손을 흔들며 대답했다. 그리고 나는 몸을 뒤로 돌려 자취방으로 향했다.

힘없이 집으로 가는 길을 걸었다. 휴, 퀴즈도 결국은 시험이니까, 오늘 본 시험은 이 학교에 입학한 뒤 처음으로 치른 시험인 것이다. 시작이 좋아야 모든 것이 좋다던가. 나는 한숨을 쉬며 애써 자신을 위로했다.

"그래, 다음에 잘하면 되지 뭐. 한번쯤 망칠 수도 있는 거야."

사실 이런 건 얼른 체념해 버릴수록 좋다. 사실 이렇게 땅이 꺼져라

한숨을 쉬어봤자 이미 치른 퀴즈의 결과를 되돌릴 수는 없는 노릇 아
닌가. 하지만 첫 시험이라는 의미에 신경을 써서일까? 이상하게 마음
한구석이 계속 무거웠다. 아예 백지로 내버리다니… 그건 지금까지 내
가 얼마나 공부를 멀리했었는지를 단적으로 보여주는 한 예이다.

이런저런 생각과 뒤숭숭한 기분을 품고 집 앞까지 도착했다. 그런데
집 주위가 이상하게 분주했다. 오가는 사람들도 왠지 많아 보였고, 길
가에는 이것저것 잡다한 것들이 늘어서 있었다. 도대체 무슨 일이지?
나는 주위를 둘러보았다. 그리고 '아—' 하며 고개를 끄덕였다.

내 방이 있는 집의 대문 앞에 파란색 트럭이 짐을 잔뜩 싣고 서 있
었다. 아마도 누군가 이사를 오는 모양이다. 나는 잠시 서서 짐들이
어디로 들어가는지를 지켜보았다. 짐은 우리 집의 대문을 거쳐 내가
사는 곳의 왼쪽 자취방으로 들어가고 있었다. 어? 아무래도 옆방의
주인이 바뀐 모양이다. 나는 고개를 끄덕이며 방으로 올라가다 문득
이사하느라 시끄러울 게 뻔하니 잠자기는 다 틀린 노릇이라는 사실
을 깨닫고 씁쓸레한 기분을 느꼈다. 쩝, 왜 되는 일이 하나도 없냐 그
래.

잠시 동안의 침묵을 깨고 차 떠나는 소리가 점차 멀어졌다. 그리고
나는 편하게 드러누웠다. 방금 전의 것은 틀림없이 이삿짐 트럭이 떠
나는 소리이다. 드디어 옆 방의 이사가 끝났나 보군. 조금 도와줄 걸
그랬나? 같은 이웃끼리 말야. 하지만 최소한 방 주인 얼굴은 봐야 이삿
짐 나르는 걸 도와주겠다는 소리를 하든지 짐 정리를 도와주겠다는 소
리를 하든지 할 거 아냐? 방 주인이 누군지도 모르는데 그냥 떡하니 가
서 힘만 펄펄 쓰다 오면 그건 이삿짐 나르는 일꾼이랑 다른 점이 없다.

기본적으로 새로 이사 오는 이웃의 이삿짐을 들어주는 것은 서로 간에 안면을 나누고 친분을 쌓기 위해 하는 것이다. 난 이사 올 사람의 인사도 받지 않은 채로 비지땀을 뻘뻘 흘리며 그 집의 짐을 들어주고 싶은 생각 따위는 전혀 없다. 그런데 옆방에 새로 온 사람, 도대체 어떤 사람일까? 기왕이면 미인이면 좋을 텐데. 히히. 나는 택도 없는 상상을 하며 히죽거렸다.

　똑똑—

　그때 나직하게 문 두드리는 소리가 들려왔다.

　"누구세요?"

　나는 뒹굴뒹굴 굴러간 뒤 문 앞에서 일어서며 문을 열었다. 그런데 문밖에는 아무도 없었다. 뭐야? 어떤 놈이 장난치고 도망갔나? 그때 턱 아래쪽에서 목소리가 들려왔다.

　"안녕하세요."

　나는 반사적으로 눈을 아래로 내렸다. 내 앞에는 웬 사내아이 하나가 손에 시루떡을 한 접시 들고 방긋 웃으며 서 있었다. 아, 누군가 도망친 게 아니라 이 녀석이 문을 두드려서 못 본 것이었구나. 나는 꼬마를 향해 마주 웃어주었다.

　허, 자식. 귀엽게도 생겼네. 꼬마는 어린 나이에 벌써부터 눈이 나쁜지 꽤 큼지막하고 둥그런 무테 안경을 쓰고 있었으며 깔끔한 아동 정장 차림에 신발까지 구두로 갖추고 있었다. 허, 녀석. 아주 빼입었구만, 빼입었어. 꼬마는 또랑또랑한 목소리로 말했다.

　"옆집에 새로 이사온 김.한.수.라고 합니다. 떡 좀 드셔보시라고 가지고 왔어요."

　"그래, 맛있게 먹으마. 녀석, 똑똑하구나?"

"그런 말 자주 들어요. 헤헷."

'모범적인 유치원생의 자기소개법'을 철저히 지켜가며 인사한 꼬마는 내 칭찬에 깜찍하게도 내가 전혀 예상치 못한 대답을 했고, 나는 핏 웃고야 말았다. 자기를 가리켜 한수라고 말한 그 꼬마는 이윽고 내게 떡을 들이밀었다. 나는 한 손으로 일회용 은박 접시를 받아 들면서 한 손으로 한수의 머리를 쓰다듬어 주었다. 검은색 팥고물을 잔뜩 얹은 시루떡은 아직까지 따뜻했다.

"고맙다. 그런데 그 옷은 오늘 이사 온다고 입은 거니?"

"네. 옷 이쁘죠?"

"그래, 이쁘다."

"칭찬해 주셔서 감사합니다. 헤헷."

한수가 고개를 숙이며 헤헤거리자 나는 다시 미소 지었다. 얼굴 귀엽고 똘망똘망하게 생겼겠다, 성격 싹싹하고 착하겠다. 앞으로 자취 생활 동안 저 녀석 덕분에 자주 웃을 수 있겠군.

"그래, 너희 어머니한테 떡 잘 먹겠다고 말씀드려라."

나는 한수에게 인사하며 몸을 돌렸다. 한수를 만나서 기분이 좋기는 했지만 완전히 기분 전환이 된 것은 아니었고, 무엇보다 난 쉬고 싶었기 때문에 한수와의 상견례는 이 정도로 끝내기로 했다.

"어어? 우리 엄마 안 계신데요?"

한수의 의외의 대답은 내 발을 붙잡았다. 나는 걸음을 멈추고 뒤를 돌아보았다. 꼬마는 고개를 갸웃하며 나를 바라보고 있었다.

"엄마 안 계신데 누구한테 잘 먹겠다고 전해야 돼요?"

"…그래? 엄마 안 계시니?"

"네, 돌아가셨어요."

너무도 태연하게 자신의 엄마가 돌아가셨다고 말하는 꼬마. 갑자기 가슴 한구석이 싸하고 아려왔다. 나는 잠시 입을 떼지 못했다.

"허어엉, 누구한테 전해요!"

자기 엄마가 죽었다는 말을 하면서 어떻게 저리도 태연할 수 있는 걸까? 혹시 저 녀석의 기억에는 엄마라는 존재가 아예 없는 것은 아닐까?

"너희 어머님은 언제쯤 돌아가셨니?"

"저 낳고 바로 돌아가셨어요."

역시 그렇구나. 그래, 아예 '어머니' 라는 존재와 접해본 적이 없으니 그런 이야기를 하면서도 별 감흥이 없을 수 있겠구나. 그래도 엄마 없이 이렇게 씩씩하게 자란 한수라는 이 꼬마가 갑자기 너무나도 대견스러워 보였다. 나는 한수의 머리를 쓰다듬어 주었다.

"그래, 착하구나. 그럼 너희 아버지에게 떡 잘 먹겠다고 말씀드리렴."

"…저 아빠도 없는데요."

한수는 계속 이런 말을 하기가 부끄럽다는 듯 고개를 푹 숙였다. 그리고 나는 무언가에 얻어맞은 듯한 충격과 함께 한수를 바라보았다. '아빠도 없는데요'. 한수의 힘없는 목소리가 내 귀를 울리고 있었다. 어떻게 이럴 수가!

"…왜? 아버지도 돌아가셨니?"

"아뇨……."

"그럼?"

"엄마가 돌아가신 다음에 바로 집을 나가셨대요."

한수는 이번에도 역시 덤덤하게, 그러나 아까보다는 힘이 빠진 듯한 목소리로 대답했다. 내 머리 속에서 왠지 시나리오가 그려졌다. 한수의 어머니의 죽음, 한수의 아버지에게 남겨진 자식들, 그리고 힘들어하다 마침내 핏덩이 같은 어린아이들을 남겨두고 사라지는 한수의 아버지. 휴, 관두자. 생각하면 속상한다. 나는 가슴이 아파서 한숨을 쉬었다.

"휴~ 그럼 지금은 누구하고 함께 살고 있니?"

"누나요."

"그래? 누나가 몇 살인데?"

한수는 손가락 열 개를 모두 펴서 내 앞에 내밀었다가 다시 두 개를 접으며 대답했다.

"이제 열여덟 살이에요."

"그래? 그럼 누나랑 둘이 사는 거야?"

"예."

나의 질문에 한수는 고개를 끄덕거렸다. 그리고 나는 불현듯 걱정이 되었다.

"그런데 돈은 누가 벌어오니? 너희 누나가?"

"아니요."

한수는 고개를 가로저었다.

"그럼?"

"우리 외할머니네 부자예요. 우리 외할머니네에서 우리한테 돈 많이 줘요."

돈이 많은데 이런 단칸방에서 산단 말이지? 하긴, 꼬마에게 있어서 어느 정도 이상 큰 돈은 다 '많은 돈'이겠지.

"너희 외할머니가 그렇게 잘 사시니?"

한수는 고개를 끄덕이더니 팔을 쫙 펴서 크게 동그라미를 그리며 말했다.

"우리 외할머니 지~인짜 부자예요. 집도 이~따만하구요, 방도 한 개, 두 개, 세 개, 네 개, 다섯 개, 여섯 개, 일곱 개, 여덟 개, 아홉 개, 열 개! 열 개나 있구요, 개도 있구요, 차도 두 대나 있구요, 정원도 있구요, 연못도 있구요, 파출부 아줌마도 있구요, 계단도 있구요, 텔레비전도 이~따만하게 크구요, 어… 또 뭐가 있드라? 헤헤, 생각이 더 안 나네요."

한수의 말을 들으며 나는 점차 질려가는 자신을 느낄 수 있었다. 한수의 말이 사실이라면 한수의 외할머니는 한수의 말처럼 '부자'인 것이다. 집에 계단이 있다니 2층집이라는 소리고, 거기에다 차가 두 대에 방이 열 개고 정원에 연못까지 있다니. 맙소사. 질려 버리겠군. 그런데 그렇게 잘 산다는 외할머니 집에서 기껏 외손주, 외손녀들을 이런 단칸방에서나 살게 해? 방이 열 개라면 한두 개쯤은 내줘도 상관없잖아! 도대체 한수와 한수의 누나가 그 집에서 같이 살면 몇 년이나 같이 살고 그 집에 가족이 있으면 몇이나 있다고! 생각하니까 화나네! 나는 화를 꾹꾹 눌러 참으며 한수에게 물었다.

"그런데 한수야, 너 그렇게 외할머니 집이 부자면 그 집에서 같이 살아도 되잖아?"

하지만 한수는 슬픈 눈으로 고개를 가로저었다.

"외할머니는 우리가 밉대요."

"왜?"

"몰라요. 우리 밉대요. 우린 외할머니 좋은데 외할머니는 우리 밉대요. 외할머니는 우리만 보면 막 쫓아내고 그래요."

왜 그럴까? 나는 고개를 갸웃거렸다. 흠… 한수 집안만의 어떤 사정이 있겠지. 나는 한숨을 쉬었다. 한수와 한수의 누나라는 아이가 너무 안쓰러웠던 것이다. 그래, 그나마 한수의 누나는 별로 걱정이 되지 않는다. 열여덟이면 사실 먹을 만큼 먹을 나이 아닌가. 하지만 한수는 이제 겨우, 이제 겨우…….

"한수야, 너 몇 살이니?"

"일곱 살이요."

그래, 이제 겨우 일곱 살이다. 그런데도 주위에 돌봐줄 사람이라고는 자기 누나 하나인 것이다. 아, 가엾어라! 나는 다시 한 번 동정의 눈으로 한수를 쓰다듬었다.

"그래, 잘 가고, 누나한테 떡 잘 먹겠다고 전해주렴."

"잠깐만요. 형은 이름이 뭐예요?"

나는 한수의 반짝반짝 빛나는 눈을 바라보며 한 자 한 자 힘을 주어 내 이름을 정확히 가르쳐 주었다.

"으응, 내 이름은 '박.영.준.'이라고 해."

"예. 그럼 다음부터는 영준이 형이라고 부르면 되죠?"

"응, 그래."

"알겠습니다. 그럼 안녕히 계세요. 떡 맛있게 드세요!"

"그래, 잘 가라."

한수는 손을 흔들며 뒤돌아서 타박타박 걸어갔고 나는 한수가 자신의 방으로 사라지는 모습을 지켜보다 천천히 내 방으로 들어와 문을 닫고 바닥에 드러누웠다. 가슴이 여전히 답답했다. 하지만 망쳐 버린 퀴즈 때문에 그러는 것은 아니다. 나의 마음속을 새로이 짓누르는 것. 그것은 티없이 맑은 한수의 웃음이었다.

"옆방에 웬 꼬마 녀석 하나 이사 왔더라?"

"웅, 나도 봤어."

요령이가 TV를 보다 말고 문득 생각이 났는지 말했다. 나는 심드렁하게 대답했다.

"그래? 언제 봤어?"

"이사 왔다고 떡 가져왔을 때."

"떡? 떡이 어디 있는데?"

내 말이 끝나자마자 요령이는 두 눈을 빛내며 고개를 이리저리 돌려 댔다. 그리고 나는 심드렁하게 대답했다.

"바로 네 앞에 있잖아."

"어? 내 앞? 내 앞 어디?"

"안 보여? 네 바로 앞에 있잖아."

"내 앞에 어딨다는 거야, 도대체?"

요령이가 신경질을 냈다. 그리고 나는 씩 웃으며 말했다.

"아, 글쎄 네 앞에 있대도 그러네. 네 앞에 앉아 있는 내 뱃속에 있잖아."

"뭐?"

요령이는 내 말에 깜짝 놀란 듯 소리쳤다.

"아씨, 귀청 떨어지겠다!"

"그런 법이 어딨어? 혼자서 먹으면 어떻게 해!"

"아, 농담이야, 농담. 손끝 하나 안 대고 찬장 안에 고이 넣어놓았으니까 꺼내다 데워 먹어."

요령이는 내 말에 안도의 한숨을 쉬며 찬장으로 달려갔다. 그리고 나는 가람이에게 물었다.

"청도는?"

"뭐 그냥. 처음에는 좀 우울해하더니 나중에는 '아, 뭐 그럴 수도 있는 거지' 하는 식으로 평소랑 다름없이 굴던데. 같이 저녁 먹고 나와 요령이는 그냥 집으로 왔다."

역시… 역시 청도는 나보다 한 수 위다. 그 충격을 그렇게 쉽게 잊어버리다니.

"아참, 세 발 까마귀의 패랑 치우한님의 칼은? 가져왔어?"

내 질문에 가람이는 고개를 끄덕이며 가방 속에서 작은 막대기와 둥근 패를 꺼내어 내게 건네주었다. 작게 줄여놓은 치우한님의 칼과 세 발 까마귀의 패다. 나는 그것들을 받아 품속에 갈무리하며 말했다.

"요즘은 언제 어디에서 누가 나를 칠지 모르겠어. 죽겠어, 아주."

"오늘도 그 유천인가 하는 녀석이 눈에 띄더군. 언제나 그렇듯이 두 사람과 함께 다니던데."

"그래? 흠… 너랑 눈 마주쳤냐?"

가람이는 고개를 끄덕였다.

"유천이라는 그 녀석, 한참 동안을 아예 대놓고 나를 노려보며 경계하더군."

"그래? 흠……."

엠티에서 돌아온 이후로 아직까지는 유천 쪽에서의 특별한 움직임은 눈에 띄지 않는다. 하지만 유천 녀석은 언제나 경계, 또 경계해야만 한다. 난 아직도 물속에 잠겨가며 호수를 건너와 나에게 뛰어들던 유천의 광기 어린 눈동자를 잊지 못하고 있다.

"자, 떡 다 데웠어―!"

요령이가 떡을 가지고 들어오며 외쳤다. 나는 눈길을 떡에 고정시키며 군침을 삼켰다. 떡은 김을 모락모락 내며 접시 위에 먹음직스럽게 놓여 있었다. 우리는 재빨리 떡을 중심으로 둘러앉았다.

"먹자!"

나와 요령이, 그리고 가람이는 느지막한 아침에 집을 나섰다. 오늘 오전 수업이 교수님의 출장으로 인해 휴강이기 때문이다. 자취방의 현관을 나서자 쾌활한 목소리가 나를 향해 인사했다. 한수였다.

"안녕하세요?"

"그래, 너도 안녕?"

나는 가볍게 웃으면서 대답했다. 한수는 누군가와 함께 담에 기대어 서서 아이스크림을 먹고 있었다. 누구지? 나는 고개를 살짝 돌렸다. 한수의 옆에는 웬 소녀 한 명이 아이스크림을 먹으며 천진난만하게 웃고 있었다. 소녀는 큰 눈 속의 맑고 까만 눈동자로 나를 바라보며 배시시 웃었다. 양쪽으로 딴 갈래머리와 헐렁한 멜빵바지를 입은 소녀의 독특한 옷차림이 우선 눈에 띄었다. 그 다음으로 들어온 것은 소녀의 맑고 순수하게 생긴 얼굴이었다.

"우리 누나예요. 누나, 인사드려. 옆방에 사는 영준이 형이야."

"안녕하세요."

한수의 말에 소녀는 고개를 꾸벅 숙여 인사했다. 그리고 나는 어쩔 줄 몰라 하며 소녀의 인사를 받았다. 한수는 빙글빙글 웃으며 말했다.

"형, 우리 누나 이쁘죠?"

"어, 그, 그래."

물론 내가 당황한 것은 그 소녀가 너무 예뻐서가 아니라 그 인사가 좀 과했기 때문이었다. 하지만 한수가 누나라고 소개한 그 소녀는 정말로 그 얼굴을 본 사람이 '너무 예뻐서 당황했다'고 말해도 믿을 정도로 예뻤다.

　　"누나, 이름 말씀드려야지."

　　"응! 안녕하세요, 김.주.희.라고 합니다!"

　　한수의 말에 소녀, 즉 주희는 깜박 잊었다는 듯 자신의 머리를 주먹으로 콩 때리며 또박또박 자기 이름을 말했다. 그런데 그 이름 소개법이 독특했다. 주희는 마치 어린애들이 자기를 소개할 때나 그러는 것처럼 자기의 이름을 똑똑 끊어서 말한 것이었다. 주희는 자기를 소개한 뒤 배시시 웃었다. 그 웃음이 한수보다도 더 깨끗하고 맑아 보였다.

　　"얼씨구. 아주 넋이 빠졌구만, 넋이 빠졌어. 야, 침 떨어진다."

　　요령이가 뒤에서 빈정거리는 소리가 들렸지만 나는 개의치 않았다. 저 녀석이 저런 적이 어디 한두 번인가 뭐. 나는 다시 한 번 주희의 얼굴을 바라보았다. 요령이와는 전혀 느낌이 다른 얼굴의 미인이다. 요령이가 전형적인 고양이의 성격, 그러니까 한편으로는 요염하면서도 톡톡 튀고 또 다른 한편으로는 약간 사나운 성격을 그대로 고스란히 얼굴에 옮겨다 놓은 것처럼 생겼다면, 주희는 하얀 도화지처럼 잡티 하나 없이 깨끗하고 순수하게 생긴 것이다. 특히 눈이 그랬다. 크고 동그란, 긴 속눈썹의 예쁜 눈. 요령이의 눈도 역시 예쁘게 생겼지만 그 생김은 전혀 다르다. 요령이의 약간 치켜 올라간 눈과 주희의 동그랗게 생긴 눈은 둘의 외모가 각각 어떻게 다른지를 고스란히 말해 주고 있었다. 내가 주희에게서 눈을 떼지 못하자 주희는 방긋 웃더니 갑자기

엉뚱한 질문을 했다.

"저 예쁘죠?"

"예?"

나는 순간적으로 당황해서 얼굴이 벌게졌다. 저, 저애가 지금 무슨 소리를 하는 거야?!

"안 예뻐요? 치, 예쁘다고 해주지……."

"아, 예, 예뻐요."

난 얼굴이 벌게진 채 당황으로 더듬거리며 대답했다. 아니, 쟤가 지금 그만 좀 쳐다보라고 타박하는 건가? 하지만 저 얼굴의 미소는 비웃음이 아니라 정말로 천진난만한 웃음인데? 주희는 내 말을 듣자 더욱 환하게 웃으며 한수를 향해 말했다.

"들었지? 헤헤. 나 예쁘대."

"어, 어, 그래, 누나……."

한수는 주희의 갑작스러운 행동에 눈에 띄도록 당황하며 나와 주희를 번갈아 바라보더니 이윽고 주희를 잡아끌었다.

"누나, 들어가자."

"왜 그래애, 나 아이스크림 더 먹고 들어갈 거야아아아아~"

저 말투는 영락없이 너덧 살짜리 아이가 자기 엄마한테 뭐 해달라, 뭐 해달라 하면서 떼를 쓸 때 쓰는 말투이다. 맙소사.

"누나, 내 말 안 들을 거야?"

"……."

주희는 한수가 갑자기 강하게 나오자 아무 말 없이 입을 다물고 고개를 떨군 채 바닥을 바라보다 이윽고 몸을 홱 돌렸다.

"치!"

"누나, 얼른 가자. 형, 안녕히 가세요."

한수는 황급히 인사하며 주희를 잡아끌었다. 나와 요령이, 그리고 가람이는 그 모습을 멍하니 바라보았다. 이윽고 요령이가 천천히 입을 열었다.

"…어째 누나 동생이 위치가 뒤바뀐 것 같다?"

"…그러게."

나는 고개를 끄덕였다. 그리고 요령이는 나를 바라보며 물었다.

"역시 네가 보기에도 이상했지?"

나는 말없이 고개를 끄덕였다. 휴, 내가 보기에 주희는 마치 정신 연령이 너덧 살밖에 안 되는 것처럼 보였다. 혹시… 정말로 주희의 정신 연령이 비정상적으로 어린 것이라면… 그렇다면 주희는 정말로 얼마나 불쌍하단 말인가!

"안녕하세요. 헤헤."

자취방의 계단을 올려가려는데 주희가 이층에서 고개를 꾸벅이며 인사했다.

"으응, 그래."

나는 손을 흔들어 인사하며 계단을 올랐다. 그런데 요령이와 가람이가 방으로 들어가고 나까지 계단을 올라가려는데 갑자기 주희가 급하게 달려오더니 내 앞을 막아서며 물었다.

"저 예쁘죠?"

"으, 으응……."

분명히 사실을 말하는 것임에도 왠지 모르게 꺼림칙한 기분이 든다. 나는 난처한 얼굴로 고개를 끄덕였고 주희는 해맑게 웃으며 길을 비켜

주었다.

"아저씨는 몇 살이세요?"

"응, 스무 살."

"에이~ 나보다 두 살밖에 안 많네요? 아저씨 아니네 뭐."

주희는 입술을 삐죽거렸다. 아무래도 지금까지 아저씨라고 불렀던 게 억울하다는 투다. 그래, 나도 내가 아저씨라고 불리는 게 싫었는데 잘됐다. 나는 빙긋 웃으며 주희에게 말했다.

"그럼 오빠라고 부르렴. 말도 반말로 하고."

"응, 오빠."

주희는 기다렸다는 듯 입을 모아 대답하고는 뭐가 좋은지 손뼉을 쳐 댔다. 귀엽기도 해라. 얼굴도 어리게 생겼는데 하는 태도까지 완전히 어린아이라서 키가 작은 편이 아님에도 불구하고 어린애를 상대하는 듯한 착각이 든다. 나는 주희에게 손을 흔들어준 뒤 방을 향해 올라갔다. 갑자기 문득 궁금해지는 사실이 있었다. 설마 쟤…….

"너, 학교는 안 가니?"

"응."

주희는 천진난만하게 웃으며 고개를 끄덕거렸다. 그리고 모든 것이 분명해져 가며 안쓰러운 마음이 내 가슴 속을 천천히 채웠다. 불쌍하다. 한수도 불쌍하고 주희도 불쌍하다. 나는 애써 슬픈 표정이 겉으로 드러나지 않도록 조절한 뒤 웃으며 주희에게 손을 흔들어주었다.

"잘 가~"

"응, 오빠도 안녕~"

문을 열고 들어서자니 요령이가 혀를 차며 주희를 내려다보고 있었다.

"왜 그렇게 쳐다봐? 너보다 예쁘니까 질투나?"

나는 은근히 평소부터 그렇지 않을까 하고 의심하던 것을 떠보듯 질문했고 요령이는 무슨 당치도 않은 소리냐는 듯 기막힌 눈으로 나를 바라보다가 이윽고 내 머리를 쥐어박았다.

"으이구! 이 멍청아, 너는 지금 내가 주희를 질투하면서 쳐다보는 걸로 보이더냐? 네가 그러니까 시험을 망치고 친구가 없는 거야!"

"아씨, 왜 때려!"

"이 멍청아, 어휴……."

요령이는 고개를 흔들었다. 더 말하기도 싫다는 투다.

"그럼 왜 그렇게 주희를 바라보고 있었어?"

"안쓰럽고 불쌍해서 그랬다, 왜?"

"허, 그래서? 너한테도 그런 감정이 있었냐?"

"무슨 뜻이야?"

요령이는 새침하게 나를 쏘아보았다.

"아, 아무것도 아냐. 크, 크흠!"

그리고 요령이는 주먹을 들어 올리며 나를 얼렀다.

"이걸 확 그냥! 어휴, 성질대로라면……."

"성질대로라면 확 뭐? 확 껴안아 버리겠다고?"

"에라~ 씨!"

나는 이죽거리면서 말로 새끼를 꼬았고 결국 요령이는 참지 못하고 내 정강이 뼈를 걷어찼다.

따악!

"끄아아악―!"

나는 다리를 감싸며 주저앉아 버렸고 요령이는 숨을 몰아쉬며 버럭

소리쳤다.

"자꾸 까불면 죽는 수가 있어!"

끄으윽…… 나는 대답도 제대로 하지 못하고 이를 악문 채 데굴데굴 굴렀다. 아으으윽… 농담 한마디 가지고 왜 이렇게 과민반응인 거야! 그때 작게 '삐걱—' 하고 문 열리는 소리가 들렸다. 나는 구르는 와중에서도 눈을 돌려 문을 바라보았다. 주희가 문틈으로 고개를 빠끔히 내밀고 우리를 바라보고 있었다.

"오빠, 아퍼?"

"아, 끄윽, 괜찮아……."

"괜찮아?"

"으, 으응……."

"알았어. 안녕~"

차라리 오질 말든가. 주희는 내가 괜찮다고 하자 안도한 듯 가슴을 쓸어 내리더니 손을 흔들며 다시 문밖으로 사라졌다. 그리고 요령이는 기가 막힌 듯 픽, 하고 헛웃음을 지었다. 물론 나도 어이가 없어 웃어버리고 말았다. 요령이는 이윽고 손을 내밀어 나를 일으켜 주었다.

"쳇, 병 주고 약 주고. 잘한다, 잘해."

"남자 자식이 궁시렁거리기는."

요령이는 내가 일어나자 잠시 주희가 고개를 내밀었던 문으로 눈길을 보내더니 말했다.

"주희 쟤, 정말 안됐어… 보아하니 가족도 없이 동생과 단둘인 것 같은데… 동생이 고생이지 뭐. 나이는 7살인데 하는 행동거지는 완전히 어른이더라."

나는 요령이의 말에 고개를 끄덕였다.

"그래, 보면 볼수록 안타깝지."

분위기가 좀 숙연해졌다. 요령이가 분위기를 바꾸려는 듯 짐짓 유쾌하게 말했다.

"왜, 보면 볼수록 예쁜 거겠지."

그리고 나는 요령이를 멀뚱히 바라보며 말했다.

"너, 설마 진짜로 주희 질투하냐?"

그리고 요령이는 발끝으로 바닥을 톡톡 차면서 내 정강이를 바라보았다.

"난 또, 한 대 맞으면 성격이 개조될 줄 알았지. 내가 너무 순진했나 봐."

그때 옆에서 가람이가 착 깔린 목소리로 말했다.

"주인을 한 대만 더 걷어차 보시지. 네 다리는 걷어차이는 정도로 끝나지 않을걸?"

"그럼 어떻게 되는데?"

요령이는 빈정댔지만 가람이는 무표정했다.

"어떻게 되긴, 부러지지."

"그래? 어디 한번 부러져 볼까?"

헉! 분위기 험악해진다! 나는 재빨리 요령이와 가람이 사이에 끼어들었다.

"관둬, 관둬! 그만들 두라고, 이 옆방 애들보다도 못한 것들아!"

토요일. 학교를 쉬는 날이다. 하지만 학교에 혼자 있을 청도가 심심해할 것 같기도 하고, 또 가람이가 청도와 대련을 하고 싶어하는 듯한 눈치인데다가 나도 바람 다루는 연습을 하기엔 동아리방 옆의 잔디밭보다 좋은 곳이 없기 때문에 동아리방을 찾아가기로 했다.

현관을 나서자 한수와 주희가 무슨 놀이를 하는지 서로 폴짝폴짝 뛰어다니며 깔깔거리는 모습이 눈에 들어왔다. 따뜻한 햇살 아래에서 한수와 주희는 눈부시도록 밝게 웃고 있었다. 저 두 사람의 모습은 언제 봐도 마음을 참 편안하게 만들어줘서 좋다. 나는 입가에 잔잔한 미소를 띠었다.

"어, 영준이 오빠다! 오빠, 안녕!"

주희가 방긋 웃으며 내게 손을 흔들었다.

"응, 그래."

나는 손을 까닥여 인사했다.

"요령이 언니랑 가람이 오빠도 안녕!"

주희가 다시 내 뒤의 가람이와 요령이를 향해 인사했다. 요령이와 가람이 역시 손을 살짝 흔들어 주희의 인사에 화답했다. 뒤에 한수가 우리를 향해 고개를 숙였다.

"안녕하세요! 학교 가세요?"

"그래, 너희는? 아침은 먹었니?"

"예."

한수가 서글서글하게 웃으며 대답했고 주희는 뭐가 불만인지 입을 삐죽거렸다.

"치… 맛없었어."

"응? 주희야, 뭐가 맛없었어?"

내가 의아해서 묻자 주희는 기다렸다는 듯 빠르게 말했다.

"있잖아! 내가 당근이랑 버섯이랑 싫다고 넣지 말라 그랬는데도 한

수가 아침밥 주면서 그런 거 만들어서 억지로 나 먹으라 그랬다? 한수 나빴지? 응?"

참 당황스러운 질문이 아닐 수 없다. 한수는 편식하지 말고 골고루 먹으라고 반찬을 만들었는데 주희는 자기가 싫어하는 반찬 때문에 밥이 맛없었다며 투덜거렸다. 한수는 억울하다는 듯 항변했다.

"하지만 누나! 골고루 먹어야 된단 말이야! 좋아하는 것만 먹으면 몸에 안 좋다고!"

"몰라, 다음부터는 당근이랑 버섯 진짜 안 먹을 거야!"

한수는 할 말이 없다는 듯 한숨을 푹 쉬며 고개를 절레절레 흔들었고 주희는 그런 한수를 흘겨보았다.

"그런데 너희들 지금까지 뭘 하고 있었던 거니?"

요령이가 궁금하다는 듯 물었다.

"예, 그냥 잡기 놀이요. 술래가 쫓아다니고 도망가는 사람은 안 잡히면 되는 놀이죠. 제가 술래인데, 누나가 너무 빨라서 힘들어요. 그래도 재미있는데 같이 하시겠어요?"

"아니, 난 사양하겠어."

요령이는 고개를 저으며 뒤로 한 발 물러나는 것으로써 거절의 뜻을 분명히 비추었다. 한수는 아쉽다는 듯 코 아래를 쓱 문지르며 말했다.

"뭐, 하는 수 없죠. 그럼 누나, 얼른 다시 도망가! 나 잡는다!"

"응!"

주희는 고개를 끄덕이며 앞으로 달려나가기 시작했다. 그런데 얼굴 가득 짓고 있던 주희의 얼굴에 웃음이 갑작스레 사라지며 가슴을 움켜잡고 주저앉았다. 주희의 얼굴이 파랗게 질렸다.

"아아악!"

주희는 고통에 찬 비명을 지르며 몸을 웅크렸다. 그 얼굴이 심하게 찡그려져 있었다.

"아아앗! 한수야! 나 또 아파!"

뭐? 또 아프다고?

"영준이 오빠! 가람이 오빠! 요령이 언니! 나 또 아파요! 으아아앙~!'"

주희는 입술을 깨물며 외마디 비명을 지르더니 결국 눈물을 흘리며 울음을 터뜨렸다.

"으아아앙~ 으아아앙~ 아파~!"

그리고 한수는 얼굴빛이 새파랗게 질린 채 황급히 눈물을 흘리며 비명을 질러대는 주희를 향해 달려갔다.

"누나, 누나! 또 아파? 응? 또 아프냐고!"

"웅! 누나 많이많이 아파! 으아아앙~ 아파~ 죽을 거 같애~"

주희는 이제 아예 목놓아 엉엉 울고 있었다. 도대체 얼마나 아프길래? 주희는 온몸을 파르르 떨면서 비명과 신음, 그리고 울음을 한꺼번에 내뱉고 있었다. 나는 주희에게로 달려갔다. 갑작스러운 가슴의 통증, 내가 알기로는 그건 심장마비다. 아무래도 병원에 데리고 가야 할 것 같다.

"주희야, 괜찮니? 주희야?"

"으앙! 영준이 오빠! 아파 죽겠어요! 엉엉엉……."

나는 주희의 등을 토닥여 주희를 달래며 등을 내밀었다.

"얼른 병원에 가야겠다. 얼른 나한테 업혀! 얼른!"

하지만 주희는 주저앉은 채 그저 울기만 했다. 나는 답답해서 외쳤다.

"주희야! 어서 오빠 말 들어! 얼른 업혀!"

272 고양이

"으아아앙~ 아파~"

주희는 아예 내게 업힐 생각조차 하지 않았다. 답답해진 나는 한수를 재촉했다.

"야, 내가 말해서는 네 누나가 도저히 듣지를 않는다. 네가 한번 나한테 업히라고 말해 봐라. 얼른, 급해!"

하지만 한수는 고개를 가로저었다.

"병원은 소용없어요. 병원에서도 왜 이런지 모르겠다고 했단 말이에요."

나는 어안이 벙벙해져 큰 소리로 외쳤다.

"뭐? 병원에서도 왜 이런지 모른다고 그랬다고? 그럼 어떡해? 이렇게 아파하는데!"

"방법이 없어요. 그저 놔두는 수밖에… 조금 있으면 진정될 거예요."

"으흑, 아파, 으앙……."

주희는 울음을 멈추지 않고 계속 어깨를 들먹거렸다. 그 모습이 너무나도 불쌍해 보였다. 하지만 단지 주희의 등을 두드려 주는 것 외에 내가 할 수 있는 것이라고는 없었다.

"언제부터 이랬니?"

"몰라요."

한수는 짧게 대답하며 주희를 계속 얼렀다.

"누나, 괜찮아? 이제 안 아프지? 응?"

"으흑, 으, 으응… 이제 안 아파. 그런데 아까 많이, 정말 많이 아팠단 말야. 으흑흑……."

이제 주희는 목놓아 우는 대신 흐느끼고 있었다. 다행이다. 이제 고통이 없어졌다니. 그리고 한수는 주희의 머리를 쓰다듬으며 말했다.

"누나, 이제 안 아파. 괜찮아. 안 아파. 누나 뚝. 그만 울어. 뚝."

"흑, 크흑, 알았어. 억, 끄윽, 흑. 뚝."

주희는 울음을 그치기 위해 무던히도 애를 썼다. 이윽고 한수는 몸을 일으키며 주희를 부축했다.

"자, 누나, 방에 들어가서 좀 쉬자. 그럼 괜찮아질 거야. 이따가 내가 아이스크림 사줄게."

"흑, 진짜? 약속했어?"

"응, 알았어. 알았으니까 들어가자."

주희는 아이스크림이라는 한수의 말에 울먹이면서도 순순히 일어나 한수의 어깨에 손을 짚었다. 저런, 불안해서 못 봐주겠군.

"내가 부축해 줄까?"

하지만 한수는 고개를 저었다.

"아니에요, 제가 할게요. 바쁘신데 시간 빼앗아서 죄송합니다."

한수와 주희는 천천히 계단을 올라가 자신들의 방으로 사라졌다. 나는 착잡한 심정으로 주희와 한수를 바라보았다.

아래에서 요령이가 작게 말했다.

"우리도 그만 가자."

"으, 응."

왠지 가슴이 휑하니 뚫려 버린 듯해서 견딜 수가 없었다.

따스한 햇살이 나의 얼굴을 아름아름 간지럽히고 있다. 나는 창문에 기대어 팔을 괴고 바깥의 모습을 바라보며 나른한 일요일의 오후를 즐기고 있다. 방 한쪽에서 요령이의 궁시렁거림이 들려온다.

"아, 배고파."

물론 모른 척하고 창밖만을 바라보았다. 나도 가끔은 나만의 여유를 즐기고 싶은 때가 있거든.

"아, 배고파."

왠지 말소리가 조금 가까워진 것 같지만 그냥 착각이려니 생각하기로 했다. 난 창밖을 바라보며 따스한 오후의 햇살을 쬐는 중이란 말이다. 물론 배도 그렇게 고프지 않다.

"아, 배고파."

물론 정말 착각이겠지만 왠지 말소리가 조금 더 가까워진 것 같은 느낌이 든다. 하지만 역시 무시하기로 했다. 정 배고프면 자기가 차려 먹겠지. 나는 녀석의 '주인'이지 절대 녀석의 '몸종'이 아니다. 배고프다는 말을 무시하면 요령이도 그 사실을 떠올리겠지.

"아, 배고파!"

내 귀가 이상해졌는지 왠지 목소리가 내 등 바로 뒤쪽에서 울리는 것 같은 느낌이 든다. 물론 착각일 것이다. 설마 요령이가 지금 이 순간 내 등 바로 뒤에 서서 손나팔을 만들어 귀에다 대고 '아, 배고파!'라고 소리치면서 손으로는 내 옆구리를 꼬집기 위해…

"아아아아… 차려주면 될 거 아냐! 차려주면! 아, 제발! 손 놔! 좀 놔! 일, 일단 놓고 이야기하자! 아, 요령아! 아니, 요령님, 아니, 요령이 누나, 아니, 요령이 할머니야! 이것 좀 놔 줘!"

요령이는 내 옆구리를 꽉 꼬집고 있던 손을 놓으며 심술궂게 웃으며 또박또박 끊어서 말했다.

"아. 배.고.파."

"아 예, 그러세요. 그런데 댁은 손이 없으세요, 발이 없으세요? 댁이 직접 차려 드시지 그러셨어요?"

나는 일부러 과장되게 웃으며 말을 비비 틀었다. 하지만 결코 만만한 상대가 아니었다. 요령이 역시 능글맞게 웃으며 받아쳤다.

"아 예, 난 또 댁도 배고프신 줄 알았지요. 그래서 하는 김에 제 것까지 하라는 거였죠."

"아 예, 그러셨어요. 예, 전 또 댁이 손이 없고 발이 없어서 안 차린 줄 알았죠. 설마 귀찮아서 안 차린 것은 아니시죠?"

요령이는 놀랐다는 듯 손으로 입을 가리며 황급히 대답했다.

"어머, 사람을 뭘로 보고 그러시는 거예요? 물론 귀찮아서 안 차렸지요."

"이런, 싸가지없……."

나는 순간적으로 얼굴을 팍 구기며 언성을 낮추었다. 그러나 지금 상황에서는 화내면 그건 바로 '제가 졌습니다. 인정'이라고 말하는 것이나 다름없다. 나는 억지로 양쪽 입꼬리를 틀어 올리며 말했다.

"아하하하… 귀찮아서 안 차리셨어요? 그런데 어쩌죠? 저도 귀찮아요."

"귀찮아도 어쩌시겠어요, 니가 차려야지."

"야!"

결국 치밀어 오르는 화를 참지 못한 나는 검지손가락으로 요령이를 가리키며 소리를 버럭 질렀다. 하지만 요령이는 내 태도의 변화에도 눈 하나 깜박 안 하고 어깨를 으쓱인 채 느물느물 웃으며 대답했다.

"어머? 왜 소리는 지르고 그러세요? 사람 '깜짝' 놀랐잖아요."

…참으로 깜짝 놀라기도 했겠다. 나는 한숨을 푹푹 쉬며 부엌으로 발길을 돌렸다. 뒤에서 요령이가 계속 내게 무어라무어라 말하며 졸졸 따라왔다.

"사실 그냥 내가 차려 먹을까도 생각했는데, 밥이 한 톨도 없는 거야. 알잖아, 나 밥 못하는 거. 어차피 네가 했어야 했을 밥이니까 너무 짜증내지 말고 좋은 마음으로 해, 좋은 마음으로. 굿 마인드. 굿, 굿, 굿 마인드."

요령이는 노래하듯 말을 마쳤고 나는 요령이를 흘겨보며 말했다.

"그럼 진작 그렇게 말해 줬으면 내가 밥을 해주었을 거 아냐. 왜 괜히 꼬집고, 따다다 말싸움 걸고……."

"재밌잖아."

"재밌긴 개뿔이 재밌냐!"

"아, 몰라몰라몰라. 어쨌든 빨리 밥이나 해줘. 배고파 죽겠어."

나는 툴툴대며 쌀자루로 향했다. 물론 당연한 소리지만 우리 자취방에는 쌀통이 없다. 있어야 할 필요를 못 느낄 뿐더러 돈도 없기 때문이다. 그냥 쌀을 한 가마니 사 오면 그걸 그대로 부엌 한구석에 놓고 필요할 때마다 거기에서 바가지로 쌀을 퍼다 먹는다. 그런데 쌀자루가 이상하게 푹 꺼져 있는 듯한 느낌이다. 나는 왠지 불길한 느낌에 초조해하며 쌀자루를 열어보았다. 쌀자루는 텅 비어 있었다.

"이런!"

나는 혀를 끌끌 찼다.

"왜 그래?"

"야, 쌀이 하나도 없다. 어쩌지?"

"아씨, 배고픈데!"

요령이는 짜증이 나는지 얼굴을 찌푸렸다. 그렇게 얼굴을 찌푸려 봤자 없는 쌀이 나오는 거 아니니까 화 풀라고. 나는 달래듯 부드럽게 말했다.

"할 수 없다. 장이나 보러 가야지. 그런데 일요일에도 시장이 열리나 모르겠네? 야, 일요일에 시장 여냐?"

"아마 그럴걸, 잘은 모르겠지만."

요령이는 잘 모르겠다는 듯 고개를 갸웃거렸고, 나는 짜증에 머리를 벅벅 긁었다. 아, 이거 괜히 또 헛걸음하면 짜증나는데. 젠장, 이럴 줄 알았으면 쌀 같은 건 미리미리 사뒀어야 하는데. 어쩌지?

난 잠시 고민하다 결국엔 일단 나가기로 마음을 정했다. 어차피 밥이 없으니 어디서 사먹더라도 나가기는 나가야 하는 것이다. 사실 쌀을 배달시켜다 밥을 지어 먹는 것도 생각해 볼 만한 일이긴 하지만 요령이가 그동안 기다릴 수 있을 것 같지가 않다. 그리고 어차피 찬거리도 다 떨어질 때가 되어서 시장을 한번 가기는 가야 했다.

"휴, 할 수 없지. 시장에 가서 찬거리도 좀 사고 배고픈데 점심도 사먹고 그러자."

"그래? 앗싸! 고맙기도 해라. 쌀 한번 시원하게 잘 떨어졌다. 맨날 떨어졌으면 좋겠다!"

요령이는 쾌재를 부르며 부엌을 뛰쳐나갔다. 좋냐? 나는 돈 나가는 소리가 귀에 들리는 것 같아서 눈물이 앞을 가린다, 임마.

"아참, 그런데 가람이는 아직도 자나?"

아까 내가 요령이에게 한참 몰릴 때 가람이가 나를 돕지 못한 까닭은 가람이가 잠을 자고 있기 때문이었다. 으으, 가람이만 깨 있었어도 아마 요령이를 때려줬겠지. 아니, 요령이가 그렇게 순순히 얻어맞지는 않으려나? 요령이는 가람이를 툭툭 걷어차면서 목청껏 소리쳤다.

"야! 일어나! 밥 먹자, 밥! 어? 얼른 일어나— 배고파!"

그렇게 한참을 걷어차자 결국 가람이는 요령이의 등쌀을 견디지 못하고 부스스 눈을 떴다. 요령이는 방금 잠을 깬 탓에 정신 차리지 못하고 퀭한 눈으로 주위를 멍하니 둘러보는 가람이를 다짜고짜 일으켰다.

"가자, 밥 먹으러!"

"도대체 왜 이러는 건가!"

가람이는 영문도 모르고 요령이의 페이스에 휩쓸려 문밖까지 끌려 나갔고, 나는 그 모습을 바라보다 그 뒤를 따라 자취방을 나섰다. 그런데 옆방에서 우리와 동시에 방문을 나서는 주희와 한수의 모습이 눈에 들어왔다.

"오빠, 안녕~!"

주희가 먼저 배시시 웃으며 손을 흔들었고, 한수 역시 고개를 끄덕여 인사했다.

"안녕하세요."

"어, 그래, 안녕하다. 넌?"

"그럭저럭요. 어디 가세요?"

'쌀도 떨어지고 기다리기는 귀찮고…' 어쩌고저쩌고하는 식으로 길게 설명하기는 귀찮아서 그냥 짧게 대답해 주었다.

"응, 찬거리가 떨어지고 오랜만에 나들이도 하고 싶고 해서 시장 가려고."

그러자 한수는 잘됐다는 듯 양손을 맞부딪쳐 '짝!' 하는 소리를 내며 말했다.

"아, 마침 잘되었네요! 저희도 시장에 가는 중이거든요. 같이 가요!"

"그래? 그럼 그러자. 너희들도 괜찮지?"

요령이와 가람이는 당연하다는 듯 고개를 끄덕였다.

〈3권 끝〉